FANTASY

Terry Brooks im Goldmann Verlag:

Das Schwert von Shannara (23828)
Der Sohn von Shannara (23829)
Der Erbe von Shannara (23830)

Die Elfensteine von Shannara (23831)
Der Druide von Shannara (23832)
Die Dämonen von Shannara (23833)

Das Zauberlied von Shannara (23893)
Der König von Shannara (23894)
Die Erlösung von Shannara (23895)

Die Kinder von Shannara (24535)
Das Mädchen von Shannara (24536)
Der Zauber von Shannara (24537)

Die Schatten von Shannara (11584)

Der verschenkte König (24502)
Königreich zu verkaufen (23914)
Das schwarze Einhorn (23935)

Hook. Roman zum Film von
Steven Spielberg (41326)

FANTASY

TERRY BROOKS

Die Elfenkönigin von Shannara

Aus dem Amerikanischen
von Karin König

GOLDMANN VERLAG

Die Originalausgabe erschien unter dem Titel
»The Elf Queen of Shannara«, Chapters 1–14, bei Ballantine Books,
a division of Random House, Inc., New York

Deutsche Erstveröffentlichung

Der Goldmann Verlag
ist ein Unternehmen der Verlagsgruppe Bertelsmann

Made in Germany · 1. Auflage · 12/92

Umschlaggestaltung: Design Team München
Umschlagillustration: Keith Parkinson
Satz: IBV Satz- und Datentechnik GmbH, Berlin
Druck: Elsnerdruck, Berlin
Verlagsnummer: 24571
Redaktion: Antje Hohenstein/SN
Herstellung: Peter Papenbrok
ISBN 3-442-24571-0

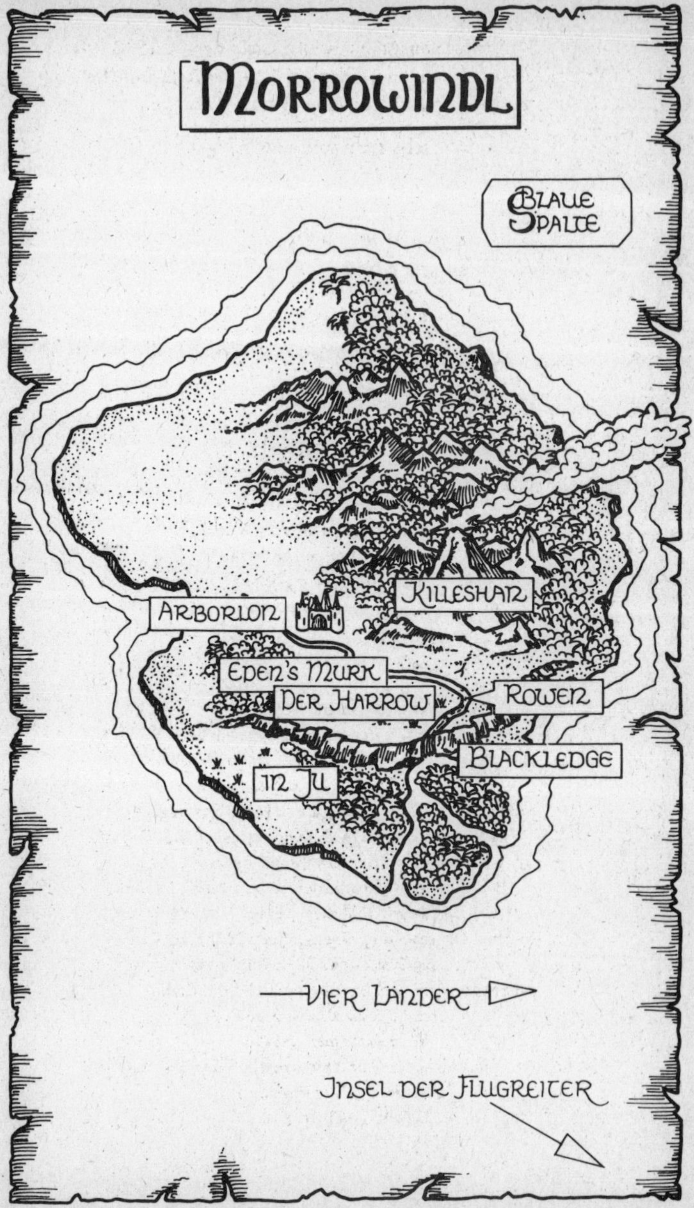

Morrowindl
Blaue Spalte
Killeshan
Arborlon
Eden's Murk
Der Harrow
Rowen
Blackledge
In Ju
Vier Länder
Insel der Flugreiter

GEBIET von KERHALT
NORDLAND
SCHÄDELBERG
KENSROWE GEBIRGE
KIERLAK-WÜSTE
MESSERGEBIRGE
SARANDANON
EBENE von STRELEHEIM
INNISBORE
ARBORLON
PARANOR
TAL von RHENN
WESTLAND
KEEP DES DRUIDEN
ROCK SPUR GEBIRGE
PYKON
MERMIDON
DRACHENZÄHNE
GRIMPEN WARD
KENNON PASS
KERN
WILDERUN
HOLLOWS
VARFLEET
CALLAHORN
TYRSIS
IRRYBIS GEBIRGE
TIRFING
REGENBOGENSEE
BLAUE SPALTE
MYRIANSEE
WALD von DULN
WING HOVE
LEAH
SHADY VALE
SÜDLAND
TIEFLAND VON CLETE

Malgsumpf
Blaue Spalte
Morrowindl
Charnal Gebirge
Killeshan
Arborlon
Lethe
Oberer Anar
Jannisson Pass
Ostland
Ebene von Rabb
Rabb
Altmoor
Darklin Reach
Maelmord
Himmels brunnen
Grimpond See
Storlock
Jadepass
Hearth Stone
Graumark
Wolfsktaag Gebirge
Rooker-Station
Noose Pass
Dunn Fee Aran
Rabenhorn Gebirge
Silberfluss
Culhaven
Cillidellan See
Wald von Anar
Nebelsumpf
Wedge
Capaal
Unterer Anar
Tiefland von Battlemound

Für Diane,
die vermißt wird

1

FEUER.

Es blakte in den Öllampen, die entfernt und einsam in den Fenstern und über den Eingängen zu den Wohnstätten ihres Volkes hingen. Es flackerte und zischte, während es an den Pechfackeln leckte, die die Straßenkreuzungen und Tore beleuchteten. Es schimmerte rotglühend zwischen den belaubten Zweigen der uralten Eiche und des Walnußbaumes hindurch, wo verglaste Laternen die Alleen säumten. Als Teile flackernden Lichtes wirkten die Flammen wie kleine Lebewesen, die die Nacht aufzuspüren und zu verschlingen drohten.

Wie auch uns, dachte sie.

Wie die Elfen.

Ihr Blick wanderte hoch, hinüber zu den Gebäuden und Mauern der Stadt, und dann dorthin, wo Killeshan Dampf ausstieß.

Feuer.

Es glühte rötlich aus dem zerklüfteten Schlund des Vulkans heraus, die spiegelglatte Fläche seines flüssigen Kerns spiegelte sich in den Wolken des Vog – vulkanischer Asche –, der in düsteren Gruppen über den leeren Himmel zog. Killeshan ragte drohend darüber auf, riesig und unbändig, ein Phänomen der Natur, dem zu widerstehen keine Elfenmagie erhoffen konnte. Schon seit Wochen war das Poltern nun schon aus den Tiefen der Erde zu hören, unbefriedigt, entschlossen, Zeichen des Drucks, der immer größer wurde und schließlich Befreiung fordern würde.

Unterdessen grub die Lava Höhlen und Tunnel durch die Risse und Spalten der Wälle, die sie umgaben, und floß in langen, windungsreichen Rinnsalen hinab in die Wasser des Ozeans. Der Dschungel und die Wesen, die darin lebten, blieben verbrannt zurück. Eines nicht mehr fernen Tages, das wußte sie, würden die Nebenabflüsse nicht mehr ausreichen, und Killeshan würde in einer Feuersbrunst ausbrechen, die sie alle zerstören würde.

Wenn dann überhaupt noch jemand von ihnen übrig war.

Sie stand am Rande der Gärten des Lebens, nahe der Stelle, wo der Ellcrys wuchs. Der uralte Baum strebte himmelwärts, als wolle er sich durch den Vog kämpfen und die saubere Luft einatmen, die darüber versiegelt lag. Seine silbernen Zweige schimmerten schwach im Licht der Laternen und Fackeln, und scharlachrote Blätter reflektierten das dunklere Glühen des Vulkans. Verstreute Funken tanzten in seltsamen Mustern zwischen den Bäumen hindurch, als wollten sie ein Bild formen. Sie beobachtete, wie die Bilder auftauchten und verblaßten, ein Spiegel ihrer Gedanken und der Traurigkeit, die sie zu überwältigen drohte.

Was soll ich tun? dachte sie. *Welche Wahl bleibt mir?*

Keine, wie sie wußte. Keine. Sie konnte nur warten.

Sie war Ellenroh Elessedil, die Königin der Elfen, und alles, was sie tun konnte, war warten.

Sie umklammerte fest den Ruhkstab und schaute mit verzweifeltem Gesicht gen Himmel. Diese Nacht waren keine Sterne und kein Mond zu sehen. Seit Wochen war von beidem wenig zu sehen gewesen, nur der Vog war allgegenwärtig, dick und undurchdringlich, ein Leichentuch, das nur darauf wartete, sich auf sie zu senken, ihre Körper zu bedecken, sie alle zu umschließen und für immer einzuhüllen.

Sie stand wie erstarrt da, als ein heißer Windzug über sie hinwegblies und das edle Leinen ihrer Kleidung kräuselte. Sie war groß und langbeinig, und ihr Körper war kantig. Ihre Gesichtsknochen standen hervor und formten Züge, die man sofort wiedererkennen würde. Ihre Wangenknochen waren hochliegend, ihre Stirn breit und ihr Kiefer scharf geschnitten und glatt unter einem breiten, dünnen Mund. Ihre Haut war fest über ihr Gesicht gespannt, was ihr das Aussehen einer Skulptur verlieh. Flachsblondes Haar fiel in dichten, ungebändigten Locken auf ihre Schultern. Ihre Augen waren von einem seltsamen, stechenden Blau und schienen beständig Dinge zu sehen, die für andere nicht gleich erkennbar waren. Sie wirkte jung für ihre über fünfzig Jahre. Wenn sie lächelte, und das geschah oft, brachte sie auch die Gesichter anderer fast mühelos zum Lächeln.

Doch jetzt lächelte sie nicht. Es war spät, weit nach Mitternacht, und ihre Sorgen waren wie eine Kette, die sie gefangen hielt. Sie hatte nicht schlafen können und war in die Gärten gekommen, um spazierenzugehen, in die Nacht zu lauschen, allein zu sein mit ihren Gedanken und zu versuchen, ein winzig kleines Stück Frieden zu finden. Aber der Frieden entzog sich ihr immer wieder, und ihre Gedanken waren kleine Dämonen, die sie verspotteten und sie neckten. Die Nacht war eine große, hungrige, schwarze Wolke, die geduldig auf den Moment wartete, wo sie schließlich ihre schwachen Lebenslichter auslöschen würde.

Feuer, erneut. Feuer, das Leben gab, und Feuer, das es wieder nahm. Das Bild drängte sich ihr heimtückisch immer wieder auf.

Sie wandte sich abrupt um und begann durch die Gärten zu wandern. Cort folgte ihr, sie spürte seine schweigende, unsichtbare Präsenz. Wenn sie sich die Mühe machte, ihn zu erkennen, würde er verschwunden sein. Sie konnte ihn sich im Geiste vorstellen, den kleinen stämmigen Jungen mit seiner unglaublichen Schnelligkeit und Kraft. Er war Mitglied der Leibgarde, der Beschützer der Elfenherrscher, eine jener Waffen, die sie verteidigten, eines jener Leben, die zur Erhaltung ihrer eigenen geopfert worden waren. Cort war ihr Schatten, und wenn nicht Cort, dann Dal. Der eine oder der andere war immer da und beschützte sie. Während sie den Weg entlangging, glitten ihre Gedanken schnell dahin, einer nach dem anderen. Sie spürte die Unebenheiten des Bodens durch den dünnen Stoff ihrer Schuhe. Arborlon, die Stadt der Elfen, ihre Heimat, die vor mehr als hundert Jahren aus dem Westland fortgebracht worden war – hierher, an diesen...

Sie ließ den Gedanken in der Luft hängen. Ihr fehlten die Worte, ihn zu Ende zu bringen.

Elfenmagie, aus der Feenzeit wieder heraufbeschworen, schützte die Stadt, aber die Magie begann nachzulassen. Die ineinander verschmelzenden Wohlgerüche der Blumen des Gartens wurden dort, wo sie über die äußere Grenze des Keel hinaus drangen, von den beißenden Gerüchen der Killeshan-Gase überlagert. Nachtvögel sangen zart in den Bäumen und Sträuchern, aber selbst hier wurden ihre Gesänge von den gutturalen Klängen der dunklen Wesen überlagert, die hinter den Mauern der Stadt in den Dschungeln und Sümpfen lauerten. Die den Keel bedrängten und abwarteten.

Die Monster.

Der Pfad, dem sie folgte, endete am nördlichsten Rand der Gärten auf einem Vorgebirge, das über ihrem Heim aufragte. Die Palastfenster waren dunkel, denn alle schliefen. Alle außer ihr. Darunter lag die Stadt, Ansammlungen von Häusern und Geschäften, die sich unter den Schutz des Keel duckten wie ängstliche Tiere, die sich in ihre Höhlen kauern. Nichts bewegte sich, als ob die Angst jede Bewegung unmöglich machte, als ob man sich durch Bewegung verraten könnte. Sie schüttelte traurig den Kopf. Arborlon war eine Insel, die von Feinden umgeben war. Dahinter, im Osten, ragte Killeshan über der Stadt empor, ein großer zerklüfteter Berg, der während der Jahrhunderte bei jedem Ausbruch durch das Lavagestein neu geformt worden war, ein bis vor zwanzig Jahren untätiger, jetzt aber lebendiger und unruhiger Vulkan. Im Norden und im Süden lauerte dicht und undurchdringlich der Dschungel, der sich in einem Gewirr von Grün bis zu den Küsten des Meeres hin erstreckte. Westlich, unterhalb der Hügel, auf denen Arborlon ruhte, lag der Rowen und dahinter die Wand des Blackledge. Nichts davon gehörte den Elfen. Einst hatte ihnen die ganze Welt gehört, vor der Ankunft der Menschen. Einst hatte es keinen Ort gegeben, den sie nicht hatten besuchen können. Selbst zu Zeiten des Druiden Allanon, vor fast genau dreihundert Jahren, hatte das ganze Westland noch ihnen gehört. Jetzt waren sie auf diesen kleinen Raum beschränkt, von allen Seiten bedrängt, gefangen hinter der Mauer ihrer schwindenden Magie. Sie alle, alle, die übriggebliebenen waren, wie in einer Falle gefangen.

Sie schaute hinaus in die Dunkelheit jenseits des Keel und stellte sich im Geiste vor, was dort wartete. Sie überdachte einen Augenblick lang die Ironie des Ganzen – die Elfen waren zu

Opfern ihrer eigenen Magie geworden, zu Opfern ihrer eigenen klugen, in die Irre führenden Pläne und von Ängsten, die niemals hätten beachtet werden dürfen. Wie hatten sie so dumm sein können?

Weit unterhalb der Stelle, an der sie stand, fast am Ende des Keel, wo er unter die gehärtete Lava irgendeines früheren Ausbruchs reichte, war ein plötzliches Aufflackern von Licht zu sehen – ein Aufflammen, dem eine schnelle, gleißende Explosion folgte. Und ein Schrei. Es waren kurze Rufe zu hören und dann Stille. Ein weiterer Versuch, die Mauern zu überwinden, und ein weiterer Tod. Es war ein allnächtliches Vorkommnis, jetzt, wo die Lebewesen mutiger wurden und die Magie weiter nachließ.

Sie schaute sich um. Sie sah, wie sich die obersten Zweige des Ellcrys über die Bäume der Gärten erhoben, wie ein lebender Baldachin. Der Baum hatte die Elfen so lange vor so vielem beschützt. Er hatte erneuert und wiederhergestellt. Er hatte Frieden vermittelt. Aber nun konnte er sie nicht mehr beschützen, nicht gegen das, was sie jetzt bedrohte.

Nicht gegen sich selbst.

Sie ergriff trotzig den Rukhstab und fühlte die Magie darin wogen. Es war ein Gefühl der Wärme an ihrer Handfläche und ihren Fingern. Der Stab war dick und knorrig und auf hellen Glanz poliert. Er war aus schwarzem Walnußholz gehauen und mit der Magie ihres Volkes getränkt. An seiner Spitze befand sich der Loden, weiße Helligkeit vor der Dunkelheit der Nacht. Sie konnte sich selbst in seinen Facetten gespiegelt sehen. Sie konnte sich selbst hineinreichen sehen. Der Rukhstab hatte den Herrschern von Arborlon mehr als ein Jahrhundert lang Kraft gegeben.

Aber auch der Stab konnte die Elfen nicht mehr beschützen.

»Cort?« rief sie leise.

Der Leibgardist materialisierte sich neben ihr.

»Bleibt einen Moment bei mir stehen«, sagte sie.

Sie schauten schweigend über die Stadt. Die Königin fühlte sich unsagbar allein. Ihr Volk war von der Auslöschung bedroht. Sie sollte etwas tun. Irgend etwas. Was, wenn sich die Träume irrten? Was, wenn die Visionen von Eowen Cerise trogen? Das war selbstverständlich noch nie geschehen, aber es stand so vieles auf dem Spiel! Ihr Mund verhärtete sich ärgerlich. Sie mußte glauben. Es war entscheidend, daß sie glaubte. Die Visionen würden wahr werden. Wie versprochen würde das Mädchen zu ihnen kommen. Blut ihres Blutes. Das Mädchen würde erscheinen.

Aber würde das genügen?

Sie schüttelte die Frage ab. Sie durfte sie nicht zulassen. Sie durfte ihre Verzweiflung nicht zulassen.

Sie wandte sich um und ging rasch durch die Gärten zurück zu dem Weg, der wieder hinabführte. Cort blieb einen Moment bei ihr und verschwand dann in die Schatten. Sie sah ihn nicht gehen. Ihre Gedanken waren auf die Zukunft gerichtet, auf die Vorhersagen Eowens und auf das Schicksal des Elfenvolkes. Sie war davon überzeugt, daß ihr Volk überleben würde. Sie würde auf das Mädchen warten, so lange sie konnte, so lange die Magie die Feinde fernhielt. Sie würde darum beten, daß sich Eowens Visionen bewahrheiteten.

Sie war Ellenroh Elessedil, die Königin der Elfen, und sie würde tun, was sie tun mußte.

Feuer.

Es brannte auch in ihr.

Eingehüllt in die Rüstung ihres Wissens ging sie in den geruhsamen Stunden des frühen Morgens hinunter und hinaus aus den Gärten des Lebens, um sich zur Ruhe zu begeben.

2

Wren Ohmsford gähnte. Sie saß auf einer Klippe und sah über die Blaue Spalte, den Rücken an den glatten Stamm einer uralten Weide gelehnt. Das Meer erstreckte sich vor ihr, ein schimmerndes Kaleidoskop von Farben am Rande des Horizonts, wo der Sonnenuntergang das Wasser mit roten und goldenen und purpurfarbenen Spritzern zierte und tiefhängende Wolken seltsame Muster vor dem dunkler werdenden Himmel bildeten. Ein Halbdunkel breitete sich geruhsam aus, ein Grauwerden des Lichts, das Wispern einer Abendbrise vom Wasser her, ein ruhiges Herabsinken. Grillen begannen zu zirpen, und flimmernd kamen Glühwürmchen in Sicht.

Wren zog die Knie bis zur Brust hoch, denn sie kämpfte darum, aufrecht sitzen zu bleiben, da sie sich in Wirklichkeit viel lieber hingelegt hätte. Sie hatte jetzt schon fast zwei Tage lang nicht geschlafen, und die Müdigkeit holte sie allmählich ein. Es war schattig und kühl auf diesem Platz unter dem Baldachin der Weide, und es wäre leicht gewesen, loszulassen, hinabzusinken, sich neben ihrer Rinde zusammenzurollen und zu entgleiten. Ihre Augen schlossen sich unfreiwillig bei diesem Gedanken, wurden aber dann sofort wieder aufgerissen. Sie konnte nicht schlafen, solange Garth nicht zurückgekehrt war, das wußte sie. Sie mußte wachsam bleiben.

Sie erhob sich und verließ den Rand der Klippe. Sie spürte die Brise auf ihrem Gesicht und ließ die Wohlgerüche des Meeres ihre Sinne erfüllen. Kraniche und Möwen glitten über das Wasser und stießen herab, anmutig und träge in ihrem Flug. Weit draußen, zu weit, als daß man es deutlich hätte sehen können, zerteilte irgendein großer Fisch mit kraftvollem Schwung das Wasser und verschwand. Sie ließ ihren Blick wandern. Ohne Unterbrechung führte die Küstenlinie von der Stelle, wo sie stand, soweit, wie sie sehen konnte: zerklüftete, baumbestandene Klippen, von den starren, weißbehüteten Bergen des Rock Spur im Norden und dem Irrybis im Süden gestützt. Eine Reihe felsiger Strände trennte die Klippen vom Wasser, am Flutsaum waren sie mit Treibholz und Muscheln und Strängen von Meeresalgen übersät.

Jenseits der Strände war nur die leere Weite der Blauen Spalte. Ich bin bis ans Ende der bekannten Welt gereist, dachte sie bekümmert, und noch immer dauerte die Suche nach den Elfen an.

Eine Eule schrie in den tiefen Wäldern hinter ihr und brachte sie dazu, sich umzuwenden. Sie spähte vorsichtig umher, ob sich etwas bewegte, suchte nach einem Hinweis auf eine Störung und fand keinen. Es gab auch kein Zeichen auf Garth. Er war noch immer draußen auf Spurensuche...

Sie schlenderte zurück zu der verglimmenden Asche der Kohlen und trat die Überreste mit ihrem Stiefel aus. Garth hatte jede Art offenen Feuers verboten, bis er sich versichert hatte, daß sie in Ruhe gelassen wurden. Er war den ganzen Tag gereizt und mißtrauisch gewesen, beunruhigt durch etwas, das keiner von ihnen sehen konnte. Ihn quälte ein Gefühl, daß irgend etwas nicht richtig sei. Wren neigte dazu, seine Unruhe seinem Mangel an Schlaf zuzuschreiben. Andererseits waren Garths Vorahnungen selten falsch gewesen. Wenn er beunruhigt war, dann spürte sie es, ohne ihn fragen zu müssen.

Sie wünschte, er würde zurückkehren.

Inmitten der Bäume hinter der Klippe befand sich ein Teich, und sie ging hin, kniete sich nieder und benetzte ihr Gesicht mit Wasser. Die Oberfläche des Teichs kräuselte sich bei der Berührung durch ihre Hände und glättete sich wieder. Sie konnte sich selbst auf dem Wasser gespicgelt sehen, als sich die Verzerrung auflöste, bis ihr Bild fast einem Spiegelbild entsprach. Sie starrte darauf hinab – auf ein kaum erwachsenes Mädchen, mit entschieden elfischen Zügen, mit scharf gespitzten Ohren, schrägstehenden Brauen, einem schmalen Gesicht mit hohen Wangenknochen und nußbrauner Haut. Sie sah haselnußbraune Augen, die selten stillstanden, ein halbes Lächeln, das zeigte, daß sie sich einen ganz persönlichen Spaß machte, und aschblondes Haar, das kurz geschnitten und stark gelockt war. Es war eine Gespanntheit in ihr, so dachte sie – eine Anspannung, die nicht vergehen würde, unabhängig davon, wie sehr auch immer sie sich darum bemühen würde.

Sie wippte auf ihren Fersen und erlaubte sich noch ein leichtes

Lächeln, während sie entschied, daß sie das, was sie sah, genug mochte, um noch ein wenig länger damit zu leben.

Sie faltete die Hände im Schoß und senkte den Kopf. Die Suche nach den Elfen – wie lange dauerte sie nun schon? Wie lange war es her, daß der alte Mann – der behauptete, Cogline zu sein – zu ihr gekommen war und von den Träumen gesprochen hatte? Wochen? Aber wie viele? Sie hatte das Zeitgefühl verloren. Der alte Mann hatte von den Träumen gewußt und sie aufgefordert, selbst die dahinter liegende Wahrheit herauszufinden. Und sie hatte beschlossen, seine Herausforderung anzunehmen, zum Hadeshorn im Tal von Shale zu gehen und den Schatten Allanons zu treffen. Warum sollte ich dies nicht tun, hatte sie sich gesagt. Vielleicht würde sie etwas darüber erfahren, woher sie kam, über ihre Eltern, die sie nie gekannt hatte, oder über ihre Geschichte.

Seltsam. Bis der alte Mann aufgetaucht war, war sie an ihrer Herkunft nicht interessiert gewesen. Sie hatte sich selbst davon überzeugt, daß dies nicht wichtig sei. Aber etwas an der Art, in der er zu ihr sprach, an den Worten, die er gebrauchte, irgend etwas hatte sie verändert.

Sie streckte die Hand aus, um voller Befangenheit den Lederbeutel an ihrem Hals zu betasten und fühlte die harten Linien der bemalten Steine, der Elfensteine, ihrem einzigen Verbindungsglied zur Vergangenheit. Woher kamen sie? Warum hatte man sie ihr gegeben?

Elfenzüge, Ohmsfordblut und das Herz und das Können einer Fahrenden – das alles gehörte ihr. Aber wie war sie dazu gekommen?

Wer war sie?

Sie hatte es am Hadeshorn nicht herausgefunden. Allanon war gekommen, wie versprochen, dunkel und drohend sogar im Tod. Aber er hatte ihr nichts gesagt. Statt dessen hatte er ihr eine Aufgabe aufgetragen – hatte jedem von ihnen eine Aufgabe aufgetragen, den Kindern von Shannara, wie er sie nannte, Par und Walker und ihr selbst. Aber ihre Aufgabe? Sie schüttelte bei dieser

Erinnerung den Kopf. Sie sollte die Elfen suchen, sie finden und zurückbringen in die Welt der Menschen. Die Elfen, die über hundert Jahre lang von niemandem gesehen worden waren, von denen die meisten glaubten, sie hätten überhaupt nie existiert und die für ein Kindermärchen gehalten wurden – die sollte sie finden.

Sie hatte zunächst nicht suchen wollen. Sie war verwirrt gewesen durch das, was sie gehört hatte und was es an Gefühlen in ihr auslöste, nicht gewillt, sich einzulassen oder sich selbst für etwas zu opfern, das sie nicht verstand und das ihr gleichgültig war. Sie hatte die anderen verlassen und war mit Garth als ihrem einzigen Begleiter wieder zurück ins Westland gegangen. Sie hatte vorgehabt, ihr Leben als Fahrende wiederaufzunehmen. Die Schattenwesen waren nicht ihre Sorge. Die Probleme der Rassen waren nicht ihre eigenen. Aber die Ermahnung des Druiden war ihr nicht aus dem Sinn gegangen, und fast ohne es zu merken, hatte sie dennoch mit ihrer Suche begonnen. Es hatte mit Fragen angefangen, die sie hier und dort stellte. Hatte jemand gehört, ob es wirklich Elfen gab? Hatte jemand sie überhaupt je gesehen? Wußte jemand, wo man sie finden konnte? Es waren Fragen, die sie zunächst mühelos stellte, ganz nebenbei, aber im Laufe der Zeit mit wachsender Neugier und schließlich fast mit Dringlichkeit.

Was, wenn Allanon recht hatte? Was, wenn die Elfen noch immer irgendwo da draußen waren? Was, wenn nur sie besaßen, was gegen die Schattenwesenplage half?

Aber die Antworten auf ihre Fragen waren alle gleich gewesen. Niemand wußte etwas von den Elfen. Niemand kümmerte sich darum.

Und dann hatte es angefangen, daß etwas ihnen folgte – jemand oder etwas, ihr Schatten, wie sie es schließlich nannten, ein Wesen, das klug genug war, ihnen trotz all ihrer Vorsichtsmaßnahmen zu folgen, und listig genug, dabei nicht erwischt zu werden. Zweimal hatten sie vorgehabt, es zu fangen, waren aber gescheitert. Mehrere Male hatten sie versucht, denselben Weg zurückzugehen, um hinter das Wesen zu gelangen, und konnten es nicht. Sie hatten niemals sein Gesicht gesehen, niemals auch nur einen flüchtigen Blick darauf erhascht. Sie hatten keine Vorstellung davon, wer oder was es war.

Es war noch immer bei ihnen gewesen, als sie den Wilderun betraten und nach Grimpen Ward hinuntergingen. Dort hatten sie zwei Nächte zuvor die Addershag gefunden. Ein Fahrender hatte ihnen von der alten Frau erzählt, einer Seherin, wie es hieß, die Geheimnisse kannte und etwas von den Elfen wissen könnte. Sie hatten sie im Keller eines Wirtshauses gefunden, angekettet und gefangen von einer Gruppe von Männern, die aus ihrer Gabe Geld schlagen wollten. Wren hatte die Männer dazu gebracht, sie mit der alten Frau sprechen zu lassen, einem Lebewesen, das weitaus gefährlicher und listiger war, als die Männer je vermutet hätten, die sie gefangen hielten.

Die Erinnerung an dieses Treffen war noch immer lebendig und erschreckend.

Der Leib der alten Frau war eine trockene Hülle, ihr Gesicht zu einem Netz aus Linien und Runzeln geschrumpft. Zerzaustes, weißes Haar fiel über die gebrechlichen Schultern. Wren näherte sich und kniete sich neben sie. Die Alte hob den Kopf, und Wren sah ihre milchigen, starren Augen.

»Bist du die Seherin, die man Addershag nennt, altes Mütterchen?« fragte Wren leise.

Die toten Augen blinzelten, und eine dünne Stimme krächzte. »Wer will das wissen? Sag mir deinen Namen.«

»Mein Name ist Wren Ohmsford.«

Die Alte hob ihre Hände und berührte Wrens Gesicht und erforschte ihre Züge. Die alten Hände strichen über die Haut des Mädchens wie trockene Blätter. Schließlich zog die Alte die Hände wieder zurück.

»Du bist ein Elf.«

»Ich habe Elfenblut.«

»Ein Elf.« Die Stimme der alten Frau war rauh und eindringlich, ein Zischen in der Stille des Bierhauskellers. Das runzlige

Gesicht neigte sich zur Seite, als denke sie nach. »Ich bin die Addershag. Was willst du von mir?«

Wren schaukelte ein wenig auf ihren Stiefelabsätzen hin und her. »Ich suche die Westlandelfen. Ich erfuhr vor einer Woche, daß du wissen könntest, wo sie zu finden sind – falls es sie noch gibt.«

Die Addershag kicherte. »Oh, es gibt sie noch. Allerdings. Aber sie zeigen sich nicht jedem – seit vielen Jahren überhaupt niemandem. Ist es so wichtig für dich, sie zu sehen, Elfenmädchen? Suchst du sie, weil du ein Bedürfnis nach deinesgleichen hast?« Die milchigen Augen starrten blind auf Wrens Gesicht. »Nein, du nicht. Warum dann?«

»Weil es ein Auftrag ist, der mir erteilt wurde – ein Auftrag, den anzunehmen ich mich bereiterklärt habe«, antwortete Wren vorsichtig.

»Ein Auftrag also!« Die Falten und Runzeln im Gesicht der Alten vertieften sich. »Beug dich näher, Elfenmädchen.«

Wren zögerte und lehnte sich dann zaghaft vor. Die Addershag hob wieder ihre Hände und betastete noch einmal Wrens Gesicht, dann strich sie über ihren Hals und ihren Körper. Als die alte Frau die Bluse auf der Brust des Mädchens berührte, riß sie die Hände zurück, als habe sie sich verbrannt. »Magie!« keuchte sie.

Wren schrak zusammen. Dann packte sie impulsiv die Handgelenke der Alten. »Welche Magie? Was meinst du damit?«

Aber die Addershag schüttelte heftig den Kopf, kniff die Lippen zusammen und ließ den Kopf auf ihre eingefallene Brust sinken. Wren hielt sie noch einen Moment fest und ließ sie dann los.

»Elfenmädchen«, flüsterte die alte Frau. »Wer hat dich auf die Suche nach den Westlandelfen geschickt?«

Wren atmete tief ein, um ihre Angst zu bezwingen. »Der Schatten Allanons«, erwiderte sie dann.

Der Kopf der Alten richtete sich mit einem heftigen Ruck wieder auf. »Allanon!« Sie stieß den Namen wie einen Fluch aus. »So! Ein Druidenauftrag also, wie? Nun gut. Hör mir also zu. Geh nach Süden durch den Wilderun, überquere das Irrybisge-

birge und folge der Küste der Blauen Spalte. Wenn du zu den Rock-Höhlen gelangt bist, entzünde ein Feuer und lasse es drei Tage und drei Nächte ununterbrochen brennen. Jemand wird kommen und dir helfen. Verstanden?«

»Ja«, antwortete Wren und fragte sich gleichzeitig, ob das wirklich der Fall sein würde.

»Hüte dich, Elfenmädchen«, warnte die Alte und hob ihre magere Hand. »Ich sehe Gefahren, harte Zeiten, Verrat und unvorstellbar Böses auf dich zukommen. Visionen sind in meinem Kopf, Wahrheiten, die mich mit ihrem Wahnsinn heimsuchen. Hör auf mich. Folge deinem eigenen Verstand, Mädchen. Traue niemandem!«

Traue niemandem!

Wren hatte die alte Frau schließlich verlassen, denn sie war gedrängt worden zu gehen, obwohl sie angeboten hatte, zu bleiben und zu helfen. Sie war zu Garth zurückgekehrt, und dann hatten die Männer versucht, sie zu töten, weil das natürlich die ganze Zeit ihre Absicht gewesen war. Ihr Versuch war fehlgeschlagen, und sie hatten für ihre Dummheit bezahlt – vielleicht inzwischen mit ihrem Leben, wenn die Addershag ihrer müde geworden war.

Nachdem Wren und Garth unbehelligt aus Grimpen Ward herausgekommen waren, hatten sie sich nach Süden gewandt, den Anweisungen der alten Seherin folgend, noch immer auf der Suche nach den verschwundenen Elfen. Sie waren zwei Tage ohne Unterbrechung gereist. Sie waren bemüht gewesen, soviel Wegstrecke wie möglich zwischen sich und Grimpen Ward zu legen, und auch erpicht darauf, einen weiteren Versuch zu unternehmen, ihren Schatten abzuschütteln. Wren hatte etwas eher an diesem Tag gedacht, daß es ihnen vielleicht schon gelungen sei. Garth war sich nicht so sicher gewesen. Seine Unruhe verging nicht. Daher war er, als sie für die Nacht haltgemacht hatten, weil sie letztendlich schlafen und ihre Kräfte wieder auffrischen mußten, noch einmal denselben Weg zurückgegangen. Vielleicht würde er etwas entdecken, was die Angelegenheit klären könnte, hatte er gesagt. Vielleicht auch nicht. Aber er wollte es versuchen.

Das war Garth. Nie irgend etwas dem Zufall überlassen.

Hinter ihr, in den Wäldern, scharrte eines der Pferde unruhig, doch es beruhigte sich bald wieder. Garth hatte die Tiere hinter den Bäumen versteckt, bevor er gegangen war. Wren wartete einen Moment, um sicher zu sein, daß alles still war, stand dann wieder auf und ging erneut hinüber zu der Weide. Sie verlor sich in den tiefen Schatten, die von deren Baldachin gebildet wurden, und ließ sich erneut entspannt gegen den breiten Stamm sinken. Weit im Westen, wo Wasser und Himmel aufeinander trafen, war das Licht zu einem silbernen Schimmern verblaßt.

Magie, hatte die Addershag gesagt. Wie konnte das sein?

Wenn es noch Elfen gab und wenn sie sie finden konnte, würden die ihr sagen, was die alte Frau ihr nicht hatte erklären können?

Sie lehnte sich zurück, schloß für einen Moment die Augen und fühlte, wie sie davonglitt, und ließ es geschehen.

Als sie wieder aufschreckte, hatte die Nacht die Dämmerung aufgesaugt, die Dunkelheit lag rundum, außer dort, wo Mond und Sterne einen Weg durch das Blattwerk fanden und alles in einen Silberglanz hüllten. Das Lagerfeuer war kalt geworden, und sie zitterte in der Kälte, die die Küstenluft erfüllte. Sie erhob sich, ging hinüber zu ihrem Gepäck, nahm ihren Reiseumhang heraus und schlang ihn wärmend um sich. Dann kehrte sie unter den Baum zurück und ließ sich erneut nieder.

Du bist eingeschlafen, schalt sie sich selbst. *Was würde Garth sagen, wenn er das herausfinden würde?*

Danach blieb sie wach, bis er zurückkam. Es war fast Mitternacht. Die Welt um sie herum war ruhig geworden bis auf das einschläfernde Rauschen der Meereswogen, die unter ihr auf den Strand aufliefen. Garth tauchte lautlos auf, und doch hatte sie gespürt, daß er kam, bevor sie ihn sah. Aber das bereitete ihr nur geringe Befriedigung. Er trat unter den Bäumen hervor und kam direkt auf die Stelle zu, wo sie sich verborgen hielt, regungslos in der Nacht, ein Teil der alten Weide. Er setzte sich vor sie, groß und dunkel, gesichtslos in den Schatten. Dann hob er seine großen Hände und begann in der Zeichensprache zu reden. Seine Finger bewegten sich rasch.

Ihr Schatten war noch immer irgendwo hinter ihnen und folgte ihnen.

Wren spürte Kälte in ihrem Bauch, und sie schlang ihre Arme fest um sich.

»Hast du es gesehen?« fragte sie und machte entsprechende Zeichen.

Nein.

»Weißt du schon, was es ist?«

Nein.

»Nichts? Überhaupt nichts davon?«

Er schüttelte den Kopf. Es verwirrte sie, daß sie es zugelassen hatte, daß sich ihre Enttäuschung so offensichtlich in ihrer Stimme widerspiegelte. Sie wäre gern so ruhig, wie er es war, würde gern so klar denken können, wie er es ihr beigebracht hatte. Sie wollte eine gute Schülerin sein.

Sie legte ihm eine Hand auf die Schulter und drückte sie. »Greift es uns schon an, Garth? Oder wartet es noch ab?«

Es wartet noch ab, signalisierte er.

Er zuckte die Achseln, sein schroffes, bärtiges Gesicht war ausdruckslos, beherrscht. Sein Jägerblick. Wren kannte diesen Blick. Er erschien immer dann, wenn Garth sich bedroht fühlte, eine Maske, die verdecken sollte, was in ihm vorging.

Es wartet noch ab, wiederholte sie still für sich selbst. Warum? Wofür?

Garth erhob sich, schlenderte zu seinem Gepäck hinüber, zog ein großes Stück Käse und etwas zu trinken heraus und setzte sich. Wren ging zu ihm, um ihm Gesellschaft zu leisten. Er aß und trank, ohne sie anzusehen. Statt dessen schaute er hinaus in die schwarze Weite der Blauen Spalte und schien alles andere vergessen zu haben. Wren betrachtete ihn nachdenklich. Er war ein Riese von einem Mann, stark wie ein Bär, schnell wie eine Katze, erfahren im Jagen und Spurenlesen, erfahren im Überleben, wie sie sonst niemanden kannte. Er war ihr Beschützer und Lehrer, seit sie ein kleines Mädchen war. Nachdem sie ins Westland zurückgebracht worden war, war sie nach ihrem kurzen Aufenthalt bei der Ohmsfordfamilie der Obhut der Fahrenden überantwortet worden und damit Garth. Wie war das alles gekommen? fragte sie sich erneut. Ihr Vater war ein Ohmsford gewesen, ihre Mutter eine Fahrende, doch sie konnte sich an beide nicht erinnern. Warum hatte man sie zu den Fahrenden zurückgebracht, anstatt ihr zu erlauben, bei den Ohmsfords zu bleiben? Wer hatte diese Entscheidung getroffen? Es war niemals richtig erklärt worden. Garth behauptete, es nicht zu wissen. Garth behauptete, er wisse nur, was andere ihm gesagt hätten, und das sei wenig, denn seine einzige Anweisung, der Auftrag, den er übernommen habe, sei, daß er für sie zu sorgen habe. Er hatte dies getan, indem er ihr sein Wissen vermittelt und sie in den Fähigkeiten, die er beherrschte, unterwiesen hatte und sie in allem so gut werden ließ, wie er selbst es war. Er hatte hart daran gearbeitet, dafür zu sorgen, daß sie ihre Lektionen lernte. Das war ihr gelungen. Was auch immer Wren Ohmsford wissen mochte, sie wußte als Wichtigstes und Entscheidendes, wie man am Leben blieb. Garth hatte dies sichergestellt. Aber es war keine Ausbildung, wie sie normalerweise ein Kind eines Fahrenden erhielt – besonders ein Mädchen –, und Wren hatte das von Anfang an gewußt. Daher vermutete sie, daß Garth mehr wußte, als er sagte. Nach einiger Zeit war sie sogar überzeugt davon.

Doch Garth wollte nichts preisgeben, wenn sie das Thema auch noch so dringlich zur Sprache brachte. Er schüttelte einfach den Kopf und signalisierte ihr, daß sie besondere Fähigkeiten brauche, daß sie eine Waise und allein sei und daß sie stärker und klüger sein müsse als andere. Er sagte es, aber er weigerte sich, das zu erklären.

Sie bemerkte, daß er seine Mahlzeit beendet hatte und sie beobachtete. Sein verwittertes, bärtiges Gesicht wurde nicht mehr von Schatten verdeckt. Sie konnte die Umrisse seiner Züge klar erkennen und in ihnen lesen. Sie sah, daß sich seine Augenbrauen vor Anteilnahme furchten. Sie sah Freundlichkeit, die sich in seinen Augen spiegelte. Sie spürte Entschlossenheit rundum. Es war seltsam, dachte sie, aber er war immer in der Lage gewesen, ihr mit einem einzigen Blick mehr zu übermitteln, als andere mit einem Wortschwall übermitteln konnten.

»Ich mag es nicht, auf diese Art gejagt zu werden«, sagte sie in der Zeichensprache. »Ich hasse dies Abwarten, um herauszufinden, was geschieht.«

Er nickte, seine dunklen Augen verrieten Angespanntheit.

»Es hat etwas mit den Elfen zu tun«, fuhr sie impulsiv fort. »Ich weiß nicht, warum ich das Gefühl habe, daß es so ist, aber es ist so. Ich bin mir sicher.«

Dann werden wir bald etwas erfahren, antwortete er.

»Wenn wir zu den Rock-Höhlen kommen«, stimmte sie zu. »Ja. Denn dann werden wir wissen, ob die Addershag die Wahrheit gesagt hat, ob dort wirklich noch Elfen sind.«

Und was uns folgt, wird es vielleicht auch wissen wollen.

Ihr Lächeln war angespannt. Sie betrachteten einander einen Moment lang stumm und ergründeten, was sie in den Augen des anderen sahen, und dachten darüber nach, was vor ihnen liegen könnte.

Schließlich erhob sich Garth und deutete auf den Wald. Sie nahmen ihr Gespräch auf und gingen zurück zu der Weide. Nachdem sie sich am Fuße ihres Stammes niedergelassen hatten, breiteten sie ihre Schlafmatten aus und wickelten sich in ihre Umhänge. Trotz ihrer Müdigkeit bot Wren an, die erste Wache zu übernehmen, und Garth war einverstanden. Er rollte sich in seinem Umhang zusammen, legte sich dann neben sie und war innerhalb von Sekunden eingeschlafen.

Wren lauschte seinem ruhiger werdenden Atem und richtete ihre Aufmerksamkeit dann auf die nächtlichen Geräusche hinter ihnen. Es blieb ruhig auf der Klippe, die Vögel und Insekten waren still geworden, der Wind war nur noch ein Flüstern und der Ozean ein besänftigendes, entferntes Murmeln. Was auch immer ihnen dort draußen folgte, schien weit entfernt. Doch das war eine Täuschung, warnte sie sich selbst und wurde noch wachsamer.

Sie berührte den Beutel auf ihrer Brust, der angeblich Elfensteine enthielt. Er war ihr Talisman, dachte sie, ein Zauber, der Böses abwehrte, der vor Gefahren schützte und sie sicher durch alle Herausforderungen bringen würde, die ihnen begegnen würden. Drei bemalte Steine, die Symbole einer Magie, die einst allgegenwärtig, jetzt aber verloren war wie die Elfen, wie ihre Vergangenheit. Sie fragte sich, ob irgend etwas davon wiedergefunden werden könnte.

Oder auch, ob es das sollte.

Sie lehnte sich gegen den Stamm der Weide zurück, starrte hinaus in die Nacht und suchte vergeblich nach einer Antwort.

3

Bei Sonnenaufgang des nächsten Tages nahmen Wren und Garth ihre Reise Richtung Süden und ihre Suche nach den Höhlen der Rocks wieder auf. Es war eine Reise, die viel Vertrauen verlangte, denn während sie Teile der Küstenlinie bereisten, hatten sie beide keine Höhlen gesehen, die groß genug gewesen wären, um das zu sein, wonach sie suchten. Und sie hatten auch niemals einen Rock gesehen. Beide hatten sie Geschichten über die legendären Vögel gehört – Lebewesen mit breiten Flügeln, die einst Menschen getragen hatten. Aber die Geschichten waren eben nur Geschichten, Erzählungen an den Lagerfeuern, die die Zeit vertrieben und Bilder von Dingen heraufbeschworen, die es vielleicht gegeben hatte, aber wahrscheinlich wohl doch nie. Es wurde natürlich erzählt, sie seien gesehen worden, wie das bei jedem Märchenmonster üblich ist. Aber keine dieser Aussagen war zuverlässig. Wie die Elfen hatten sich auch die Rocks offensichtlich den Blicken entzogen.

Und dennoch, es mußte keine Rocks geben, damit es auch Elfen gab. Die Hinweise der Addershag könnten sich in jedem Fall als richtig erweisen. Sie mußten nur die Höhlen entdecken, ob mit Rocks oder ohne, das Signalfeuer entfachen und drei Tage warten. Dann würden sie die Wahrheit erfahren. Es war sehr gut möglich, daß die Wahrheit sie enttäuschen würde, natürlich, aber da sie beide diese Möglichkeit sahen und akzeptierten, gab es keinen Grund, nicht weiterzumachen. Ihr einziges Eingeständnis der Mühsal, die ihr Vorhaben für sie bedeutete, war, daß sie entschieden das Gespräch darüber vermieden.

Der Tag zog klar und frisch herauf, der Himmel war wolkenlos und blau, der Sonnenaufgang eine helle Woge über dem östlichen Horizont, von dem sich die Berge als starres, gezacktes Relief abhoben. Die Luft war von den verschiedenen Gerüchen des Meeres und des Waldes erfüllt, und der Gesang von Staren und Spottdrosseln stieg aus den Bäumen empor. Der Sonnenschein vertrieb schnell die Kühle der Nacht und wärmte das unter ihm liegende Land. Hitze breitete sich aus, dicht und drükkend, wo sie von den Bergen aufgehalten wurde, und sengend über den Ebenen und Hügeln, wo sie das Gras immer mehr zu einem staubigen Braun verbrannte, wie schon den ganzen Sommer über. An der Küste jedoch blieb es kühl und angenehm, da eine ständige Brise vom Wasser her blies. Wren und Garth hielten ihre Pferde in Bewegung und folgten den engen, gewundenen Pfaden, die an den den östlichen Bergen vorgelagerten Klippen und Stränden entlangführten. Sie hatten es nicht eilig. Sie hatten soviel Zeit, wie sie brauchten, um an ihr Ziel zu gelangen.

Es war genug Zeit, um beim Durchqueren dieses unbekannten Landes vorsichtig zu sein – genug Zeit, ein Auge auf ihren Schatten zu haben, falls er ihnen noch immer folgte.

Aber sie waren entschlossen, auch darüber nicht zu sprechen.

Diese Entscheidung, nicht darüber zu sprechen, hielt Wren jedoch nicht davon ab, darüber nachzudenken. Sie bemerkte, daß sie während des Rittes darüber nachsann, was dort hinter ihnen sein könnte. Sie ließ ihre Gedanken frei wandern, während sie über die Weite der Blauen Spalte hinwegschaute und ihr Pferd seinen Weg suchen ließ. Ihre schlimmste Ahnung warnte sie, daß das, was ihnen folgte, etwas Ähnliches sein könnte, wie das, was Par und Coll auf ihrer Reise von Culhaven nach Hearthstone gefolgt war, als sie Walker Boh suchten – ein Wesen wie der Gnawl. Aber konnte selbst ein Gnawl ihnen so vollständig aus dem Weg gehen, wie es ihrem Schatten bisher gelungen war? Konnte etwas, das seinem Wesen nach ein Tier war, sie wieder und wieder finden, wo sie doch so sehr bemüht gewesen waren, ihm zu entkommen? Es war eigentlich wahrscheinlicher, daß das, was ihnen folgte, ein Mensch war – mit der Verschlagenheit und Intelligenz und den Fähigkeiten eines Menschen. Ein Sucher vielleicht – gesandt von Felsen-Dall, einem Fährtensucher mit außergewöhnlichen Fähigkeiten, oder auch ein gedungener Mörder, obwohl der mehr als das sein müßte, um ihnen so erfolgreich auf den Fersen bleiben zu können.

Es war auch denkbar, dachte sie, daß es überhaupt kein Feind war, der da hinter ihnen war, sondern etwas anderes. »Freund« war wohl kaum das richtige Wort, vermutete sie, aber vielleicht jemand, der ein Ziel verfolgte, das dem ihren ähnlich war, jemand, der ein Interesse an den Elfen hatte, jemand, der...

Sie verwarf den Gedanken. Schließlich war da jemand, der darauf bestand, im Verborgenen zu bleiben, obwohl er wußte, daß Garth und sie entdeckt hatten, daß sie verfolgt wurden. Jemand, der fortfuhr, ganz bewußt mit ihnen Katz und Maus zu spielen.

Ihr schlimmster Verdacht tauchte wieder auf und verdrängte alle anderen Möglichkeiten.

Um die Mittagszeit hatten sie den nördlichen Rand des Irrybis erreicht. Die Berge teilten sich in zwei Richtungen, die hohe Bergkette verlief nach Osten, parallel zu dem im Norden liegenden Rock Spur, und umschloß den Wilderun, die niedrige Bergkette an der Küstenlinie entlang, der sie auf ihrem Weg nach Süden folgten. Der an der Küste gelegene Teil des Irrybis war dicht bewaldet und weniger gewaltig, in Stufen an der Blauen Spalte entlang angelegt, Täler und Grate schützend und Pässe bildend, die die Hügel im Inland mit den Stränden verbanden. Dennoch kamen sie langsamer voran, weil die Wege kaum noch zu erkennen waren und auf langen Strecken oft völlig verschwanden. Manchmal ragten die Berge direkt am Wasser auf und fielen in abschüssigen, unpassierbaren Klippen ab, so daß Wren und Garth vorsichtig zurückreiten mußten, um einen anderen Weg zu suchen. Auch große Holzhaufen blockierten ihren Weg und zwangen sie, um sie herum zu gehen. Sie stellten fest, daß sie sich von den Stränden entfernten und sich den Bergpässen näherten, wo das Land offener und zugänglicher war. Sie arbeiteten sich langsam voran, während sie zusahen, wie die Sonne gen Westen trieb und schließlich im Meer versank.

Die Nacht verging ohne Zwischenfälle und bei Tagesanbruch waren sie bereits wieder auf den Beinen und machten sich auf den Weg.

Die Morgenkälte wich erneut der Mittagshitze. Die Meeresbrise, die den Tag zuvor für Kühlung gesorgt hatte, war auf den Pässen weniger spürbar, und Wren stellte fest, daß sie stark schwitzte. Sie schob ihr zerzaustes Haar zurück, band sich ein Tuch um den Kopf, schüttete sich Wasser ins Gesicht und zwang sich, an etwas anderes zu denken. Erinnerungen an ihre Kindheit in Shady Vale stiegen in ihr hoch und sie versuchte erneut, sich daran zu erinnern, wie ihre Eltern gewesen waren. Wie schon so oft stellte sie fest, daß sie es nicht konnte. Denn das, woran sie sich erinnerte, war vage und bruchstückhaft – Teile von Unterhaltungen, kleine Augenblicke oder Wörter oder aus dem Zusammenhang gerissene Sätze. Alles, was sie sich in Erinnerung rief, konnte genauso gut etwas mit Pars Eltern zu tun haben wie mit ihren eigenen. Hing es mit ihren Eltern zusammen – oder hing es mit Jaralan und Mirianna Ohmsford zusammen? Hatte sie ihre Eltern jemals richtig gekannt? Waren sie jemals mit ihr in Shady Vale gewesen? Man hatte ihr das erzählt. Man hatte ihr erzählt, sie wären gestorben. Sie konnte sich jedoch nicht daran erinnern. Warum nur? Warum war ihr nichts über sie in Erinnerung geblieben?

Sie schaute zurück zu Garth, und ihre Verwirrung spiegelte sich in ihren Augen. Rasch sah sie wieder woanders hin, denn sie wollte nichts erklären müssen.

Mittags machten sie eine Pause, um zu essen, und ritten dann weiter. Wren fragte Garth nach ihrem Schatten. Folgte er noch immer? Spürte er etwas? Garth zuckte die Achseln und signalisierte, daß er nicht mehr sicher war und sich in diesem Punkt selbst nicht traute. Wren runzelte die Stirn, aber Garth wollte nicht mehr sagen. Sein dunkles Gesicht war undurchdringlich.

Der Nachmittag verging, während sie einen Grat überquerten, über den vor einem Jahr ein wütendes Waldfeuer hinweggefegt war. Das hatte das Land so eingeebnet, daß nur noch die geschwärzten Stümpfe des alten Bewuchses und die ersten grünen Sprößlinge des neuen zu sehen waren. Von der obersten Kante des Grates konnte Wren meilenweit über das Land hinter ihnen zurückschauen, ohne daß ihr Blick irgendwo aufgehalten wurde. Es gab nichts, wo sich ihr Schatten hätte verstecken können, keinen Weg, den er ungesehen hätte nehmen können. Wren hielt sorgfältig Ausschau nach ihm und sah nichts.

Und doch wollte das Gefühl, daß er noch immer dort hinter ihnen war, sie nicht verlassen.

Beim Einbruch der Nacht gelangten sie wieder an den Rand einer hohen, engen Klippe, die steil zum Meer hin abfiel. Unterhalb des Pfades, den sie entlangritten, krachten und donnerten die Wasser der Blauen Spalte gegen die Klippen, und Meeresvögel kreisten und schrien über dem weißen Schaum. Sie schlugen ihr Lager in einem Erlenhain auf, in der Nähe eines Flusses, der aus den Gebirgsfelsen herabrann und sie mit Trinkwasser versorgte. Zu Wrens Überraschung entfachte Garth ein Feuer, so daß sie eine warme Mahlzeit zubereiten konnten. Als Wren ihn fragend anschaute, hob der hochgewachsene Fahrende den Kopf und bedeutete ihr, daß ihr Schatten, sofern er ihnen immer noch folgte, auch weiterhin abwarten würde. Sie hatten noch nichts zu befürchten. Wren war nicht so sicher, aber Garth schien zuversichtlich, so daß sie das Thema fallenließ.

In dieser Nacht träumte sie von ihrer Mutter, der Mutter, an die sie sich nicht erinnern konnte und von der sie nicht wußte, ob sie sie jemals gekannt hatte. Im Traum hatte ihre Mutter keinen Namen. Sie war eine kleine, wendige Frau mit demselben aschblonden Haar, wie Wren es hatte, und den haselnußbraunen Augen. Ihr Gesicht war warm und offen und besorgt. Ihre Mutter sagte zu ihr: *»Erinnere dich an mich.«* Wren konnte sich aber nicht an sie erinnern. Sie hatte nichts, was sie an ihre Mutter erinnert hätte. Und doch wiederholte sie die Worte immer und immer wieder. *Erinnere dich an mich. Erinnere dich an mich.*

Als Wren aufwachte, blieb ihr das Bild vom Gesicht ihrer Mutter und der Klang ihrer Worte. Garth schien nicht zu bemerken, wie aufgewühlt sie war. Sie zogen sich an, frühstückten, packten ihre Sachen und ritten erneut los – und die Erinnerung an den Traum blieb. Wren begann sich zu fragen, ob der Traum die Wiederbelebung einer Wahrheit sein konnte, die sie über die Jahre irgendwie in sich verschlossen gehalten hatte. Vielleicht war es wirklich ihre Mutter gewesen, von der sie geträumt hatte, das Gesicht ihrer Mutter, an das sie sich nach all den Jahren erinnert hatte. Sie zögerte, es zu glauben, es widerstrebte ihr aber gleichzeitig auch, diese Möglichkeit von sich zu weisen.

Sie ritt schweigend weiter und versuchte vergeblich, sich klarzuwerden, welche Möglichkeit sie am Ende mehr verletzen würde.

Der frühe Morgen kam und ging, und die Hitze wurde drükkend. Als die Sonne hinter den Berggipfeln aufstieg, erstarb die Brise vom Meer vollständig. Die Luft wurde bleischwer. Wren und Garth führten ihre Pferde, um ihnen eine Verschnaufpause zu verschaffen, und folgten der Klippe, bis sie vollständig verschwand und sie sich auf einem felsigen Pfad wiederfanden, der zu einer riesigen Ansammlung von Felsen hinaufführte. Schweiß perlte und trocknete auf ihrer Haut, während sie wanderten, und ihre Füße wurden müde und wund. Die Meeresvögel verschwanden. Sie hatten ihre Rastplätze aufgesucht und warteten auf die

Kühle des Abends, um sich dann wieder hervorzuwagen und erneut zu fischen. Das Land wurde still, wie auch sein verborgenes Leben. Als einziger Laut war das träge Aufschlagen der Wellen der Blauen Spalte auf die felsigen Strände zu hören. Weit draußen am Horizont begannen sich dunkel und bedrohlich Wolken zusammenzuballen. Wren schaute zu Garth. Vor Einbruch der Nacht würde ein Sturm aufkommen.

Der Pfad, dem sie folgten, schlängelte sich weiter aufwärts zu den Gipfeln der Klippen. Die Bäume wurden immer spärlicher, zuerst die Fichten und Tannen und Zedern, dann auch die kleinen, biegsamen Erlen. Der Fels lag nackt und offen unter der Sonne und strahlte die Hitze in dichten, schwerfälligen Wogen wieder ab. Vor Wrens Augen begann die Umgebung zu verschwimmen, und sie machte eine Pause, um ihr Stoffstirnband zu tränken. Garth wandte sich um und wartete ruhig auf sie. Als sie nickte, setzten sie ihren Weg eilig fort. Sie waren bemüht, diese anstrengende Kletterpartie hinter sich zu bringen.

Es war fast Mittag, als sie es schließlich geschafft hatten. Die Sonne stand direkt über ihnen, weißglühend und brennend. Die Wolken, die sich zuvor zusammengeballt hatten, zogen schnell landeinwärts, und es lag eine greifbare Ruhe in der Luft. Als sie am Ende des Pfades angelangt waren, schauten Wren und Garth sich prüfend um. Sie standen am Rande einer Gebirgsebene, die von schweren Gräsern zugewachsen und mit Reihen gekrümmter, windgebeugter, tannenähnlicher Bäume bestanden war. Die Ebene verlief zwischen hohen Gebirgszügen und dem Meer nach Süden, so weit das Auge reichte, eine weite, ungleichmäßige Ansammlung von Niederungen, über der dicht und unbeweglich schwüle Luft hing.

Wren und Garth schauten sich erschöpft an und begannen dann, die Ebene zu durchqueren. Über ihnen schoben sich die sturmbeladenen Wolken langsam vor die Sonne. Schließlich verhüllten sie diese vollständig, und eine schwache Brise kam auf. Die Hitze nahm ab, und Schatten begannen das Land zu überziehen, rastlose Wanderer durch das anhaltende Hitzeflimmern.

Wren ließ das Stirnband in ihre Tasche gleiten und wartete darauf, daß ihr Körper abkühlte.

Sie entdeckten das Tal danach: einen tiefen Einschnitt in der Ebene, der versteckt lag, bis man fast darüber stand. Das Tal war fast eine halbe Meile breit, wettergeschützt durch eine Reihe wulstähnlicher Hügel im Osten und eine Erhöhung der Klippen im Westen sowie durch dichte Baumgruppen, die es von Wand zu Wand ausfüllten. Flüsse rannen durch das Tal. Sogar von oberhalb des Randes aus konnte Wren das Gurgeln hören, das an den Felsen entlang in Rinnen hinablief. Sie folgte Garth, der sie führte, in das Tal, fasziniert von der Aussicht, was sie dort vielleicht finden würden. Nach kurzer Zeit kamen sie auf eine Lichtung. Die Lichtung war dicht mit Gräsern und kleinen Bäumen bestanden, zeigte aber keinen alten Bewuchs. Ein schneller Blick zeigte ihnen die Überreste von Steinfundamenten, die unter dem Gestrüpp verborgen lagen. Der alte Bewuchs war entfernt worden, um Platz für Behausungen zu schaffen. Hier hatten einst Menschen gelebt – viele Menschen.

Wren schaute sich nachdenklich um. War es das, was sie suchten? Sie schüttelte den Kopf. Es gab keine Höhlen – zumindest nicht hier, aber...

Sie überlegte nicht weiter, sondern machte Garth eilig ein Zeichen, bestieg ihr Pferd und ritt auf die Klippen im Westen zu.

Sie ritten aus dem Tal heraus zu den Felsen, die es vom Meer trennten. Die Felsen waren fast baumlos, aber Gestrüpp und Gräser wuchsen aus jedem Riß und jedem Spalt. Wren steuerte auf den höchsten Punkt zu, der wie ein Sims über die Klippen und das Meer hinausragte. Als sie oben waren, stieg sie ab. Sie ließ ihr Pferd zurück und ging zu Fuß weiter. Der Felsen war hier nackt, eine weite Landsenke, auf der anscheinend nichts wachsen konnte. Sie betrachtete sie einen Moment. Sie erinnerte sie an eine Feuergrube, von den Flammen blankgefegt und gereinigt. Sie vermied es, Garth anzuschauen, sondern trat an den Rand. Der Wind blies jetzt beständig und fuhr ihr in plötzlichen Böen ins Gesicht, als sie hinabschaute. Garth trat leise neben sie. Die

Klippen fielen steil ab. Gestrüpp wuchs in dichten Inseln aus den Felsen heraus. Kleine blaue und gelbe Blumen blühten. Sie wirkten seltsam fehl am Platze. Weit unten rollte das Meer auf einer schmalen, leeren Küstenlinie aus. Wellen türmten sich auf, als der Sturm herannahte, und verwandelten sich in weißen Schaum, als sie sich an den Felsen brachen.

Wren betrachtete das Gefälle lange Zeit. Die zunehmende Dunkelheit machte es schwer, alles deutlich zu sehen. Schatten überlagerten die Sicht, und die Bewegung der Wolken trieb das Licht über die Felsen.

Die Fahrende runzelte die Stirn. Irgend etwas stimmte nicht mit dem, worauf sie schaute. Irgend etwas war falsch. Sie konnte nicht sagen, was es war. Sie ließ sich auf die Fersen nieder und wartete auf eine Antwort.

Schließlich wußte sie es. Es gab nirgends Meeresvögel – nicht einen einzigen.

Sie überlegte, was das bedeuten könnte, wandte sich dann Garth zu und signalisierte ihm, er solle warten. Sie erhob sich und ging zu ihrem Pferd zurück, entnahm ihrem Gepäck ein Seil und kehrte zurück. Garth beobachtete sie neugierig. Sie machte schnelle, aufgeregte Handzeichen. Sie wollte, daß er sie über den Rand hinunterließ. Sie wollte sehen, was dort unten war.

Schweigend banden sie ein Seilende als Schlinge unter Wrens Arme und das andere Ende um einen Vorsprung nahe am Rand der Klippe. Wren prüfte die Knoten und nickte. Garth stützte sich ab und begann das Mädchen langsam über den Rand hinabzulassen. Wren stieg vorsichtig ab, wobei sie jeden Halt für ihre Füße und Hände nutzte. Garth war für sie bald nicht mehr zu sehen, und sie begann wie vereinbart am Seil zu ziehen, um ihm zu signalisieren, was sie wollte.

Der Wind bedrängte sie. Er wurde nun stärker und zog ärgerlich an ihrem Körper. Sie klammerte sich an die Klippe, um nicht hinabgeweht zu werden. Die Wolken verdeckten den Himmel über ihr vollständig und türmten sich übereinander auf. Ein paar vereinzelte Regentropfen fielen.

Sie biß die Zähne zusammen. Die Aussicht, im Freien festzusitzen, wenn der Sturm losbrach, gefiel ihr nicht. Sie mußte ihre Entdeckungstour beenden und schnell wieder hinaufklettern.

Sie duckte sich in ein Gestrüpp. Dornen zerkratzten ihre Arme und Beine, und sie schob sie ärgerlich beiseite. Durch das Gestrüpp arbeitete sie sich abwärts. Als sie über die Schulter sah, konnte sie etwas erkennen, was vorher nicht zu sehen gewesen war, eine Dunkelheit vor der Felswand, eine Einsenkung. Sie kämpfte gegen ihre Erregung an. Dabei signalisierte sie Garth, ihr mehr Seil zu geben, und stieg schnell an den Felsen hinab. Die Dunkelheit wurde dichter. Sie dehnte sich weiter aus, als sie geglaubt hatte, ein großes, schwarzes Loch in der Felswand. Wren spähte durch die Dunkelheit. Sie konnte nicht sehen, was darin lag, aber da waren noch andere, dort, weiter seitlich, auch noch zwei davon, und dort ein weiteres, halb vom Gestrüpp verborgen, vom Fels versteckt... *Höhlen!*

Sie signalisierte, daß sie mehr Seil brauchte.

Es gab nach, und sie glitt langsam auf die nächstgelegene Öffnung zu, gelangte schnell in deren Schwärze und sah sich blinzelnd um...

Auf einmal hörte sie das Geräusch, ein Rauschen direkt unter ihr und darin. Es erschreckte sie, und einen Moment lang erschauerte sie. Sie spähte erneut hinab. Schatten umhüllten alles, Schichten von Dunkelheit. Sie konnte nichts sehen. Der Wind blies scharf und erstickte andere Geräusche.

Hatte sie sich geirrt?

Sie ließ sich unsicher einige Fuß weiter hinab.

Dort, etwas...

Sie zog wild an dem Seil, um ihren Absturz aufzuhalten, denn sie hing nur Zentimeter über der dunklen Öffnung.

Der Rock brach unter ihr hervor, explodierte aus der Schwärze heraus, als sei er von einem Katapult abgeschossen worden. Er schien den Himmel auszufüllen, die Flügel weit vor den grauen Wassern der Blauen Spalte, über die Schatten und die Wolken ausgebreitet. Er flog so nahe an ihr vorbei, daß sein Körper ihre Füße streifte und sie herumwarf wie ein Stück Stoff. Sie rollte sich instinktiv zu einer Kugel zusammen, schlug an dem Seil, ihrem Lebensfaden jetzt, gegen die rauhe Oberfläche des Felsens und hatte Mühe, einen Aufschrei zu unterdrücken, wobei sie die ganze Zeit über betete, daß der Vogel sie nicht sehen möge. Der Rock erhob sich in die Lüfte, vergaß ihre Gegenwart oder kümmerte sich nicht darum, ein goldfarbener Körper mit einem feuerfarbenen Kopf. Er sah wild und gefährlich aus, sein Gefieder war struppig, die Flügel gezeichnet und mit Narben übersät. Er stieg hoch in den sturmerfüllten Himmel im Westen und verschwand.

Darum gibt es hier keine Meeresvögel, bestätigte sich Wren benommen in ihrem Schreck.

Sie hing längere Zeit wie betäubt an der Wand der Klippe, wartete, bis sie sicher sein konnte, daß der Rock nicht zurückkehren würde, zog dann vorsichtig am Seil und ließ sich von Garth in Sicherheit bringen.

Kurz nachdem sie den Rand der Klippen wieder erreicht hatte, begann es zu regnen. Garth wickelte sie in seinen Umhang und brachte sie hastig zurück zum Tal, wo sie in einem Tannenhain vorläufig Schutz fanden. Dort entfachte er ein Feuer und bereitete eine Suppe zu, um sie zu wärmen. Sie fror noch lange Zeit und zitterte bei der Erinnerung daran, wie hilflos sie dort gehangen hatte, während der Rock unter ihr vorbeigestrichen war, nahe genug, um sie fortzureißen und sie zu töten. Ihr Denken drehte sich um nichts anderes. Sie hatte beabsichtigt, bei ihrem Abstieg die Höhlen der Rocks zu finden. Sie hätte sich aber niemals träumen lassen, daß sie auch die Rocks finden würde.

Nachdem sie sich weit genug erholt hatte, daß sie sich wieder bewegen konnte, nachdem die Suppe die Kälte aus ihrem Inneren vertrieben hatte, begann sie sich mit Garth zu unterhalten.

»Wenn es Rocks gibt, könnte es auch Elfen geben«, sagte sie, und ihre Hände übersetzten ihre Worte. »Was glaubst du?«

Garth verzog das Gesicht. *Ich denke, du wärest fast getötet worden.*

»Ich weiß«, gab sie zerknirscht zu. »Können wir das jetzt weglassen? Ich fühle mich auch so ziemlich dumm.«

Gut, zeigte er gleichmütig an.

»Wenn die Addershag recht hatte, was die Höhlen der Rocks angeht, denkst du nicht auch, daß sie dann mit ziemlich großer Wahrscheinlichkeit auch mit dem recht hat, was sie über die Elfen sagte?« Wren sann weiter nach. »Ich glaube schon. Sicher wird jemand kommen, wenn wir ein Signalfeuer entzünden. Direkt auf diesem Sims. In dieser Senke. Dort sind schon früher Feuer entfacht worden. Das hast du doch auch gesehen. Vielleicht war dieses Tal einmal die Heimat der Elfen. Vielleicht ist es das noch immer. Morgen werden wir dieses Signalfeuer entfachen und abwarten, was geschieht.«

Sie ignorierte sein Achselzucken und lehnte sich bequem zurück, ihre Decken eng um sich gewickelt, die Augen strahlend vor Entschlossenheit. Der Zwischenfall mit dem Rock begann bereits in die hinteren Winkel ihres Bewußtseins zu sinken.

Sie schlief bis weit nach Mitternacht und übernahm die Spätwache, denn Garth hatte sie nicht wecken wollen. Sie war für den Rest der Nacht munter und sinnierte, was kommen mochte. Der Regen hörte auf, und bei Tagesanbruch kam die Sommerhitze zurück, dampfend und dicht. Sie suchten trockenes Holz, brachen Äste ab, die klein genug waren, daß sie sie aufladen konnten, bauten einen Schlitten und benutzten die Pferde, um das Holz an den Rand der Klippe zu ziehen. Sie arbeiteten rastlos in der Hitze, blieben aber dennoch bemüht, sich selbst und ihre Tiere nicht zu überanstrengen. Sie machten oft halt und tranken viel Wasser, um einen Hitzschlag zu vermeiden.

Der Tag blieb klar und schwül, der Regen eine entfernte Erinnerung. Eine gelegentliche Brise blies vom Wasser landeinwärts, konnte ihnen aber kaum Kühlung bringen. Das Meer erstreckte sich vom Land als glatte Fläche wie Glas fort und wirkte von der Höhe der Klippen aus flach und hart wie Eisen.

Sie sahen nichts mehr von den Rocks. Garth meinte, sie seien wohl Nachtvögel, Jäger, die den Schutz der Dunkelheit bevorzugten, bevor sie sich hinauswagten. Ein- oder zweimal glaubte Wren ihren Schrei gehört zu haben, schwach und gedämpft. Sie hätte gern gewußt, wie viele in den Höhlen hausten und ob sie Junge hatten. Aber ihr Zusammenprall mit dem riesigen Vogel war ihr genug, wenn ihre Neugier auch unbefriedigt blieb.

Sie errichteten ihr Signalfeuer in der Senke auf dem Felsvorsprung, der über die Blaue Spalte hinausragte. Als der Sonnenuntergang einsetzte, benutzt Garth seinen Feuerstein, um das Anmachholz zu entzünden, und bald brannten auch die größeren Holzstücke. Die Flammen stiegen himmelwärts, ein roter und goldener Glanz vor dem schwächer werdenden Licht, der in der Stille knisterte. Wren sah sich zufrieden um. Von dieser Höhe aus konnte das Feuer in allen Richtungen auf Meilen gesehen werden. Wenn dort draußen jemand Ausschau hielt, würde er es sehen.

Sie aßen schweigend zu Abend, saßen nahe bei dem Signalfeuer, schauten auf die Flammen und waren mit ihren Gedanken ganz woanders. Wren bemerkte, daß sie über ihre Cousins, Par und Coll, nachdachte und über Walker Boh. Sie fragte sich, ob sie wie sie dazu überredet worden waren, Aufträge von Allanon anzunehmen. Finde das Schwert von Shannara, hatte der Schatten Par befohlen. Finde die Druiden und das verlorene Paranor, hatte er Walker befohlen. Und ihr hatte er befohlen, die vermißten Elfen zu finden. Wenn sie es nicht taten oder wenn es einem von ihnen mißlänge, dann würde die Vision einer öden und leeren Welt, die er ihnen gezeigt hatte, wahr werden, und die menschlichen Rassen würden zum Spielzeug der Schattenwesen werden. Ihr mageres Gesicht straffte sich, und sie strich gedankenverloren eine Locke zurück, die sich gelöst hatte. Die Schattenwesen – was waren sie? Cogline hatte von ihnen gesprochen, überlegte sie, ohne wirklich etwas zu enthüllen. Die Geschichte, die er ihnen in jener Nacht am Hadeshorn erzählt hatte, war überraschend ungenau gewesen. Lebewesen formten sich in der Leere, die durch das Vergehen der Magie nach Allanons Tod entstanden war. Lebewesen, die aus verirrter Magie geboren worden waren. Was bedeutete das?

Sie beendete ihre Mahlzeit, erhob sich und trat hinaus an den Rand der Klippe. Die Nacht war klar und der Himmel von Tausenden von Sternen erfüllt, deren Licht auf der Oberfläche des Ozeans schimmerte und einen glitzernden Teppich aus Silber zurückließ. Wren verlor sich eine Weile in dieser Schönheit, wärmte sich in der Abendkühle und vergaß für kurze Zeit ihre dunklen Gedanken. Als sie wieder zu sich selbst fand, wünschte sie, sie wüßte genauer, was vor ihr lag. Ihre einst sehr sichere, planvolle Existenz war erstaunlich phantastisch geworden.

Sie ging zurück zum Feuer und zu Garth. Der große Mann breitete die Schlafdecken aus, die sie vom Tal heraufgebracht hatten. Sie würden beim Feuer schlafen und es unterhalten, bis die drei Tage verstrichen waren oder bis jemand kam. Die Pferde waren hinter ihnen am Ende des Tals zwischen den Bäumen angepflockt. Solange es nicht regnete, würden sie lieber im Freien schlafen.

Garth bot an, die erste Wache zu übernehmen, und Wren war einverstanden. Sie wickelte sich am Rande der Feuerwärme in ihre Decken und legte sich hin. Sie beobachtete, wie die Flammen vor der Dunkelheit tanzten, verlor sich in ihre hypnotisierenden Bewegungen und ließ sich treiben. Sie dachte erneut an ihre Mutter, an deren Gesicht und ihre Stimme im Traum und fragte sich, ob irgend etwas davon real war.

Erinnere dich an mich.

Warum konnte sie es nicht?

Sie grübelte noch immer darüber nach, als sie schließlich einschlief.

Sie erwachte von Garths Hand auf ihrer Schulter. Er hatte sie über die Jahre Hunderte von Malen geweckt, und sie hatte gelernt, allein von seiner Berührung her sagen zu können, was er empfand. Seine jetzige Berührung sagte ihr, daß er besorgt war.

Sie rollte sich sofort auf die Füße, und der Schlaf war vergessen. Es war noch früh, soviel konnte sie nach einem schnellen Blick auf den nächtlichen Himmel sagen. Das Feuer brannte noch immer neben ihnen, sein Schein war unvermindert hell. Garth sah vom Feuer fort in die Nacht, zum Tal zurück, dem Geräusch entgegen, das sich näherte. Wren konnte es kommen hören – ein Kratzen, ein Klicken, das Geräusch von Klauen auf dem Fels. Was auch immer dort draußen war, es versuchte nicht, sein Kommen zu verbergen.

Garth wandte sich zu ihr um und signalisierte, daß bis vor wenigen Augenblicken alles völlig ruhig gewesen war. Ihr Besucher mußte zunächst auf Katzenpfoten herangeschlichen sein und dann seine Meinung geändert haben. Wren stellte nicht in Frage, was ihr gesagt wurde. Garth hörte mit seiner Nase und seinen Händen und vor allem mit seinen Instinkten. Obwohl er taub war, hörte er besser als sie. *Ein Rock*?, überlegte sie kurz und erinnerte sich seiner klauenähnlichen Füße. Garth schüttelte den Kopf. *Dann war es vielleicht, was auch immer gemäß dem Versprechen der Addershag kommen sollte*? Garth antwortete nicht. Er brauchte es nicht. Was sich näherte, war etwas anderes, etwas Gefährliches...

Ihre Augen trafen sich, und plötzlich wußte sie es.

Es war ihr Schatten, der schließlich kam, um sich ihnen zu zeigen.

Das Kratzen wurde lauter, anhaltender, als würde sich das, was sich da näherte, vorwärts ziehen. Wren und Garth traten einige Schritte vom Feuer zurück und versuchten ein wenig von dem Licht zwischen sich und ihren Besucher und ein wenig Dunkelheit hinter sich zu bringen.

Wren tastete nach dem langen Messer an ihrer Taille. Keine allzu gute Waffe. Garth ergriff seinen gehärteten, viereckigen Knüppel. Sie wünschte, sie hätte daran gedacht, den ihren mitzunehmen, aber sie hatte ihn bei den Pferden gelassen.

Und dann schob sich ein mißgestaltetes Gesicht ins Licht, das aus der Dunkelheit herankroch, als befreie es sich aus etwas. Ein muskulöser Körper folgte. Wren spürte Kälte, die sich in ihrer Magengrube ausbreitete. Was vor ihr stand, war nicht wirklich. Es sah aus wie ein riesiger Wolf mit gesträubten, grauen Haaren, einer dunklen Schnauze und Augen, die im Licht des Feuers glitzerten. Aber es war auch auf groteske Art menschlich. Es hatte die Arme eines Menschen, mit Händen und Fingern, obwohl auch dort überall Haare wuchsen und die Finger in Klauen endeten und mißgebildet und dick voller Schwielen waren. Der Kopf hatte etwas von einem Menschen und war auch so geformt – als habe ihn jemand mit einer Wolfsmaske zusammengefügt und wie Ton bearbeitet, um ihn passend zu machen.

Das Lebewesen hatte sich zum Feuer hin bewegt und dann wieder davon weg. Seine harten Augen fixierten sie.

Das also war ihr Schatten. Wren atmete tief ein. Das also war das Lebewesen, das sie durch das ganze Westland so unermüdlich verfolgt hatte, das Lebewesen, das ihnen wochenlang gefolgt war. Es hatte sich die ganze Zeit verborgen gehalten. Warum zeigte es sich jetzt?

Sie beobachtete, wie sich seine Schnauze öffnete und lange Reihen gekrümmter Zähne sichtbar wurden. Die glitzernden Augen schienen sich zu erhellen. Es gab keinen Laut von sich, als es vor ihnen stand.

Es zeigt sich jetzt, weil es beschlossen hat, uns zu töten, erkannte Wren und hatte plötzlich Angst.

Garth warf ihr einen schnellen Blick zu, einen Blick, der alles sagte. Er machte sich keine Illusionen darüber, was jetzt geschehen würde. Er machte einen Schritt auf die Bestie zu.

Die griff ihn sofort mit einem Sprung an, der sie mit dem großen Fahrenden zusammenprallen ließ, bevor er sich sammeln konnte. Garth warf den Kopf gerade rechtzeitig genug zurück, damit er ihm nicht von den Schultern gerissen wurde, wirbelte den Knüppel herum und schleuderte seinen Angreifer zur Seite. Das Wolfswesen landete mit einem Grunzen, gewann in einem Gewirr von Klauenfüßen wieder Halt und wirbelte mit gefletschten Zähnen herum. Es griff Garth ein zweites Mal an, ignorierte Wren jedoch vollständig. Dieses Mal war Garth vorbereitet und stieß das Ende des schweren, viereckigen Knüppels in den gekrümmten Körper. Wren hörte das Geräusch brechender Knochen. Das Wolfswesen taumelte davon, kam wieder auf die Füße und begann sich zu drehen. Es schenkte Wren weiterhin keine Beachtung, abgesehen davon, daß es sich vergewisserte, was sie tat. Es hatte offensichtlich beschlossen, daß Garth die größere Bedrohung war und zuerst beseitigt werden müßte.

Was bist du? wollte Wren rufen. *Welche Art Wesen?*

Die Bestie prallte erneut auf Garth gegen den wartenden Knüppel. Schmerz schien sie nicht zu stören. Garth schleuderte sie von sich, doch sie griff mit gebleckten Zähnen sofort wieder an. Und wieder griff sie an, eines um das andere Mal, und nichts, was Garth tat, schien sie zu bremsen. Wren duckte sich und beobachtete das Geschehen hilflos, weil sie nicht eingreifen konnte, ohne ihren Freund zu gefährden. Das Wolfswesen bot ihr keine Angriffsfläche und ließ ihr keine Gelegenheit, ebenfalls anzugreifen. Und es war so flink, daß es nie länger als einen Augenblick am Boden war, und es bewegte sich mit einer geschmeidigen Anmut, die sowohl an die Behendigkeit eines Menschen als auch an die eines Tieres erinnerte. Noch nie hatte sich ein Wolf auf diese Weise bewegt, dessen war sich Wren gewiß.

Der Kampf ging weiter. Beide Gegner waren verwundet. Aber während bei Garth Blut aus den Schnitten strömte, die er erlitten hatte, schienen die Verletzungen des Wolfswesens fast sofort zu verheilen. Seine gebrochenen Rippen hätten es behindern und seine Bewegungen hemmen müssen, aber sie taten es nicht. Das Blut in seinen Wunden verschwand in Sekunden. Seine Verletzungen schienen es nicht zu beunruhigen, fast als ob…

Und plötzlich erinnerte sich Wren an die Geschichte, die Par ihr von den Schattenwesen erzählt hatte, denen er und Coll und Morgan Leah während ihrer Reise nach Culhaven begegnet waren – jenem fürchterlichen Menschending, das seine abgetrennten Arme wieder befestigt hatte, als habe es keinen Schmerz empfunden.

Dieses Wolfswesen war ein Schattenwesen!

Diese Erkenntnis trieb sie, fast ohne zu denken, vorwärts. Sie griff das Wesen mit ihrem gezogenen, langen Messer an, wütend und entschlossen, während sie auf es zusprang. Es wandte sich um, und ein Flackern der Überraschung spiegelte sich in seinen harten Augen und lenkte es vorübergehend von dem Mann ab. Sie erreichte es zur gleichen Zeit wie Garth, so daß sie die Bestie zwischen sich gefangen hatten. Garths Knüppel hämmerte auf deren Schädel ein, und er zersplitterte bei der Macht des Aufpralls. Wrens Klinge bohrte sich in die behaarte Brust und glitt leicht hinein. Das Wesen sprang auf und zurück und gab zum ersten Mal einen Laut von sich. Es schrie, den Schmerzensschrei einer Frau. Dann wirbelte es abrupt herum, warf sich auf Wren und drückte sie zu Boden. Es war unglaublich kräftig. Sie taumelte zurück und stieß mit den Füßen aufwärts, während sie die gefletschten Zähne daran zu hindern versuchte, ihr das Gesicht zu zerfleischen. Die Wucht des Wolfswesens rettete sie, denn sie beförderte es kopfüber in die Dunkelheit. Wren rappelte sich hoch. Das lange Messer war fort, noch immer im Körper der Bestie versenkt. Garths Knüppel war zerschmettert. Er packte bereits sein kurzes Schwert.

Das Wolfswesen kam zurück ins Licht. Es bewegte sich ohne Schmerzen, ohne Anstrengung, die Zähne in einem furchterregenden Grinsen entblößt.

Das Wolfswesen.

Das Schattenwesen.

Wren wußte plötzlich, daß sie nicht fähig sein würden, es zu töten – sondern daß sie getötet werden würden.

Sie trat schnell zurück neben Garth. Sie war jetzt wahnsinnig vor Angst und hatte Mühe, ihren Verstand beisammen zu halten. Er zog sein langes Messer und gab es ihr. Sie konnte das abgerissene Geräusch seines Atems hören. Sie konnte sich nicht dazu überwinden, ihn anzusehen.

Das Schattenwesen griff sie erneut an und prallte mit einem Sprung auf sie. Im letzten Moment drehte es zu Garth ab. Der große Fahrende begegnete seinem Stoß und erwiderte ihn, aber die Wucht des Angriffs riß ihn von den Füßen. Sofort war das Schattenwesen über ihm und knurrte. Garth drängte mit seinem Schwert die Wolfsschnauze zurück. Er war stärker als jeder andere Mann, den Wren je gekannt hatte. Aber nicht stärker als dieses Monster. Sie konnte bereits sehen, daß seine Kraft nachließ.

Garth!

Sie warf sich auf das Wolfswesen und stieß das lange Messer in seinen Körper. Es schien nichts davon zu bemerken. Sie klammerte sich an die Bestie und bemühte sich, sie wegzuziehen. Darunter konnte sie Garths dunkles Gesicht erkennen, schweißgetränkt und hart. Sie schrie vor Wut.

Dann schüttelte sich das Schattenwesen, und sie wurde abgeworfen. Sie blieb verrenkt liegen, ohne Waffe und hilflos. Sie zog sich auf die Knie und merkte plötzlich, daß sie von der Hitze des Feuers brannte. Das Brennen – wie lange war es schon da? – hatte sich auf ihrer Brust verstärkt. Sie untersuchte ihren Körper, denn sie glaubte, irgendwie Feuer gefangen zu haben. Nein, da waren keine Flammen, wie sie feststellte, nichts außer...

Ihre Finger zuckten zurück, als sie auf den kleinen Lederbeutel mit den bemalten Steinen stießen. Das Brennen war dort!

Sie riß den Beutel los und schüttete die Steine, fast ohne darüber nachzudenken, in ihre Handfläche.

Sofort explodierten sie in einem erschreckenden Licht, das sie benommen machte. Sie bemerkte, daß sie sie nicht loslassen konnte. Die Farbe, die die Steine bedeckt hatte, verschwand, und die Steine wurden... Sie konnte es nicht über sich bringen, das Wort zu denken, und es war auch keine Zeit, überhaupt zu denken. Das Licht flackerte und sammelte sich zu einer Art Lebewesen. Jenseits der Lichtung sah sie den wolfsähnlichen Kopf des Schattenwesens hochschrecken. Sie sah das Glitzern in seinen Augen. Sie und Garth hatten vielleicht noch eine Chance zu überleben, wenn...

Sie handelte instinktiv, als sie das Licht mit einem einzigen

Gedanken vorwärts schießen ließ. Es warf sich mit erschreckender Schnelligkeit nach vorne und prallte in das Schattenwesen. Es wurde von Garth fortgeschleudert, drehte sich und schrie. Das Licht wickelte sich um das Wolfswesen herum. Feuer war überall, es versengte und verbrannte es schließlich. Wren streckte ihre Hand aus und dirigierte das Feuer. Die Magie erschreckte sie, aber sie bezwang ihre Panik. Macht durchpulste sie, düster und heiter, beides zugleich. Das Schattenwesen wehrte sich, rang mit dem Licht und kämpfte darum, wieder freizukommen. Es gelang ihm nicht. Wren schrie triumphierend auf, als das Schattenwesen starb. Sie beobachtete, wie es explodierte, sich zu Staub verwandelte und verschwand.

Dann verschwand auch das Licht, und sie war mit Garth allein.

4

Wren arbeitete flink, als sie Garths Wunden versorgte. Er hatte keine Knochenbrüche erlitten, aber eine Reihe tiefer Fleischwunden an den Unterarmen und der Brust und war von Kopf bis Fuß zerschnitten und mit blauen Flecken übersät. Er hatte sich auf den Boden zurückgelegt, während sie über ihm kniete und die Heilsalben und Kräuter auftrug, die die Fahrenden überallhin mitnahmen. Sein dunkles Gesicht war ruhig: Eisen-Garth. Der riesige, muskulöse Körper zuckte ein- oder zweimal zusammen, als sie die Wunden säuberte und verband, nähte und umwickelte, aber das war alles. Sein Gesicht und seine Augen zeigten nichts von der Erschütterung und dem Schmerz, die er auszuhalten hatte.

Einen Augenblick lang traten ihr Tränen in die Augen, und sie senkte den Kopf, damit er es nicht sah. Er war ihr engster Freund, und sie hatte ihn fast verloren.

Wenn da nicht die Elfensteine gewesen wären…

Und es waren Elfensteine. Wirkliche Elfensteine.

Denk nicht darüber nach!

Sie konzentrierte sich noch mehr auf das, was sie tat, und drängte ihre besorgten, erschreckten Gedanken beiseite. Das Signalfeuer brannte noch immer, die Flammen stiegen in der Dunkelheit auf, und das Holz krachte, als es von der Hitze gespalten wurde. Sie arbeitete schweigend und konnte doch alles um sich herum hören – das Knistern des Feuers, das Anrollen der Wellen auf den Strand, das Summen von Insekten weit hinten im Tal und das Zischen ihres eigenen Atems. Es war, als wären alle Nachtgeräusche hundertfach verstärkt – als befände sie sich in einer riesigen, leeren Schlucht, in der selbst das leiseste Flüstern ein Echo hatte.

Sie beendete ihre Arbeit und fühlte sich einen Moment schwach, ein Schwarm Bilder verschwamm vor ihren Augen. Sie sah erneut das Wolfswesen, das Schattenwesen, nur aus Zähnen und Klauen und borstigem Haar bestehend. Sie sah Garth, wie er in den Kampf mit dem Monster verstrickt war. Sie sah sich selbst, wie sie herbeieilte, um ihm zu helfen, ein nutzloser Versuch. Sie sah den Feuerschein sich über sie alle ausbreiten wie Blut. Sie sah die Elfensteine zum Leben erwachen und weiß leuchten, eine uralte Macht, die die Nacht mit ihrem Strahlen erfüllte, sah sie hervorschießen, das Schattenwesen vernichten und es in Brand setzen, während es vergeblich darum kämpfte freizukommen...

Sie versuchte, sich zu erheben und fiel zurück. Garth, der sich irgendwie auf die Knie erhoben hatte, fing sie in seinen Armen auf und bettete sie auf den Boden. Er hielt sie einen Moment umfangen und wiegte sie, wie er ein Kind gewiegt hätte, und sie ließ es zu, ihr Gesicht an seiner Brust verborgen. Dann stieß sie sich sanft ab und atmete langsam und tief ein, um sich zu beruhigen. Sie erhob sich, ging zu ihren Umhängen hinüber und brachte sie zu der Stelle zurück, wo Garth wartete. Sie wickelten sich gegen die Nachtkälte darin ein, saßen dann da und schauten sich wortlos an.

Schließlich hob Wren ihre Hände und begann in der Zeichensprache zu sprechen. »Wußtest du von den Elfensteinen?« fragte sie.

Garth schaute sie offen an. *Nein.*

»Nicht, daß sie echt waren, nicht, was sie bewirken konnten, nichts?«

Nein.

Sie betrachtete sein Gesicht einen Moment lang regungslos. Dann griff sie in ihre Tunika und zog den Lederbeutel heraus, der um ihren Hals hing. Sie hatte die Elfensteine wieder hineingleiten lassen, nachdem sie Garth geholfen hatte. Sie fragte sich, ob sie sich wohl wieder verwandelt hatten, ob sie wieder zu den bemalten Steinen geworden waren, die sie zuvor gewesen waren. Sie fragte sich sogar, ob sie sich etwa bei all dem geirrt hatte, was sie gesehen hatte. Sie stellte den Beutel auf den Kopf und schüttelte ihn über ihrer Handfläche aus.

Drei hellblaue Steine fielen heraus, keine bemalten Steine mehr, sondern glitzernde Elfensteine – die Elfensteine, die Shea Ohmsford vor über fünfhundert Jahren von Allanon erhalten hatte und die seitdem der Ohmsfordfamilie gehört hatten. Sie betrachtete sie, von ihrer Schönheit überwältigt und voller Ehrfurcht, daß sie sie in Händen hielt. Sie zitterte bei der Erinnerung an ihre Macht.

»Garth«, flüsterte sie. Sie legte die Elfensteine in ihren Schoß. Ihre Finger bewegten sich. »Du mußt doch etwas wissen. Du mußt. Ich bin deiner Obhut übergeben worden, Garth. Ich hatte die Elfensteine damals schon. Sag es mir. Woher kamen sie wirklich?«

Das weißt du bereits. Deine Eltern haben sie dir gegeben.

Meine Eltern. Sie fühlte ein Aufwallen des Schmerzes und der Enttäuschung. »Erzähl mir von ihnen. Alles. Es gibt Geheimnisse, Garth. Es hat immer Geheimnisse gegeben. Ich muß es jetzt wissen. Erzähl es mir.«

Garths dunkles Gesicht wurde starr, während er zögerte und ihr dann signalisierte, daß ihre Mutter eine Fahrende und ihr Vater ein Ohmsford gewesen sei. Sie hatten Wren zu den Fahrenden gebracht, als sie noch ein Baby war. Man hatte ihm erzählt, daß sie ihr als letzte Handlung, bevor sie fortgingen, den Lederbeutel mit den bemalten Steinen um den Hals gelegt hatten.

»Du hast meine Mutter nicht gesehen. Oder meinen Vater?«

Garth schüttelte den Kopf. Er war fort, als sie kamen, und als er zurückkam, waren sie schon wieder gegangen. Sie kamen niemals zurück. Wren wurde nach Shady Vale gebracht, um bei Jaralan und Mirianna Ohmsford zu leben. Als sie fünf Jahre alt war, nahmen die Fahrenden sie wieder auf. Das war die Vereinbarung, die sie mit den Ohmsfords getroffen hatten. Darauf hatten ihre Eltern bestanden.

»Aber warum?« unterbrach Wren ihn verwirrt.

Garth wußte es nicht. Man hatte ihm auch niemals gesagt, wer den Handel im Namen der Fahrenden abgeschlossen hatte. Sie war von einem der Ältesten der Familie seiner Obhut übergeben worden, von einem Mann, der kurz darauf gestorben war. Niemand hatte ihm jemals erklärt, warum er sie so ausbilden sollte, wie er es tat – sondern nur, was getan werden sollte. Sie sollte schneller, stärker, klüger und lebensfähiger werden als jeder andere. Garth sollte sie soweit bringen.

Wren setzte sich bedrückt zurück. Was Garth ihr erzählte, wußte sie bereits alles. Er hatte es ihr alles schon zuvor erzählt. Ihr Kiefer spannte sich ärgerlich an. Da mußte noch mehr sein, etwas, das ihr zu der Erkenntnis verhelfen konnte, woher sie kam und warum sie die Elfensteine trug.

»Garth«, versuchte sie es erneut und jetzt eindringlich. »Gibt es etwas, was du mir nicht erzählt hast? Etwas über meine Mutter? Ich habe von ihr geträumt, weißt du. Ich habe ihr Gesicht gesehen. Sag mir, was du vor mir verbirgst!«

Der große Mann zeigte keinerlei Regung, aber in seinen Augen war Schmerz erkennbar. Wren hätte gern die Hand ausgestreckt, um ihn zu beruhigen, aber der Drang, alles wissen zu wollen, hielt sie davon ab. Garth sah sie lange Zeit wortlos an. Dann machten seine Finger kurz Zeichen.

Ich kann dir nichts sagen, was du nicht selbst erkennen kannst.

Sie zuckte zusammen. »Was meinst du?«

Du hast Elfenzüge, Wren. Mehr als jeder andere Ohmsford. Warum, glaubst du, ist das so?

Sie schüttelte den Kopf, denn sie vermochte nicht zu antworten.

Seine Brauen zogen sich zusammen. *Es kommt daher, daß deine Eltern beide Elfen waren.*

Wren sah ihn ungläubig an. Sie hatte keinerlei Erinnerung daran, daß ihre Eltern wie Elfen ausgesehen hatten, und sie hatte sich selbst immer für eine einfache Fahrende gehalten.

»Woher weißt du das?« fragte sie verblüfft.

Es wurde mir von jemandem erzählt, der sie gesehen hat. Man hat mir auch erzählt, daß es für dich gefährlich wäre, das zu wissen.

»Dennoch hast du es mir jetzt erzählt?«

Garth zuckte die Achseln, als wollte er sagen: »Welchen Unterschied macht das nach dem, was geschehen ist, jetzt noch? Um wie vieles gefährlicher kann es für dich sein, es zu wissen?« Wren nickte. Ihre Mutter eine Fahrende. Ihr Vater ein Ohmsford. Aber beide Elfen. Wie konnte das sein? Fahrende waren keine Elfen.

»Bist du sicher?« fragte sie noch einmal. »Elfen, keine Menschen mit Elfenblut, sondern Elfen?«

Garth nickte fest und signalisierte: *Das wurde sehr deutlich ausgesprochen.*

Jedem außer mir, dachte sie. Wieso waren ihre Eltern Elfen geworden? Keiner der Ohmsfords war ein Elf gewesen, sondern sie stammten höchstens von den Elfen ab und hatten nur einen geringen Prozentsatz Elfenblut. Bedeutete es, daß ihre Eltern bei den Elfen gelebt hatten? Bedeutete es, daß sie von ihnen abstammten, und war das auch der Grund dafür, daß Allanon sie auf die Suche nach den Elfen geschickt hatte? Weil sie eben selbst ein Elf war?

Sie schaute fort, einen Moment lang überwältigt von ihren Überlegungen. Sie sah wieder das Gesicht ihrer Mutter, wie sie es in ihrem Traum gesehen hatte – das Gesicht eines Mädchens von der Rasse der Menschen, nicht der Elfen. Der Teil von ihr, der zu den Elfen gehörte, diese andersartigen Züge, waren nicht sehr deutlich gewesen. Oder hatte sie sie einfach nicht erkannt? Was war mit ihrem Vater? Eigenartig, dachte sie. Er war bei ihren Überlegungen, was gewesen sein könnte, anscheinend niemals sehr wichtig gewesen, niemals sehr real, und sie wußte nicht, warum. Er hatte für sie kein Gesicht. Er war unsichtbar.

Sie sah wieder Garth an. Er wartete geduldig. »Du wußtest nicht, daß die bemalten Steine Elfensteine waren?« fragte sie ein letztes Mal. »Du wußtest nichts darüber, was sie waren?«

Nichts.

Was, wenn sie sie weggeworfen hätte? fragte sie sich erschreckt. Was wäre dann aus den Plänen ihrer Eltern – wie auch immer sie aussahen – geworden? Aber sie kannte die Antwort auf diese Frage. Sie hätte die bemalten Steine niemals weggegeben, ihre einzige Verbindung zur Vergangenheit, die einzige Erinnerung an ihre Eltern, die sie hatte. Hatten sie sich darauf verlassen? Warum hatten sie ihr zuerst die Elfensteine gegeben? Um sie zu schützen? Vor was? Vor Schattenwesen? Vor Schlimmerem? Vor etwas, das noch nicht einmal existiert hatte, als sie geboren wurde?

»Warum, glaubst du, haben sie mir die Elfensteine gegeben?« fragte sie Garth vollkommen verwirrt.

Garth senkte einen Moment den Blick und schaute dann wieder auf. Sein großer Körper bewegte sich nervös. Er signalisierte. *Vielleicht, um dich auf der Suche nach den Elfen zu beschützen.*

Wren sah ihn offen an. Sie hatte diese Möglichkeit noch nicht erwogen. Aber wie hatten ihre Eltern wissen können, daß sie die Elfen suchen würde? Oder hatten sie ganz einfach gewußt, daß sie sich eines Tages von allein aufmachen würde, ihr Erbe ausfindig zu machen, daß sie darauf bestehen würde, zu erfahren, woher sie kam und wer ihre Leute waren?

»Garth, ich verstehe nicht«, gestand sie ihm. »Was bedeutet das alles?«

Aber der große Mann schüttelte nur den Kopf und sah traurig vor sich hin.

Sie schauten weiter in die Nacht hinaus, der eine dösend, während der andere wach blieb, bis die Dämmerung schließlich den östlichen Himmel erhellte. Garth schlief dann noch bis zum Mittag, denn seine Kräfte waren erschöpft. Wren saß da und dachte darüber nach, was sich aus ihrer Entdeckung ergab. Es waren die Elfensteine von Shea Ohmsford, sagte sie sich. Sie hatte deren Beschreibung oft genug gehört und Sagen über ihre Geschichte. Sie gehörten dem, dem sie gegeben wurden, wer auch immer es war, und sie waren der Ohmsfordfamilie gegeben – und dann vermutlich wieder verloren – worden. Aber vielleicht auch nicht. Vielleicht hatte man sie ihnen einfach zu einem bestimmten Zeitpunkt fortgenommen. Das war möglich. Es hatte nach Brin und Jair viele Ohmsfords gegeben und eine Zeitspanne von dreihundert Jahren, in denen die Magie verlorengegangen sein konnte – sogar eine so persönliche und mächtige Magie wie die der Elfensteine. Es hatte eine Zeit gegeben, in der sie niemand hatte benutzen können, erinnerte sie sich. Nur jene, die genügend Elfenblut in sich hatten, konnten die Magie ungestraft beschwören. Will Ohmsford war auf diese Weise vernichtet worden. Dadurch, daß er die Steine gebrauchte, war er gezwungen worden, einen Teil ihrer Magie in sich aufzunehmen. Als seine Kinder geboren wurden, Brin und Jair, hatte sich die Magie in das Wunschlied verwandelt. Also hatte vielleicht einer der Ohmsfords beschlossen, die Elfensteine zu jenen zurückzubringen, die sie ohne Gefahr gebrauchen konnten – zu den Elfen. Hatten sie dadurch den Weg zu ihren Eltern gefunden?

Die Fragen blieben, überwältigend, beständig und ohne Antwort. Was hatte Cogline zu ihr gesagt, als er sie im Tirfing gefunden und dazu überredet hatte, mit ihm zum Hadeshorn zu kommen, um Allanon zu treffen? *Es ist nicht annähernd so wichtig zu wissen, was du bist, als zu wissen, was du sein könntest.* Sie begann zu verstehen, daß dies möglicherweise auf eine Art wahr werden konnte, die sie sich niemals hätte vorstellen können.

Garth stand mittags auf und aß den Gemüseeintopf und das frische Brot, das sie bereitgestellt hatte. Er war steif und wund, und seine Kräfte waren noch nicht wiederhergestellt. Dennoch hielt er eine Erkundungstour in dieser Gegend für notwendig, um sicherzugehen, daß kein weiteres Wolfswesen in der Nähe war. Wren hatte diese Möglichkeit noch nicht erwogen. Sie beide hatten ihren Angreifer als Schattenwesen erkannt – als ein Wesen, das einst ein Mensch gewesen war und dann zum Teil ein Tier geworden war, ein Wesen, das verfolgen und jagen konnte, das sich verbergen und heranpirschen konnte und das genauso gut denken konnte wie sie und ohne Gewissensbisse tötete. Kein Wunder, daß es ihnen so problemlos gefolgt war. Sie hatte angenommen, es sei allein gekommen. Das war eine Annahme, die für sie gefährlich werden konnte. Also erklärte sie, daß sie gehen würde. Es ging ihr im Moment besser als ihm, und sie hatte die Elfensteine. Sie würde beschützt werden.

Sie sagte ihm nicht, wie sehr die Elfenmagie sie erschreckte und wie schwer es ihr fallen würde, sie erneut anzurufen.

Während sie die Gegend südlich und östlich nach Fußspuren, Zeichen oder außergewöhnlichen Merkmalen absuchte, wobei sie sich vor allem auf ihren Instinkt verließ, der sie vor jedweder Gefahr warnen würde, dachte sie darüber nach, was es bedeutete, solche Magie zu besitzen. Sie erinnerte sich daran, wie Par sie wegen ihrer Träume geneckt und erklärt hatte, sie habe sicher dasselbe Elfenblut wie er und vielleicht einen Teil der Magie. Sie hatte gelacht. Sie habe nur ihre bemalten Steine, hatte sie gesagt. Und ihr fiel wieder ein, wie die Addershag ihre Brust berührt hatte, wo die Elfensteine in ihrem Lederbeutel hingen, und wie sie unerwartet »Magie!« geschrien hatte. Damals hatte sie nicht einmal an die bemalten Steine gedacht. Ihr ganzes Leben lang hatte sie das Ohmsfordvermächtnis gekannt und die Magie, die zu ihnen als den Erben des Elfenhauses von Shannara gehörte. Doch sie hatte niemals daran gedacht, selbst von der Magie Gebrauch machen zu können. Sie hatte es sich nicht einmal gewünscht. Nun gehörte sie ihr, wie auch die Elfensteine ihr gehörten, und was sollte sie dagegen tun? Sie wollte die Verantwortung nicht, die die Steine oder ihre Magie ihr antrugen. Sie wollte das Vermächtnis nicht. Es war ein Mühlstein, der sie hinabziehen würde. Sie war eine Fahrende, frei geboren und erzogen, und das war es, was sie kannte und was für sie ein angenehmes Leben ausmachte – nichts von all dem anderen. Sie hatte ihr Elfenaussehen akzeptiert, ohne danach zu fragen, was es bedeuten könnte. Es war ein Teil von ihr, aber ein geringerer Teil, der absolut nicht zu dem Teil in ihr gehörte, der die Fahrende ausmachte. Sie fühlte sich, als sei sie bei der Entdeckung der Elfensteine von innen nach außen gekehrt worden, als habe ihr die Magie, als sie in ihr Leben getreten war, ihre Lebenskraft genommen und sie verändert. Sie mochte das Gefühl nicht. Sie war nicht begierig darauf, in jemand anderen verwandelt zu werden.

Sie grübelte den ganzen Tag lang über ihr Unbehagen nach und war noch zu keinem Ergebnis gekommen, als sie zum Lager zurückkehrte. Das Signalfeuer war ein deutlich sichtbares Zeichen, und sie folgte seinem Glühen, bis sie dort ankam, wo Garth wartete. Er hatte sich Sorgen um sie gemacht – sie konnte es in seinen Augen sehen. Aber er sagte nichts, reichte ihr Essen und ein Getränk und lehnte sich dann zurück, um sie schweigend beim Essen zu beobachten. Sie erzählte ihm, sie habe keine Spuren anderer Schattenwesen entdeckt. Sie erzählte ihm nicht, daß sie begann, ganz anders über die ganze Sache zu denken. Sie hatte sich schon zuvor gefragt, ganz am Anfang einmal, als sie sich gerade erst entschlossen hatte, etwas über ihre Herkunft herauszufinden, was wohl geschehen würde, wenn ihr nicht gefiel, was sie entdeckte. Sie hatte diese Möglichkeit ausgeschlossen. Doch jetzt befürchtete sie, einen sehr großen Fehler gemacht zu haben.

Auch die zweite Nacht verging ohne Zwischenfälle. Sie hielten das Signalfeuer beständig am Brennen, indem sie neues Holz auflegten, wenn das alte verglüht war, und warteten geduldig. Ein weiterer Tag begann und endete, und noch immer erschien niemand. Sie suchten den Himmel und das Land von Horizont zu Horizont ab, aber es war kein Zeichen von irgend jemandem zu entdecken. Bei Einbruch der Nacht waren sie beide gereizt. Garths oberflächliche Wunden waren bereits geheilt, und die tieferen begannen sich zu schließen. Er schlich um das Lager herum wie ein gefangenes Tier und führte wiederholt nutzlose Tätigkeiten aus, um nicht einfach dasitzen zu müssen. Wren blieb sitzen, um nicht herumschleichen zu müssen. Sie schliefen, so oft es ging, ruhten sich aus, weil es notwendig war und weil die Zeit verging. Wren stellte fest, daß sie an der Addershag zu zweifeln, die Worte der alten Frau in Frage zu stellen begann. Wie lange war die Addershag schon von jenen Männern gefangengehalten worden, angekettet und eingesperrt in jenem Keller? Vielleicht war sie verwirrt. Aber sie hatte nicht schwach oder verwirrt geklungen. Sie hatte gefährlich geklungen. Und was war mit dem Schattenwesen, das ihnen durch das ganze Westland gefolgt war? All die Wochen hatte es sich verborgen gehalten und war ihnen nur in einiger Entfernung gefolgt. Es hatte sich erst gezeigt, nachdem sie das Signalfeuer entfacht hatten. Da war es hervorgekommen, um sie zu vernichten. War es nicht vernünftig, anzunehmen, daß sein Erscheinen durch das hervorgebracht worden war, was es sie hatte tun sehen, daß es das Signalfeuer als Bedrohung angesehen hatte, die beseitigt werden mußte? Warum sonst hatte es ausgerechnet in diesem Moment angegriffen?

Also gib nicht auf, sagte sich Wren immer wieder, und die Worte waren eine Litanei der Hoffnung, um ihr Vertrauen aufrechtzuerhalten. *Gib nicht auf.*

Die dritte Nacht schleppte sich dahin und ließ Minuten zu Stunden werden. Sie wechselten sich häufig mit Wachehalten ab, weil sie inzwischen beide nicht mehr lange schlafen konnten, ohne aufzuwachen. Sehr oft hielten sie zusammen Wache – unruhig, besorgt, ängstlich. Sie speisten das Feuer mit totem Holz und beobachteten, wie es vor der Dunkelheit tanzte. Sie schauten in den schwarzen Raum über der Blauen Spalte hinaus. Sie erforschten die Geräusche der Nacht und ihre wirren Gedanken.

Nichts geschah. Niemand kam.

Es war fast Morgen, als Wren während der letzten Stunde ihrer

Wache gegen ihren Willen einige Zeit einschlief. Sie saß noch immer aufrecht, mit gekreuzten Beinen, die Arme um die Knie geschlungen, aber ihr Kopf fiel vornüber. Es waren anscheinend nur Augenblicke verstrichen, als sie wieder hochschreckte. Sie sah sich verwirrt um. Garth schlief ein paar Meter entfernt, eingewickelt in seinen großen Umhang. Das Feuer brannte weiterhin munter. Das Land war in eine Decke aus Schatten und Dämmerung gehüllt, die Frostspitzen zierten. Der Sonnenaufgang war nur als schwaches silbernes Leuchten am Rand der Berge im Osten zu sehen. Ein Gewirr von Sternen erhellte noch immer den Himmel im Westen, obwohl der Mond schon lange verschwunden war. Wren gähnte und stand auf. Wolken trieben vom Ozean aufs Land, tiefhängend und dunkel...

Sie stutzte. Es gab da noch etwas anderes, wie sie erkannte, etwas Schwärzeres und Schnelleres, das sich aus der Dunkelheit heraus auf die Klippen zubewegte und direkt auf sie zu schoß. Sie blinzelte, um sicherzugehen, trat dann eilig zurück und griff nach Garth. Der große Fahrende war sofort auf den Beinen. Zusammen schauten sie über die Spalte hinaus und beobachteten, wie das schwarze Ding Gestalt annahm. Wie sie nach einigen weiteren Sekunden erkannten, war es ein Rock, der seinen Weg zum Feuer nahm wie eine von Flammen angelockte Motte. Er strich über die Klippe und schwebte wieder zurück, sein Umriß war kaum sichtbar in dem schwachen Licht. Er flog zweimal über sie hinweg, wandte sich jedesmal um und kreuzte hin und her, als erkunde er, was unter ihm lag. Wren und Garth beobachteten ihn schweigend. Sie waren unfähig, etwas zu tun.

Schließlich schoß der Rock auf sie zu. Sein wuchtiger Körper pfiff über ihre Köpfe hinweg, so nah, daß er sie mit seinen großen Klauen hätte aufgreifen können, wenn er es gewollt hätte. Wren und Garth preßten sich an die Felsen und beobachteten, wie sich der große Vogel ruhig am Rand der Klippen niederließ, ein Riese mit einem schwarzen Körper, einem Kopf so scharlachrot wie Feuer und Flügeln, die noch größer waren als die des Tieres, dem Wren vor wenigen Tagen knapp entkommen war.

Wren und Garth kamen wieder auf die Füße und klopften sich die Kleidung ab.

Ein Mann, der von den Riemen eines Lederharnischs gehalten wurde, saß rittlings auf dem Rock. Sie beobachteten, wie er die Riemen löste und sanft zu Boden glitt. Er stand neben dem Vogel und beobachtete sie einen Moment lang. Dann kam er auf sie zu. Er war klein und gebeugt und trug eine Tunika, Hosen, Stiefel und Handschuhe aus Leder. Er ging mit merkwürdig rollendem Gang, als fühle er sich nicht allzu wohl bei seiner Aufgabe. Seine Gesichtszüge waren Elfenzüge, schmal und scharfgeschnitten, und sein Gesicht war tief zerfurcht. Er trug keinen Bart, sein braunes Haar war kurz geschnitten und von grauen Fäden durchzogen. Wilde, schwarze Augen blinzelten sie mit erschrekkender Behendigkeit an.

Er blieb in ungefähr zwölf Fuß Entfernung stehen.

»Habt Ihr dieses Feuer entfacht?« fragte er. Seine Stimme war schrill und etwas rauh.

»Ja«, antwortete Wren.

»Warum habt Ihr das getan?«

»Weil man es mir befohlen hat.«

»Tatsächlich? Wer, wenn Euch meine Frage nichts ausmacht?«

»Es macht mir nichts aus. Die Addershag hat mir befohlen, es zu entzünden.«

Die Augen blinzelten doppelt so schnell. »Wer?«

»Eine alte Frau, eine Seherin, mit der ich in Grimpen Ward gesprochen habe. Sie wird die Addershag genannt.«

Der kleine Mann grunzte. »Grimpen Ward. Ach! Niemand, der alle seine Sinne beisammen hat, geht dorthin.« Er preßte die Lippen zusammen. »Nun, warum hat diese Addershag Euch befohlen, das Feuer zu entfachen, hm?«

Wren seufzte ungeduldig. Sie hatte drei Tage lang darauf gewartet, daß jemand käme, und sie wollte unbedingt herausfinden, ob dieser gebeugte kleine Kerl derjenige war, den sie erwartet hatte oder nicht. »Habt Ihr einen Namen?«

Das Stirnrunzeln vertiefte sich. »Vielleicht. Warum sagt Ihr mir nicht zuerst Euren?«

Wren stützte ihre Hände herausfordernd in die Hüften. »Mein Name ist Wren Ohmsford. Dies ist mein Freund Garth. Wir sind Fahrende.«

»Aha, tatsächlich? Fahrende seid Ihr?« Der kleine Mann kicherte, als amüsiere er sich über einen ganz persönlichen Scherz. »Ihr habt auch ein wenig Elfenblut in Euch, wie es scheint.«

»Ihr auch«, erwiderte sie. »Wie heißt Ihr?«

»Tiger Ty«, sagte der andere. »Zumindest nennt mich jeder so. Gut, Fräulein Wren. Wir haben uns einander vorgestellt und uns begrüßt. Was tut Ihr hier draußen, einmal abgesehen von dieser Addershag oder wem auch immer? Warum habt Ihr dieses Feuer entfacht?«

Wren lächelte. »Vielleicht, um Euch und Euren Vogel hierher zu bringen, wenn Ihr derjenige seid, der uns zu den Elfen führen kann.«

Tiger Ty grunzte und spuckte aus. »Dieser Vogel ist ein Rock, liebes Fräulein Wren. Er heißt Spirit. Er ist der beste von allen. Und es gibt keine Elfen. Das weiß jeder.«

Wren nickte. »Nicht jeder. Einige glauben, daß es Elfen gibt. Ich wurde ausgesandt, um zu überprüfen, ob das stimmt. Könnt Ihr und Spirit mir helfen?«

Es folgte ein langes Schweigen. Tiger Ty verzog sein Gesicht immer wieder anders, so daß es ein dutzendmal einen neuen Ausdruck bekam. »Ein großer Kerl, Euer Freund Garth, nicht wahr? Ich sehe, daß Ihr ihm mit Euren Händen vermittelt, was wir sagen. Ich wette, er hört besser als wir, ei der Daus.« Er machte eine Pause. »Wer seid Ihr denn, mein Fräulein, daß Ihr Euch darum Gedanken macht, ob es Elfen gibt oder nicht?«

Sie sagte es ihm, denn sie war sich jetzt sicher, daß er derjenige war, für den das Signalfeuer gedacht gewesen war, und daß er nur vorsichtig war mit dem, was er offenbarte, bis er herausgefunden hatte, mit wem er es zu tun hatte. Sie enthüllte ihre Herkunft und offenbarte, daß sie das Kind einer Elfe und eines Fahrenden war, das Verbindung zu seiner Herkunft suchte. Sie berichtete von ihrem Treffen mit dem Schatten Allanons und von der von dem Druiden gestellten Aufgabe, die vermißten Elfen zu suchen und herauszufinden, was mit ihnen geschehen war. Sie erzählte von der Hoffnung, sie in die Welt der Menschen zurückbringen zu können, damit sie teilhaben konnten an dem Kampf gegen die Schattenwesen.

Sie sagte nichts über die Elfensteine. Sie war noch nicht bereit, ihm in dieser Hinsicht zu trauen.

Tiger Ty bewegte sich unruhig, während sie sprach, und sein Gesicht verzog sich wieder besorgt in einem Dutzend verschiedener Grimassen. Er schien Garth nicht zu beachten, sondern konzentrierte sich offenbar ganz auf Wren. Er trug keine Waffen außer einem langen Messer, aber mit Spirit als Wächter benötigte er auch keine. Der Rock war eindeutig sein Beschützer.

»Wir sollten uns setzen«, sagte Tiger Ty, als sie geendet hatte, und zog seine Lederhandschuhe aus. »Habt Ihr etwas zu essen?«

Sie setzten sich neben das jetzt in Vergessenheit geratene Signalfeuer, und Wren brachte einige getrocknete Früchte, ein kleines Brot und etwas Bier zum Vorschein. Sie aßen und tranken schweigend. Wren und Garth tauschten gelegentlich Blicke aus. Tiger Ty ignorierte sie beide, so sehr genoß er das Essen.

Als sie fertig waren, lächelte Tiger Ty zum ersten Mal. »Ein guter Beginn des heutigen Tages, mein Fräulein. Vielen Dank.«

Wren nickte. »Das ist in Ordnung. Nun erzählt. War unser Feuer für Euch gedacht?«

Das ledrige Gesicht legte sich in Falten. »Nun, das kommt darauf an, wißt Ihr. Ich muß Euch eines fragen: Wißt Ihr denn etwas über Flugreiter?«

Wren schüttelte verneinend den Kopf.

»Denn das ist es, was ich bin, müßt Ihr wissen«, erklärte der andere. »Ein Flugreiter. Einer, der die Himmelsstraßen befliegt, ein Wächter der Westlandküste. Spirit ist mein Rock. Er wurde von meinem Vater abgerichtet und mir überlassen, als ich alt genug war. Eines Tages wird er meinem Sohn gehören, wenn sich mein Sohn beweist. Das ist jetzt allerdings noch fraglich. Der dumme Junge fliegt ständig zu Orten, an denen er nichts zu suchen hat. Er hört nicht auf das, was ich ihm sage. Hitzig. Wie dem auch sei, Flugreiter fliegen mit ihren Rocks schon seit Hunderten von Jahren über die Blaue Spalte. Dieser spezielle Platz hier und dort hinten das Tal waren einst unsere Heimat. Er wurde Wing Hove genannt. Das war zur Zeit des Druiden Allanon. Ihr seht, daß ich ein paar Dinge weiß.«

»Kennt Ihr den Namen Ohmsford?« fragte Wren aufgeregt.

»Es gab vor mehreren hundert Jahren, als die Elfen gegen Dämonen kämpften, die aus dem Schrecklichen entkommen waren, eine Geschichte über einen Ohmsford. Es heißt, daß auch die Flugreiter an jenem Krieg beteiligt waren. Jedenfalls gab es einen Ohmsford, wie man mir gesagt hat. Verwandte von Euch?«

»Ja«, sagte sie. »Vor zwölf Generationen.«

Er nickte nachdenklich. »Das also seid Ihr? Ein Kind des Hauses Shannara?«

Wren nickte. »Ich vermute, daß ich deshalb ausgesandt wurde, die Elfen zu finden, Tiger Ty.«

Tiger Ty schaute sie zweifelnd an. »Flugreiter sind Elfen, wißt Ihr«, sagte er vorsichtig. »Aber wir sind nicht die Elfen, die Ihr sucht. Die Elfen, die Ihr sucht, sind Landelfen, keine Himmelselfen. Versteht Ihr den Unterschied?«

Sie schüttelte den Kopf nicht noch einmal. Er erklärte ihr dann, daß die Bewohner des Wing Hove Himmelselfen waren, und er vermutete, daß jene Elfen ein gesondertes Volk gewesen seien. Die Mehrheit der Elfen wurden Landelfen genannt, weil sie nicht die Rocks befehligen und daher auch nicht fliegen konnten.

»Deshalb haben sie uns nicht mit sich genommen, als sie fortgingen«, schloß er mit zusammengezogenen Augenbrauen. »Deshalb wären wir ohnehin nicht mit ihnen gegangen.«

Wren spürte, daß sich ihr Puls beschleunigte. »Dann gibt es also noch immer Elfen, nicht wahr? Wo sind sie, Tiger Ty?«

Der gebeugte, kleine Mann blinzelte und hob sein ledriges Gesicht. »Ich weiß nicht, ob ich Euch das sagen sollte«, meinte er. »Ich weiß nicht, ob ich überhaupt mit Euch sprechen sollte. Ihr könntet sein, wer Ihr zu sein behauptet. Aber Ihr könntet es auch nicht sein. Selbst wenn Ihr es seid, solltet Ihr vielleicht nichts über die Elfen erfahren. Der Druide Allanon hat Euch gesandt, sagt Ihr? Er hat Euch aufgetragen, die Elfen zu finden und zurückzubringen? Ein großer Auftrag, wenn Ihr mich fragt.«

»Ich könnte Hilfe dabei gebrauchen«, gab Wren zu. »Was würdet Ihr verlieren, wenn Ihr sie mir gewähren würdet, Tiger Ty?«

Er beendete seine Grübeleien und lehnte sich nachdenklich zurück.

»Nun ja, da habt Ihr recht, mein Fräulein«, erwiderte er und nickte zustimmend und wieder mit sich selbst im reinen. »Abgesehen davon mag ich irgendwie, was ich in Euch sehe. Mein Sohn könnte ein wenig von dem gebrauchen, was Ihr habt. Andererseits hat er davon vielleicht schon zuviel! Hmm!«

Er wandte ruckartig den Kopf, und seine scharfen Augen fixierten sie. »Dort draußen«, sagte er und deutete zur Blauen Spalte. »Dort sind sie, diejenigen, die übriggeblieben sind.« Er machte eine Pause und runzelte die Stirn. »Es ist eine lange Geschichte, also hört gut zu, denn ich werde mich nicht wiederholen. Ihr auch, großer Bursche.« Er deutete mit einem drohenden Finger auf Garth.

Dann atmete er tief ein und setzte sich zurück. »Vor langer Zeit, vor mehr als hundert Jahren, hielten die Landelfen ein Konzil ab und beschlossen, aus dem Westland auszuwandern. Fragt mich nicht, warum. Ich maße mir nicht an, das zu wissen. Überwiegend der Föderation wegen, vermute ich. Die sich in alles einmischte, alles übernahm und erklärte, alles, was jemals gewesen war oder jemals sein würde, gehöre ihr. Und die alles auf die

Magie schob und sagte, es sei alles der Fehler der Elfen. Ein Haufen Unsinn. Auf jeden Fall mochten die Landelfen dies nicht und beschlossen zu gehen. Das Problem war, wohin sie gehen sollten. Es war nicht so, daß ein ganzes Volk einfach irgendwohin gehen konnte, ohne jemanden aufzustören, der bereits dort wohnte. Ostland, Südland, Nordland – überall dasselbe. Also fragten sie uns. Himmelselfen kommen weiter herum als die meisten und sehen Orte, von denen andere noch nicht einmal wissen, daß sie existieren. Also erzählten wir ihnen, daß es ein paar Inseln dort draußen in der Blauen Spalte gab, auf denen niemand lebte, und sie dachten darüber nach, sprachen darüber, flogen mit Flugreitern auf den Rocks einige Male hinaus und trafen eine Entscheidung. Sie suchten sich einen Sammelplatz, bauten Boote, Hunderte davon, ganz heimlich – und zogen fort.«

»Alle?«

»Jeder einzelne von ihnen, wurde mir gesagt. Sie segelten davon.«

»Um auf den Inseln zu leben?« fragte Wren ungläubig.

»Auf einer Insel.« Tiger Ty hielt einen einzigen Finger hoch, um seine Worte zu unterstreichen. »Morrowindl.«

»Das war ihr Name? Morrowindl?«

Der andere nickte. »Die größte aller Inseln mit mehr als zweihundert Meilen im Durchmesser, ideal für Landwirtschaft und für Dinge, wie sie die Sarandanon bereits anpflanzten. Obst, Gemüse, Bäume, gute Erde, Schutz – alles war da. Auch zum Jagen war sie gut. Die Landelfen hatten die Vorstellung, sie könnten hinüberziehen, sich aus der alten Welt zurückziehen und in einer neuen Welt erneut beginnen. Sie wollten sich erneut vollständig isolieren und die anderen Rassen machen lassen, was die wollten. Und sie wollten auch ihre Magie wiedererlangen – das war ein Teil davon.«

Er räusperte sich. »Wie ich bereits sagte, war das vor langer Zeit. Nach einiger Zeit wanderten auch wir aus. Nicht so weit, versteht Ihr – nur auf die dem Land vorgelagerten Inseln, gerade weit genug fort, um der Verfolgung durch die Föderation zu entgehen. Elfen sind für sie Elfen. Wir hatten genug von dieser Denkungsart. Wir waren natürlich nicht so viele, die fortzogen, nicht so viele wie die Landelfen. Wir benötigten weniger Raum und konnten uns auf den kleineren Inseln ansiedeln. Dort sind wir noch immer, mein Fräulein. Dort draußen, ein paar Meilen vor der Küste. Wir kommen nur zurück zum Festland, wenn es nötig ist – wie zum Beispiel, wenn jemand ein Signalfeuer entfacht. Diese Vereinbarung haben wir getroffen.«

»Vereinbarung mit wem?«

»Mit den Landelfen. Einige Angehörige der Rassen, die zurückgeblieben sind, wußten, daß man das Feuer entfachen muß, wenn man uns zu sprechen wünscht. Auch einige der Elfen kamen über die Jahre zurück. Da wußten dann noch einige mehr von dem Feuer. Aber die meisten sind seitdem gestorben. Diese Addershag – ich weiß nicht, wie sie es herausgefunden hat.«

»Laßt uns das einen Moment zurückstellen, Tiger Ty«, bat Wren mit einer beschwichtigenden Geste. »Beendet zuerst Eure Geschichte über die Landelfen. Was geschah mit ihnen? Ihr sagtet, sie seien vor über hundert Jahren ausgewandert. Was wurde danach aus ihnen?«

Tiger Ty zuckte die Achseln. »Sie siedelten, bauten Häuser, gründeten Familien und waren glücklich. Alles wurde so, wie sie es sich vorgestellt hatten – zunächst. Vor ungefähr zwanzig Jahren allerdings begannen die Probleme. Es war nicht leicht zu sagen, was das eigentliche Problem war. Sie wollten es nicht mit uns besprechen. Wir sahen sie nur ab und zu, wißt Ihr. Wir hatten noch immer nicht viel miteinander zu tun, selbst nachdem wir auch ausgewandert waren. Wie dem auch sei, alles auf Morrowindl begann sich zu ändern. Es begann mit Killeshan, dem Vulkan. Er hatte Hunderte von Jahren geschlafen und erwachte plötzlich wieder zum Leben. Er begann zu rauchen, zu spucken und brach ein- oder zweimal aus. Vogwolken – Ihr wißt schon, vulkanische Asche – begannen den Himmel zu verdunkeln. Die Luft, das Land, das Wasser darum herum – alles wurde anders.« Er machte eine Pause, und ein grimmiger Blick veränderte seinen

Gesichtsausdruck. »Auch sie wurden anders – die Landelfen. Sie wollten es nicht zugeben, aber wir sahen, daß sich etwas verändert hatte. Man konnte es an ihrem Verhalten erkennen, wenn wir in der Nähe waren. Sie wurden heimlichtuerisch mit allem. Sie waren bis an die Zähne bewaffnet, wo auch immer sie hingingen. Und seltsame Lebewesen begannen auf der Insel zu erscheinen, monströse Wesen, Wesen, die niemals zuvor dort gewesen waren. Sie erschienen einfach so, aus dem Nichts. Und das Land begann zu kränkeln und sich zu verändern wie alles andere.«

Er seufzte. »Die Landelfen begannen dann wegzusterben, einige auf einmal, nach einer Weile dann immer mehr. Sie hatten einst über die ganze Insel verteilt gelebt. Das wurde geändert, und sie zogen in ihre Stadt, alle zusammengedrängt wie Ratten auf einem sinkenden Schiff. Sie bauten Befestigungen und verstärkten sie mit Magie. Mit alter Magie, wißt Ihr, aus der alten Zeit und auf die alte Art zurückgeholt. Die Himmelselfen wollten nichts damit zu tun haben, und wir haben die Magie niemals auf solch eine Art wie sie gebraucht.«

Er lehnte sich zurück. »Vor zehn Jahren verschwanden sie vollständig.«

Wren erschrak. »Sie verschwanden?«

»Sie verschwanden. Sie sind wohl noch immer auf Morrowindl, im Geist. Aber wo nur? Die Insel war da längst ein Durcheinander aus Asche und Nebel und dampfender Hitze. Sie hatte sich so vollständig verändert, daß sie ein völlig anderer Ort hätte sein können.« Sein Stirnrunzeln vertiefte sich. »Wir sind nicht hingelangt und konnten daher nicht herausfinden, was geschehen war. Ich habe ein halbes Dutzend Flugreiter ausgeschickt. Nicht einer kam zurück. Nicht einmal die Vögel. Und niemand kam heraus. Niemand, mein Fräulein. In all diesen Jahren niemand.«

Wren schwieg einen Moment und dachte nach. Die Sonne war inzwischen aufgegangen. Warmes Licht fiel in Kaskaden von der Spitze des Irrybis hinab, und der wolkenlose Morgenhimmel war hell und freundlich. Seevögel flogen in großen Kreisen über die Blaue Spalte und fischten. Spirit hatte sich auf den Rand der Klippe gekauert und hatte sie scheinbar vergessen. Der Rock war zu einer Statue geworden. Nur seine scharfen, suchenden Augen zeigten Leben.

»Falls es also noch Elfen gibt«, sagte Wren schließlich, »Landelfen, meine ich, dann sind sie noch immer irgendwo auf Morrowindl. Seid Ihr Euch dessen sicher, Tiger Ty?«

Der Flugreiter zuckte die Achseln. »So sicher, wie man sein kann. Ich denke, sie könnten auch woandershin verschwunden sein, aber es ist seltsam, daß sie uns dann nicht verständigt haben.«

Wren atmete tief ein. »Könnt Ihr uns nach Morrowindl bringen?« fragte sie.

Es war eine impulsive Frage, geboren aus der wilden und phantastischen Entschlossenheit, die Wahrheit zu entdecken, die anscheinend nicht nur für sie, sondern auch für alle anderen im Verborgenen lag. Sie erkannte, daß sie selbstsüchtig dachte. Sie hatte nicht einmal daran gedacht, Garth nach seiner Meinung zu fragen. Sie hatte es nicht einmal für nötig gehalten, sich daran zu erinnern, wie schwer er bei dem Kampf mit dem Schattenwesen verletzt worden war. Sie konnte ihn jetzt nicht ansehen. Sie hielt die Augen fest auf Tiger Ty gerichtet.

Es war völlig klar, was er von der Idee hielt. Der kleine Mann runzelte wild die Stirn. »Ich *könnte* euch nach Morrowindl bringen«, sagte er. »Aber ich werde es nicht tun.«

»Ich muß wissen, ob es dort noch Elfen gibt«, drängte sie und versuchte, ihre Stimme ruhig zu halten. Erst jetzt riskierte sie einen kurzen Blick zu Garth. Das Gesicht des Fahrenden verriet nicht, was er dachte. »Ich muß herausfinden, ob sie in die Welt der Menschen zurückgebracht werden können. Das war Allanons Auftrag an mich, und ich glaube, ich halte ihn für wichtig genug, um ihn auszuführen.«

»Wieder Allanon!« schnappte Tiger Ty aufgebracht. »Ihr würdet Euer Leben riskieren für das Wort eines Schattens? Habt Ihr überhaupt eine Vorstellung davon, wie Morrowindl aussieht? Nein, natürlich nicht! Warum frage ich überhaupt? Ihr habt kein Wort von dem verstanden, was ich gesagt habe, nicht wahr? Ihr glaubt, Ihr könnt einfach dort hingehen, Euch umschauen und wieder weggehen? Das aber könnt Ihr nicht! Ihr würdet keine zwanzig Fuß weit kommen – Ihr oder Euer großer Freund! Diese ganze Insel ist eine Todesfalle! Sumpf und Dschungel, Vog, der alles erstickt, Killeshan, der Feuer spuckt. Und die Wesen, die dort leben, die Monster? Welche Chance glaubt Ihr gegen sie zu haben? Wenn kein Flugreiter mit seinem Rock landen und wieder herauskommen kann, dann könnt Ihr das auch nicht. Bei Dämons Blut!«

»Vielleicht ist es so«, stimmte Wren zu. »Aber ich muß es versuchen.« Sie schaute erneut zu Garth hinüber, der ihr kurz Zeichen machte, nicht als Tadel, sondern zur Warnung. *Bist du sicher?* Sie nickte heftig und sagte zu Tiger Ty: »Wollt Ihr nicht wissen, was mit ihnen geschehen ist? Was ist, wenn sie Hilfe brauchen?«

»Was, wenn es so ist?« grollte er. »Was sollen die Himmelselfen tun? Wir sind nur eine Handvoll. Es gab Tausende von Landelfen. Wenn sie mit dem, was dort ist, nicht umgehen konnten, welche Chance hätten wir dann? Oder Ihr, Fräulein Retterin?«

»Werdet Ihr uns hinbringen?« wiederholte sie.

»Nein, das werde ich nicht! Vergeßt die ganze Angelegenheit!« Er stand verärgert auf.

»Sehr gut. Dann werden wir ein Boot bauen und Morrowindl auf diesem Weg erreichen.«

»Ein Boot bauen! Was wißt Ihr denn vom Bootebauen! Oder auch vom Segeln!« Tiger Ty war erzürnt. »Von allen einfältigen, dickschädeligen...!«

Er stürmte davon, hinüber zu Spirit, blieb dann stehen und stampfte mit dem Fuß auf die Erde, wirbelte herum und kam wieder zurück. Sein gefurchtes Gesicht war karmesinrot, die Hände hatte er zu Fäusten geballt.

»Ihr wollt es also wirklich tun, nicht wahr?« fragte er. »Ob ich Euch nun helfe oder nicht?«

»Ich muß es«, antwortete sie ruhig.

»Aber Ihr seid einfach... Ihr seid nur...« sprudelte er los, anscheinend unfähig, den Gedanken zu Ende zu bringen.

Sie wußte, was er sagen wollte, und es gefiel ihr nicht. »Ich bin stärker, als Ihr denkt«, sagte sie zu ihm. Ihre Stimme hatte jetzt einen harten Unterton. »Ich habe keine Angst.«

Tiger Ty sah sie lange und streng an, sah dann kurz zu Garth hinüber und warf die Hände in die Luft. »Also gut!« Er warf ihr einen wütenden Blick zu. »Ich werde Euch hinbringen! Nur bis zum Strand, versteht Ihr, denn im Gegensatz zu Euch habe ich Angst und bin dagegen, meinen oder Spirits Hals zu riskieren, nur um Eure Neugier zu befriedigen!«

Sie begegnete seinem Blick gelassen. »Dies hat nichts damit zu tun, daß ich meine Neugier befriedigen will, Tiger Ty. Das wißt Ihr.«

Er kauerte sich vor sie hin, sein sonnengebräuntes Gesicht nur Zentimeter von ihrem eigenen entfernt. »Vielleicht. Aber hört zu. Versprecht mir, daß Ihr das Ganze noch einmal überdenkt, sobald Ihr seht, womit Ihr es zu tun habt. Denn trotz der Tatsache, daß Euch ein wenig gesunder Menschenverstand fehlt, mag ich Euch, und ich würde nicht gerne zusehen, wenn Euch etwas Schreckliches passiert. Es wird nicht so kommen, wie Ihr denkt. Das werdet Ihr bald genug merken. Also versprecht mir das. Einverstanden?«

Wren nickte bedächtig. »Einverstanden.«

Tiger Ty erhob sich, die Hände auf den Hüften, unverändert herausfordernd. »Dann kommt«, murrte er. »Wir wollen es hinter uns bringen.«

5

Tiger Ty wollte rasch fortkommen, aber er mußte fast eine Stunde warten, während Wren und Garth ins Tal zurückgingen, um ihre Ausrüstung und die Waffen einzusammeln, die sie auf ihrer Reise mit sich nehmen wollten, und ihre Pferde zu versorgen. Die Pferde waren angepflockt, aber Garth ließ sie jetzt frei, so daß sie ungehindert grasen und trinken konnten. Das Tal bot genug Gras und Wasser zum Überleben, und die Pferde waren darauf abgerichtet, nicht fortzulaufen. Wren sah ihre Vorräte durch und wählte aus, was sie brauchen würden und tragen konnten. Die meisten der Vorräte waren zu unhandlich, und sie versteckte sie für ihre Rückkehr.

Wenn sie überhaupt zurückkehren würden, dachte sie düster.

Was hatte sie getan? Ihre Gedanken drehten sich wirbelnd, so ungeheuer war die Verpflichtung, die sie da gerade einging, und das veranlaßte sie, sich zu fragen, wenn auch nur in ihren geheimsten Gedanken, ob sie wohl Grund dazu haben würde, ihr Ungestüm zu bedauern.

Als sie wieder oben auf den Klippen anlangten, wartete Tiger Ty bereits ungeduldig. Er befahl Spirit, sich aufzustellen, und half Wren und Garth, auf den Riesenvogel zu klettern und sich mit den Riemen des Harnischs auf ihren Plätzen festzubinden. Es gab Fußschlaufen, verknotete Handgriffe und einen Taillengurt. Das alles diente dazu, sie auf ihrem Platz zu halten. Der Flugreiter verbrachte einige Zeit damit, ihnen zu erklären, wie der Rock beim Flug reagieren würde und wie sie sich beim Fliegen fühlen würden. Er gab jedem von ihnen ein Stück einer bitteren Wurzel zum Kauen und erklärte ihnen, daß sie dadurch keine Übelkeit verspüren würden.

»Nicht, daß zwei so erfahrene, mit dem Leben der Fahrenden vertraute Veteranen durch derlei Dinge zu beunruhigen wären«, spottete er und brachte ein Grinsen zustande, das noch schlimmer war als sein Stirnrunzeln.

Er kletterte auch auf den Rock und machte es sich vor ihnen bequem, zog seine schweren Handschuhe an, stieß ohne Vorwarnung einen Schrei aus und schlug Spirit auf den Hals. Der Riesenvogel kreischte zur Erwiderung, breitete seine Flügel aus und erhob sich in die Lüfte. Sie überflogen den Rand der Klippen, tauchten scharf abwärts, nutzten eine Luftströmung und erhoben sich himmelwärts. Wren spürte ihren Magen schlingern. Sie schloß die Augen, als er ihr zu schaffen machte, öffnete sie aber bald wieder und wurde sich bewußt, daß Tiger Ty sie über seine Schulter hinweg ansah und kicherte. Sie lächelte tapfer zurück. Spirit schwebte im Gleitflug über die Blaue Spalte, seine Flügel bewegten sich kaum und er überließ alles dem Wind. Die Küstenlinie hinter ihnen wurde klein und verlor schnell ihre Konturen. Bald war sie nicht mehr als eine dünne, dunkle Linie vor dem Horizont.

Die Zeit verrann. Sie sahen nichts unter sich außer verstreute, felsige Eilande und gelegentlich das Aufplatschen eines großen Fisches. Seevögel wirbelten umher und tauchten als kleine weiße Blitze durch die Luft, und Wolken zogen wie Streifen Gaze über den westlichen Horizont. Der Ozean erstreckte sich endlos, eine weite blaue Oberfläche, die mit Streifen schäumender, ewig in Richtung entfernter Strände rollender Wellenkämme besetzt war. Nach einiger Zeit verlor Wren ihr anfängliches Unbehagen und entspannte sich. Garth hatte größere Anpassungsschwierigkeiten. Er saß dicht hinter ihr, und wann immer sie zu ihm zurückschaute, sah sie sein dunkles Gesicht angespannt und seine Hände um die Halteriemen geklammert. Wren hörte auf, ihn anzusehen, und konzentrierte sich auf den Ozean, der unter ihnen vorbeiflog.

Wenig später begann sie auch über Morrowindl und die Elfen nachzudenken. Tiger Ty schien niemand zu sein, der die Gefahren übertrieb, die sie erwarten würden, wenn sie tatsächlich herausfinden wollte, was mit den Elfen geschehen war. Er hatte auch recht, daß ihre Entdeckung wenig Sinn haben würde, wenn sie nicht überlebte. Wer sollte sie dann nutzen? Was genau hatte sie eigentlich vor? Angenommen, die Elfen waren noch immer dort auf Morrowindl? Angenommen, sie lebten? Wenn zehn Jahre lang niemand hinein oder hinaus gekommen war, wie sollte es dann etwas ändern, wenn sie dort auftauchte? Warum sollten die Elfen, wie auch immer ihre gegenwärtigen Lebensumstände sein mochten, über den Vorschlag nachdenken, mit dem Allanon sie geschickt hatte – den Vorschlag, ihr Leben außerhalb der Vier Länder aufzugeben und zurückzukehren?

Sie hatte natürlich keine Antworten auf diese Fragen. Und es war sinnlos, Antworten suchen zu wollen. Sie hatte ihre Entscheidung bisher allein nach ihrem Instinkt getroffen – vorrangig nach den Elfen zu forschen, die Addershag in Grimpen Ward aufzusuchen, ihren Anweisungen zu folgen und Tiger Ty davon zu überzeugen, daß er sie nach Morrowindl brachte. Jetzt mußte sie sich fragen, ob ihr Instinkt sie irregeleitet hatte. Garth war bei ihr geblieben, eigentlich ohne Diskussion, aber Garth tat dies vielleicht aus Loyalität oder aus Freundschaft. Er mochte fest entschlossen sein, sich dieser Sache anzunehmen, aber das bedeutete nicht, daß er sich bei dem, was sie taten, auch nur einen Deut besser fühlte als sie selbst. Sie überschaute die leere Weite der Blauen Spalte und fühlte sich klein und verletzlich. Morrowindl war eine Insel inmitten des Ozeans, ein kleiner Fleck Erde inmitten all des Wassers. Wenn sie und Garth erst einmal dort waren, würden sie von allem abgeschnitten sein, was ihnen vertraut war. Ohne die Hilfe des Rock oder eines Bootes gab es sicher keine Möglichkeit, die Insel wieder zu verlassen, und es war auch ungewiß, ob jemand dort sein würde, der ihnen helfen konnte. Vielleicht waren dort keine Elfen mehr. Vielleicht waren dort nur die Monster.

Monster. Sie dachte kurz über die Frage nach, welche Art Monster dort wohl sein würden. Tiger Ty hatte versäumt, sie ihnen zu beschreiben. Waren sie so gefährlich wie die Schattenwesen? Wenn das so war, würde das erklären, warum die Elfen verschwunden waren. Eine größere Anzahl dieser Monster hätte sie fangen oder sogar zerstören können, vermutete sie. Aber wie hatten die Elfen so etwas geschehen lassen können? Und wenn die Monster sie nicht gefangen hatten, warum blieben die Elfen dann noch immer auf Morrowindl? Warum war nicht zumindest einer von ihnen von dort aufgebrochen, um Hilfe zu holen?

Wieder gab es so viele Fragen. Sie schloß die Augen und verbannte sie aus ihren Gedanken.

Es war fast Mittag, als sie über eine Gruppe kleiner Inseln hinwegflogen, die wie im Meere schwimmende Smaragde wirkten, strahlend grün vor dem Blau. Spirit kreiste unter Tiger Tys Führung einen Moment und stieß dann zu der größten der Inseln hinab, wobei er eine schmale, mit Gras bewachsene Klippe als Landeplatz auswählte. Als der große Vogel gelandet war, lösten seine Reiter ihre Sicherheitsgurte und kletterten hinab. Wren und Garth waren bereits steif und wund, und es dauerte einige Augenblicke, bis ihre Beine ihnen wieder gehorchten. Wren rieb sich die schmerzenden Gelenke und sah sich um. Die Insel schien aus einem dunklen, porösen Gestein zu bestehen, auf dem eine Vegetation wuchs, wie sie auch auf fruchtbarer Erde zu finden war. Das Gestein lag überall und knirschte, als sie darüber gingen. Wren beugte sich hinab, hob ein Stück auf und bemerkte, daß es erstaunlich leicht war.

»Lavagestein«, sagte Tiger Ty mit einem Grunzen, als er ihren überraschten Gesichtsausdruck sah. »All diese Inseln sind Teil einer Inselkette, die irgendwann in der Vergangenheit, vor Hunderten oder vielleicht Tausenden von Jahren, durch Vulkane entstanden ist.« Er machte eine Pause, zog eine Grimasse und streckte die Hand aus. »Die Inseln, auf denen die Himmelselfen leben, liegen genau südlich. Natürlich werden wir dort nicht hingehen, Ihr versteht. Ich möchte nicht, daß jemandem auffällt, daß ich Euch nach Morrowindl bringe. Ich möchte nicht, daß sie erfahren, wie dumm ich bin.«

Er ging zu einer grasbewachsenen Kuppe hinüber und setzte sich. Nachdem er seine Handschuhe und seine Stiefel ausgezogen hatte, begann er seine Füße zu massieren. »Wir werden gleich etwas essen und trinken«, grummelte er.

Wren sagte nichts. Garth hatte sich in voller Länge im Gras ausgestreckt und hielt die Augen geschlossen. Er ist glücklich, wieder auf der Erde zu sein, dachte sie. Sie legte den Gesteinsbrocken, den sie untersucht hatte, hin und ging zu Tiger Ty hinüber.

»Ihr habt von Monstern auf Morrowindl gesprochen«, sagte sie kurz darauf. Eine leichte Brise zerzauste ihr Haar und blies ihr die Locken ins Gesicht. »Könnt Ihr mir etwas über sie erzählen?«

Die scharfen Augen sahen sie fest an. »Es gibt dort alle Arten, mein Fräulein. Große und kleine, vierbeinige und zweibeinige, fliegende, kriechende und einherstolzierende. Es gibt jene mit Haaren, jene mit Schuppen und jene mit Haut. Einige entspringen den schlimmsten Alpträumen. Einige, so sagt man, sind keine Lebewesen. Sie jagen in Rudeln. Jedenfalls einige von ihnen. Einige graben sich in die Erde und warten.« Er schüttelte seinen ergrauten Kopf. »Ich habe selbst erst eines oder zwei davon gesehen. Die meisten sind mir nur beschrieben worden. Aber sie sind dort, das ist ziemlich sicher.« Er machte eine Pause und überlegte. »Es ist recht seltsam, nicht wahr, daß es so viele verschiedene Arten gibt? Und es ist auch seltsam, daß zuerst überhaupt keine Monster dort waren und dann so plötzlich die ersten aufgetaucht sind.«

»Ihr glaubt also, daß die Elfen etwas damit zu tun hatten.« Wie sie es sagte, war es eine Feststellung.

Tiger Ty schürzte nachdenklich die Lippen. »Ich mußte einfach zu dem Schluß kommen. Es muß etwas mit ihrer Magie zu tun haben – ihrer Rückkehr zu den alten Riten. Sie haben es allerdings nicht gesagt und es nicht im mindesten zugegeben, die wenigen, mit denen ich gesprochen habe. Das war vor zehn Jahren. Vielleicht ist es auch noch länger her. Sie behaupteten, das alles habe etwas mit dem Vulkan zu tun und mit den Veränderungen der Erde und des Klimas. Stellt Euch das vor!«

Er lächelte entwaffnend. »So sieht es aus, wißt Ihr. Niemand wird Euch die Wahrheit sagen. Jeder will Geheimnisse bewahren.« Er machte eine Pause und rieb sein Kinn. »Nehmt Euch doch selbst. Ihr seid auch so ein Beispiel. Ich glaube nicht, daß Ihr mir erzählen werdet, was dort hinten am Wing Hove geschehen ist, nicht wahr, während ihr darauf gewartet habt, daß ich Euer Feuer entdecke?« Er beobachtete Wrens Gesicht. »Seht Ihr, ich bemerke Dinge ziemlich schnell. Mir entgeht so leicht nichts. Wie zum Beispiel, daß Euer großer Freund dort drüben so schwer bandagiert ist. Zerkratzt und von einem Kampf gezeichnet, der erst kürzlich stattgefunden hat. Ein harter Kampf. Auch Ihr selbst tragt einige Male. Und da war eine dunkle Stelle auf den Felsen, so wie sie durch ein sehr heißes Feuer entsteht. Sie war nicht dort, wo das Signalfeuer normalerweise brennt, und sie war neu. Und der Fels war an ein oder zwei Stellen ziemlich schlimm zerkratzt. Von schleifendem Metall, vermute ich. Oder von Klauen.«

Wren mußte wider Willen lächeln. Sie betrachtete Tiger Ty mit plötzlicher Bewunderung. »Ihr habt recht – Euch entgeht wirklich nicht viel. Es gab einen Kampf, Tiger Ty. Irgend etwas war uns seit Wochen gefolgt, ein Wesen, das wir Schattenwesen genannt haben. Es griff uns an, als wir das Signalfeuer entfachten. Wir haben es vernichtet.«

»Ach wirklich?« murmelte der kleine Mann spöttisch. »Nur Ihr beide? Ein Schattenwesen. Ich weiß ein wenig über Schattenwesen. Soweit ich weiß, ist immer etwas Besonderes nötig, um eines dieser Wesen zu vernichten. Feuer vielleicht. Von der Art, die der Elfenmagie entspringt. Das würde auch den Brandfleck auf den Felsen erklären, nicht wahr?«

Er wartete. Wren nickte langsam. »Vielleicht.«

Tiger Ty lehnte sich vor. »Ihr seid irgendwie wie die anderen, nicht wahr, mein Fräulein. Ihr seid eine Ohmsford wie die anderen. Ihr verfügt wahrscheinlich auch über die Magie.«

Er sagte es vorsichtig, formulierte es als Vermutung, und dabei spiegelte sich in seinen Augen eine Neugier, die vorher nicht zu sehen gewesen war. Er hatte natürlich wieder recht. Sie verfügte über die Magie, eine Erfahrung, über die sie, seit sie sie entdeckt hatte, bewußt nicht nachdachte, denn sonst wäre sie in gewisser Weise für ihren Besitz und Gebrauch verantwortlich. Sie sagte sich immer wieder, daß die Elfensteine nicht wirklich ihr gehörten, sondern daß sie sie lediglich hütete, und noch dazu, ohne es zu wollen. Ja, sie hatten Garth das Leben gerettet. Und ihr eigenes. Und natürlich war sie dankbar. Aber ihre Magie war gefährlich. Jeder wußte das. Sie hatte ihr ganzes Leben lang gelernt, selbstgenügsam zu sein, sich auf ihre Instinkte und ihre Ausbildung zu verlassen und nie zu vergessen, daß das Überleben überwiegend von ihren eigenen Fähigkeiten und Gedanken abhing. Sie wollte nicht auf die Magie der Elfensteine vertrauen und damit ihre Erziehung untergraben.

Tiger Ty sah sie noch immer an und wartete darauf, daß sie antwortete. Wren erwiderte seinen Blick unerschrocken und antwortete nicht.

»Nun«, sagte er schließlich und zuckte die Achseln. »Wir sollten etwas essen.«

Die Inseln waren üppig mit Obstbäumen bestanden, und sie erhielten eine sättigende Mahlzeit aus dem, was sie ernteten. Danach tranken sie aus einem Süßwasserfluß, den sie landeinwärts fanden. Überall blühten Blumen, und es gab dicke Büsche voller Blüten. Die Farben leuchteten durch das Grün, und ihre Düfte wurden bei jeder Bewegung durch die Luft getragen. Es gab Palmen, Akazien, Banyans und jenen Baum, der Gingko genannt wurde. Fremdartige Vögel, deren Gefieder in Regenbogenfarben leuchtete, spähten aus den stacheligen Zweigen dorniger Bäume herab. Tiger Ty beschrieb ihnen alles, während sie umhergingen, zeigte ihnen alles, benannte und erklärte es. Wren schaute sich staunend um und erlaubte ihrem Blick nicht, irgendwo länger als einige Sekunden zu verweilen, weil sie Angst hatte, dafür etwas anderes zu verpassen. Sie hatte noch niemals solche Schönheit gesehen, solchen Überfluß unglaublich wundervoller Lebewesen. Es war überwältigend.

»War Morrowindl wie die Insel hier?« fragte sie Tiger Ty irgendwann.

Er schaute sie kurz an. »Einst«, erwiderte er. Mehr erfuhr sie nicht.

Sie kletterten bald darauf wieder auf Spirits Rücken und setzten ihren Flug fort. Es war jetzt leichter, ein wenig vertrauter, und sogar Garth schien eine Möglichkeit gefunden zu haben, die Reise für sich erträglich zu gestalten. Sie flogen in Richtung Nordwesten, von der Sonne fort, die über ihnen vorbeizog. Es gab andere Inseln, klein und meist felsig, obwohl alle zumindest teilweise bewachsen waren. Die Luft streichelte warm und sanft ihre Haut, und die Sonne brannte aus einem wolkenlosen Himmel herab und ließ die Blaue Spalte erstrahlen, bis sie funkelte. Sie sahen große Meerestiere, die Tiger Ty Wale nannte und von denen er behauptete, sie seien die größten Lebewesen im Meer. Es gab Vögel in allen Größen und Formen. Es gab Fische, die in Gruppen, die er als Schulen bezeichnete, schwammen und in Formation aus dem Wasser heraussprangen, silberne Körper, die einen Bogen vor der Sonne bildeten. Wren lernte ungeheuer viel auf dieser Reise, und sie versenkte sich in ihre Lektionen.

»So etwas habe ich noch nie gesehen!« rief sie Tiger Ty enthusiastisch zu.

»Wartet, bis wir Morrowindl erreichen«, brummte er zurück.

Am Nachmittag flogen sie ein zweites Mal zu einer kurzen Rast hinab und wählten dafür eine einsame Insel mit weiten, weißen Sandstränden und kleinen Buchten, die so flach waren, daß das Wasser helltürkis wirkte. Wren fiel auf, daß Spirit den ganzen Tag nichts gefressen hatte, und fragte danach. Tiger Ty sagte, Rock fresse Fleisch und jage es selbst. Er brauche nur einmal in sieben Tagen Nahrung.

»Ein sehr selbstgenügsamer Vogel, der Rock«, sagte der Flugreiter mit unverhüllter Bewunderung. »Er verlangt nicht viel mehr, als in Ruhe gelassen zu werden. Das ist mehr, als man von den meisten Menschen sagen kann.«

Sie setzten ihre Reise schweigend fort, denn sowohl Wren als auch Garth begannen zu ermüden. Sie waren steif von der

Anstrengung, den ganzen Tag über in derselben Haltung sitzen zu müssen, erschöpft von der ständigen, schaukelnden Bewegung des Fluges, und ihre verkrampften Finger schmerzten vom Umklammern der geknüpften Handgriffe. Das Wasser der Blauen Spalte floß beständig unter ihnen vorbei, eine endlose Bewegung von Wellen. Sie konnten das Festland schon seit Stunden nicht mehr ausmachen, dagegen schien sich das Meer endlos zu erstrecken. Wren fühlte sich dadurch klein werden, von seinem Ausmaß reduziert zu etwas so Unbedeutendem, daß sie zu verschwinden drohte. Das anfängliche Gefühl der Verlassenheit hatte mit jeder Stunde, die verstrich, beständig zugenommen, und sie fühlte zum ersten Mal Zweifel aufkommen, ob sie ihre Heimat jemals wiedersehen würde.

Die Sonne versank schon fast, als sie schließlich in Sichtweite an Morrowindl herankamen. Die Sonne war im Westen zum Rande des Horizonts hinabgeglitten, ihr Licht war milde geworden und hatte sich von Weiß zu einem hellen Orange gewandelt. Ein purpur- und silberfarbener Streifen säumte eine lange Reihe seltsam geformter Wolken, die über den Himmel promenierten wie fremdartige Tiere. Vor diesem Panorama hob sich die Insel als Silhouette ab, dunkel umwölkt und drohend. Sie war bedeutend größer als jede andere Landfläche, auf die sie bisher gestoßen waren, und erhob sich vor ihnen wie eine Mauer, als sie näher kamen. Der Killeshan hob seinen gezackten Schlund himmelwärts, Dampf sickerte aus seiner Kehle, und seine Hänge waren bedeckt von einer dicken Decke aus Nebel und Asche, hinter der sie für Hunderte von Fuß verschwanden, bis sie an einer Küstenlinie wieder sichtbar wurden, die aus felsigen Vorsprüngen und zerklüfteten Klippen bestand. Wellen krachten gegen die Felsen, weiße Schaumkessel, deren Gischt himmelwärts stob.

Spirit flog näher heran und stieß auf das Leichentuch aus Vog hinab. Gestank erfüllte die Luft und der Geruch von Schwefel drang dort aus der Erde herauf, wo das Feuer des Vulkans Fels zu Asche verbrannte. Durch die Wolken und den Nebel konnten sie Täler und Grate, Pässe und Schluchten sehen, die alle dicht bewaldet waren: einen dichten, beengenden Dschungel. Tiger Ty schaute über die Schulter zurück und machte ihnen Zeichen. Sie würden die Insel umrunden. Spirit wandte sich auf sein Kommando nach rechts. Das Nordende der Insel war in strömendem Regen verschwunden, in einem Monsun, der alles überflutete und riesige Wasserfälle bildete, die von mehreren Tausend Fuß Höhe die Klippen hinabstürzten. Im Westen dagegen war die Insel so karg wie eine Wüste. Es war nur Lavagestein zu sehen mit einigen verstreut stehenden, strahlend blühenden Sträuchern und verkrüppelten, knorrigen, windgepeitschten Bäumen. Im Süden und Osten bestand die Insel aus einer Vielzahl einzelner Felsformationen und aus Stränden mit schwarzem Sand, wo die Küstenlinie mit dem Wasser der Blauen Spalte zusammentraf, bevor sie sich erhob, um im Dschungel und im Nebel zu verschwinden.

Wren starrte angestrengt auf Morrowindl hinab. Es war ein bedrohlicher, wenig gastfreundlicher Ort, ein scharfer Kontrast zu den anderen Inseln, die sie gesehen hatten. Wolkentürme trafen aufeinander und brachen auseinander. Jede Seite der Insel bot unterschiedliche Bedingungen. Die Insel insgesamt war schattig und bewölkt, als sei Killeshan ein Dämon, der Feuer atmet und sich in einen Umhang gewickelt hat, der aus seinem eigenen erstickenden Atem besteht.

Tiger Ty dirigierte Spirit noch ein letztes Mal um die Insel herum und befahl ihm dann, er solle landen. Der Rock setzte am Rande eines breiten Strandes mit schwarzem Sand vorsichtig auf, seine Klauen bohrten sich in das geborstene Lavagestein, und er legte widerstrebend seine Flügel an. Dabei wandte der Riesenvogel sein Gesicht dem Dschungel zu, und seine spähenden Augen suchten den Nebel zu durchdringen.

Tiger Ty wies sie an, sie sollten absteigen. Sie lösten ihre Harnischriemen und glitten zu Boden. Wren schaute landeinwärts. Die Insel aus Felsen, Bäumen und Nebel erhob sich vor ihnen. Sie konnten die Sonne nicht mehr sehen. Schatten und Halblicht lag über allem.

Der Flugreiter sah das Mädchen an. »Ich vermute, Ihr wollt es immer noch? Starrsinnig wie eh und je?«

Sie nickte schweigend, denn sie wollte im Moment nicht reden.

»Dann hört zu. Und überlegt Euch, ob Ihr Eure Meinung noch ändern wollt, während Ihr das tut. Ich habe Euch aus gutem Grund alle vier Seiten von Morrowindl gezeigt. Im Norden regnet es ständig, jeden Tag, jede Stunde des Tages. Manchmal regnet es stark, manchmal nieselt es. Aber das Wasser ist überall. Sumpf und Teiche, Wasserfälle und Rinnsaale. Wenn Ihr nicht schwimmen könnt, ertrinkt Ihr. Und es gibt ohnehin unendlich viele Wesen, die Euch dort hinabziehen wollen.«

Er machte eine Geste. »Im Westen gibt es nur Wüste. Das habt Ihr gesehen. Nichts als offenes Land, heiß und trocken und öde. Ihr denkt wahrscheinlich, Ihr könntet es bis zur Spitze des Berges durchwandern. Das Dumme ist nur, daß Ihr keine Meile weit kommt, ohne den Wesen über den Weg zu laufen, die unter den Felsen leben. Ihr würdet sie jedoch gar nicht sehen. Sie würden Euch erwischen, bevor Ihr denken könnt. Es gibt Tausende von ihnen, in allen Größen und Formen, die meisten davon mit einem Gift, das Euch schnell töten kann. Nichts und niemand gelangt dort hindurch.«

Das Stirnrunzeln von Tiger Ty vertiefte die Linien seines zerfurchten Gesichtes noch weiter. »Also bleiben der Süden und der Osten, die zufälligerweise ziemlich ähnlich sind. Felsen und Dschungel und Vog und viele unerfreuliche Wesen, die darin leben. Wenn Ihr erst einmal diesen Strand verlassen habt, seid Ihr bis zu Eurer Rückkehr nicht mehr sicher. Ich habe Euch schon einmal gesagt, daß das Inland eine Todesfalle ist. Ich sage es Euch noch einmal, falls Ihr es nicht gehört habt.«

»Mein Fräulein«, sagte er weich. »Tut es nicht. Ihr habt keine Chance.«

Sie streckte impulsiv die Hand aus und nahm seine knorrigen Hände in ihre eigenen. »Garth und ich werden aufeinander aufpassen«, versprach sie. »Das tun wir schon seit langer Zeit.«

Er schüttelte den Kopf. »Das wird nicht genügen.«

Sie festigte ihren Griff. »Wie weit müssen wir ziehen, um die Elfen zu finden? Könnt Ihr uns das ungefähr sagen?«

Er entzog ihr seine Hände und deutete landeinwärts. »Ihre Stadt, wenn es sie noch gibt, liegt auf halbem Weg auf dem Berghang in einer Nische, die vor den Lavaströmen geschützt ist. Die meisten der Ströme verlaufen nach Osten, und einige davon graben Tunnel unter den Fels zum Meer. Von hier aus sind es vielleicht dreißig Meilen. Ich kann jetzt nicht mehr sagen, wie das Land dort drinnen beschaffen ist. Zehn Jahre verändern vieles.«

»Wir werden unseren Weg finden«, sagte sie. Sie atmete tief ein, um sich selbst zu beruhigen, und bemerkte, wie nutzlos dieser Versuch war. Sie schaute zu Garth, der in ihr versteinertes Gesicht blickte. Dann sah sie erneut Tiger Ty an. »Ich muß Euch noch etwas fragen. Werdet Ihr hierher zurückkommen? Werdet Ihr uns genügend Zeit für unsere Suche geben und dann zurückkommen?«

Tiger Ty verschränkte die Arme. Sein ledriges Gesicht sah sowohl traurig als auch unnachgiebig aus. »Ich werde kommen, mein Fräulein. Ich werde drei Wochen warten – genug Zeit für Euch, hineinzugelangen und wieder herauszukommen. Dann werde ich vier Wochen lang einmal pro Woche nach Euch Ausschau halten.« Er schüttelte den Kopf. »Aber ich muß Euch sagen, daß ich das für Zeitverschwendung halte. Ihr werdet nicht zurückkommen. Ich werde Euch niemals wiedersehen.«

Sie lächelte tapfer. »Ich werde einen Weg finden, Tiger Ty.«

Die Augen des Flugreiters verengten sich. »Nur einen Weg. Ihr solltet lieber boshafter und stärker sein als alles, was Euch über den Weg läuft. Und...« Er stupste sie mit seinem knochigen Finger an. »...Ihr solltet lieber darauf vorbereitet sein, Eure Magie zu gebrauchen!«

Er wandte sich abrupt um und stolzierte zu dem wartenden Spirit hinüber. Ohne innezuhalten zog er sich an den Harnischriemen hinauf und nahm seinen Platz ein. Als er seine Sicherheitsgurte befestigt hatte, schaute er zu ihnen zurück.

»Versucht nicht, bei Nacht hineinzugehen«, riet er. »Reist zumindest am ersten Tag im Hellen. Laßt Killeshans Krater zu Eurer Rechten, wenn Ihr aufsteigt.« Er hob die Hände. »Bei Dämons Blut! Ihr seid im Begriff, etwas ganz Dummes zu tun!«

»Vergeßt uns nicht, Tiger Ty!« rief Wren als Antwort.

Der Flugreiter sah sie einen Augenblick stirnrunzelnd an und stieß Spirit dann leicht in die Seite. Der Rock erhob sich in die Luft, seine Flügel breiteten sich vor dem Wind aus, und er stieg langsam auf und wandte sich gen Süden. Innerhalb von Sekunden war der Riesenvogel zu nicht mehr geworden als einem Fleck im verblassenden Licht.

Wren und Garth standen schweigend auf dem leeren Strand und sahen ihm nach, bis der Fleck verschwunden war.

6

Sie blieben in dieser Nacht am Strand, womit sie dem Rat Tiger Tys folgten, zu warten, bis der Tag begann. Erst dann wollten sie landeinwärts starten. Sie wählten einen Platz ungefähr eine Viertelmeile nördlich von der Stelle, an der der Flugreiter sie abgesetzt hatte, um ihr Lager aufzuschlagen. Es war eine weite, offene Fläche mit schwarzem Sand, an der die Gezeitenlinie mehr als Hundert Fuß vom Rand des Dschungels entfernt endete. Die Dämmerung war bereits hereingebrochen, die Sonne war unter dem Horizont verschwunden, und ihr schwächer werdendes Licht wurde zu einem schwachen Schimmer über den Meereswogen. Als die Dunkelheit herabsank, überflutete hellsilbernes Licht vom Mond und den Sternen den leeren Strand. Es wurde vom Sand zurückgestrahlt, als seien dort Diamanten ausgestreut, und erhellte die Küstenlinie, so weit das Auge sehen konnte. Daher beschlossen sie auch gleich, kein Feuer zu entfachen. Weder Licht noch Hitze wurden benötigt. Von der Stelle auf dem offenen Strand aus, wo sie sich jetzt befanden, konnten sie sehen, wenn sich etwas zu nähern versuchte, und die Luft war warm und mild. Ein Feuer würde nur die Aufmerksamkeit auf sie ziehen, und das wollten sie nicht.

Sie aßen eine kalte Mahlzeit aus getrocknetem Fleisch, Brot und Käse und spülten alles mit Bier hinunter. Sie saßen dem Dschungel gegenüber, mit dem Rücken zum Meer, und lauschten und beobachteten. Morrowindl verlor seine Konturen, als die Nacht hereinbrach, die Linien des Dschungels und der Klippen und der Wüste verschwanden in der Dunkelheit, bis die Insel schließlich kaum mehr als eine Silhouette vor dem Himmel war. Schließlich verschwand sogar diese, und alles, was blieb, war ein beständiges Gewirr von Lauten. Die waren größtenteils nicht unterscheidbar, schwach und unterdrückt, verstreute Rufe und Heulen und Summen von Vögeln und Insekten und Tieren, die alle in der Schutz bietenden Dunkelheit verborgen waren. Das Wasser der Blauen Spalte lief in stetigem Rhythmus auf die Strände der Insel hinauf, wusch sie aus und zog sich wieder zurück, ein langsames und beständiges Plätschern. Eine Brise kam auf, sanft und wohlriechend, und sie vertrieb die letzten Reste der Hitze des Tages.

Nachdem sie ihre Mahlzeit beendet hatten, starrten sie eine Weile schweigend hinaus – auf den Himmel und den Strand und das Meer, auf nichts.

Bereits jetzt erreichte Morrowindl, daß sich Wren unbehaglich fühlte. Sogar jetzt, eingehüllt in Dunkelheit, unsichtbar und schlafend, wirkte die Insel bedrohlich. Sie stellte sie sich in Gedanken vor: Killeshan, der sich mit seinem zerklüfteten, geöffneten Schlund gen Himmel erhob, und die dschungelbewachsenen Hänge, turmhohen Klippen und öden Wüsten. Die Insel wie ein angeketteter Gigant, der in Vog und Nebel eingehüllt war und wartete. Sie konnte seinen Atem auf ihrem Gesicht spüren, begierig und hungrig. Sie konnte ihn zur Begrüßung zischen hören.

Sie konnte fühlen, wie er sie beobachtete.

Es ängstigte sie mehr, als sie zugeben wollte, und sie konnte ihre Angst nicht völlig unterdrücken. Sie war ein heimtückischer Schatten, der durch die Gänge ihrer Gedanken kroch und Worte flüsterte, deren Bedeutung unverständlich, deren Absicht aber eindeutig war. Sie fühlte sich ganz eigentümlich, all ihrer Fähigkeiten und ihres Könnens beraubt, als sei alles in dem Moment, in dem sie angekommen war, von ihr abgestreift worden. Sogar ihre Instinkte schienen durcheinander geraten zu sein. Sie konnte es nicht erklären. Es ergab keinen Sinn. Es war nichts geschehen, und doch war sie hier, mit zerrissenem Selbstvertrauen, das wie Stroh verstreut war. Eine andere Frau hätte vielleicht Trost in der Tatsache gefunden, daß sie die legendären Elfensteine besaß – aber nicht Wren. Die Magie war ihr fremd. Für sie war sie eine Sache, der man mißtrauen sollte. Sie gehörte einer Vergangenheit an, von der sie nur gehört hatte, einer Geschichte, die Generationen lang verloren gewesen war. Sie gehörte jemand anderem, jemandem, den sie nicht kannte. Die Elfensteine, dachte sie düster, hatten nichts mit ihr zu tun.

Die Worte weckten ein Gefühl von Kälte in ihrer Magengrube. Natürlich waren sie eine Lüge.

Sie legte die Hände vors Gesicht und verbarg sich so. Zweifel krochen von allen Seiten auf sie zu, und obwohl es jetzt sinnlos war, fragte sie sich kurz, ob ihre Entscheidung, nach Morrowindl zu kommen, nicht falsch gewesen war.

Schließlich nahm sie die Hände herunter und beugte sich vor, bis sie in der Dunkelheit Garths bärtiges Gesicht deutlich sehen konnte. Der große Mann beobachtete unbewegt, wie sie ihre Hände hob und zu gestikulieren begann.

»Glaubst du, ich habe einen Fehler gemacht, als ich darauf bestanden habe, daß wir herkommen?« fragte sie ihn.

Er betrachtete sie einen Moment und schüttelte dann den Kopf. *Es ist niemals ein Fehler, etwas zu tun, was man für notwendig hält.*

»Ich habe es für notwendig gehalten.«

Ich weiß.

»Aber ich bin nicht nur hergekommen, um herauszufinden,

ob die Elfen noch am Leben sind«, sagte sie in der Zeichensprache. »Ich kam auch, um etwas über meine Eltern herauszufinden, um zu erfahren, wer sie waren und was aus ihnen geworden ist.«

Er nickte schweigend.

»Ich brauchte mich nicht zu sorgen, weißt du«, versuchte sie ihm weiter zu erklären. »Es war nicht notwendig, etwas anders zu machen. Ich war eine Fahrende, und das war genug. Sogar noch, nachdem Cogline uns gefunden hatte und wir ostwärts zum Hadeshorn zogen und den Schatten Allanons trafen. Und sogar noch, als ich begann, nach den Elfen zu fragen. In der Hoffnung, etwas über ihr Schicksal zu erfahren, habe ich noch nicht an meine Eltern gedacht. Ich hatte keine Vorstellung davon, wohin das alles führen würde. Ich ging einfach weiter, stellte meine Fragen und erfuhr schließlich von der Addershag und dann von dem Signalfeuer. Ich folgte einfach einem Weg und war neugierig, wohin er führte.«

Sie machte eine Pause. »Aber die Elfensteine, Garth – das war etwas, womit ich nicht gerechnet hatte. Als ich entdeckte, daß sie wirklich waren – daß es die Elfensteine von Shea und Will Ohmsford waren –, änderte sich alles. So viel Macht – und sie gehörten meinen Eltern. Warum? Wieso hatten meine Eltern sie? Was bezweckten sie damit, sie mir zu geben? Das verstehst du, nicht wahr? Ich werde niemals Antworten bekommen, außer wenn ich herausfinde, wer meine Eltern waren.«

Garth signalisierte. *Ich verstehe. Ich wäre nicht hier bei dir, wenn ich es nicht täte.*

»Das weiß ich«, flüsterte sie, und ihre Kehle wurde eng. »Ich wollte es dich nur sagen hören.«

Sie schwiegen einen Moment und wandten die Augen ab. Irgend etwas Großes platschte weit draußen auf dem Wasser auf. Das Geräusch hallte einen Moment wider und verklang dann. Wren stieß ihren Schuh in den rauhen Sand.

»Garth«, signalisierte sie und lenkte seinen Blick auf sich. »Gibt es irgend etwas über meine Eltern, was du mir nicht gesagt hast?«

Garth sagte nichts. Sein Gesicht war ausdruckslos.

»Denn wenn da etwas ist«, signalisierte sie, *»mußt du es mir jetzt sagen. Du kannst mich diese Suche nicht fortsetzen lassen, ohne daß ich es weiß.«*

Garth bewegte sich und ließ den Kopf in Schatten versinken. Als er ihn wieder hob, begannen seine Finger, die Zeichen zu formen. *Ich würde dir nichts vorenthalten, was nicht nötig wäre. Ich enthalte dir jetzt nichts über deine Eltern vor. Was ich weiß, habe ich dir gesagt. Glaube mir.*

»Das tue ich«, bestätigte sie ruhig. Und doch beunruhigte sie die Antwort. Enthielt er ihr vielleicht doch noch etwas anderes vor, weil er es für notwendig hielt? Hatte sie das Recht, zu fordern, daß auch sie erfuhr, was das war?

Sie schüttelte den Kopf. Er würde sie niemals verletzen. Das war das Wichtigste. Nicht Garth.

Wir werden die Wahrheit über deine Eltern herausfinden, signalisierte er plötzlich. *Ich verspreche es.*

Sie streckte kurz die Hand aus, um seine Hände zu ergreifen, und ließ sie dann wieder los. »Garth«, sagte sie, »du bist der beste Freund, den ich jemals haben werde.«

Sie hielt dann Wache, während er schlief, und fühlte sich durch seine Worte getröstet. Jetzt war sie wieder sicher, daß sie trotz allem nicht allein war, daß sie ihr Ziel gemeinsam angehen würden. Verborgen in der Dunkelheit brütete Morrowindl weiter vor sich hin. Aber sie war jetzt nicht mehr so eingeschüchtert. Ihr Entschluß wurde fester, ihr Ziel deutlich. Es würde so sein, wie es schon so viele Jahre war – sie und Garth gegen alles, was immer sie erwartete. Das würde genügen.

Als Garth um Mitternacht erwachte, begab sie sich schnell zur Ruhe.

Der Sonnenaufgang ließ den Himmel in hellem Silber erstrahlen, aber Morrowindl war eine schwarze Mauer, die dieses Licht ausschloß. Die Insel stand zwischen der Dämmerung auf der einen Seite und Wren und Garth auf der anderen, als wollte sie die Fahrenden für immer in ihre Schatten einschließen. Der Strand war ruhig und leer, eine schwarze Linie, die sich in die Ferne erstreckte wie ein ausgebreiteter Streifen Trauerflor. Felsen und Klippen ragten aus dem grünen Gewirr des Dschungels heraus und stießen hervor wie gefangene Tiere, die zu atmen versuchen. Killeshan stieß in stummem Schweigen himmelwärts, und Rauch entstieg aus den Rissen in seiner Lavafelshaut. Weit entfernt im Norden enthüllte ein Blick auf die Wüstenseite der Insel eine harte, gebrochene Oberfläche, über der eine Decke aus schwefelhaltigem Nebel lag, auf der sich nichts bewegte.

Die Fahrende und ihr Begleiter wuschen sich und aßen ein eiliges Frühstück. Sie waren bestrebt, schnell fortzukommen. Die Tageshitze war bereits spürbar und verdrängte die Meeresbrisen über dem Wasser. Seevögel glitten und schossen darin entlang und hielten nach Nahrung Ausschau. Krabben trippelten vorsichtig in den Felsen herum und suchten in Rissen und Spalten nach Schutz. Rundherum erwachte die Insel.

Wren und Garth schulterten ihr Gepäck, überprüften ihre Waffen, sahen sich kurz an und starteten landeinwärts.

Der Strand endete in einem kleinen Flecken hohen Grases, der dann wieder einem Wald aus turmhohen Akazien Platz machte. Die Stämme der uralten Bäume hoben sich wie Säulen himmelwärts, wo sie sich in der Höhe verloren, was ihnen das Aussehen einer Mauer gab. Der Boden des Waldes war karg und strauchlos. Stürme und Fluten hatten alles fortgewaschen, nur die riesigen Bäume waren geblieben. Innerhalb der Akazien war alles ruhig. Die Sonne im Osten war noch wolkenverhangen, und Schatten lagen über allem. Wren und Garth gingen langsam, aber stetig vorwärts und waren für jede Art von Gefahr gewappnet. Sie traten aus den Akazien heraus und auf ein Wäldchen aus Bambuspflanzen zu. Sie gingen an dessen Rand entlang, bis sie einen Durchgang durch das Gesträuch fanden. Sie benutzten ihre kurzen Schwerter, um sich ihren Weg hindurch zu bahnen. Von da aus gingen sie an einer Wiese entlang weiter, auf der das Gras brusthoch stand und Wildblumen in vielerlei Farben inmitten des Grüns wuchsen. Vor ihnen stieg der Wald die Hänge des Killeshan empor, Bäume und Sträucher überzogen die seltsamen Formationen von Lavagestein, und alles verschwand schließlich im Vog.

Der erste Tag verging ohne Zwischenfälle. Sie reisten durch offenes Land, wann immer es möglich war, und wählten einen Weg, der ihnen erlaubte, zu sehen, worauf sie gingen. In dieser Nacht schlugen sie ihr Lager auf einer Wiese auf und machten es sich auf erhöhtem Untergrund bequem, so daß sie wieder eine klare Sicht in alle Richtungen hatten. Der zweite Tag verging auf die gleiche Weise wie der erste. Sie kamen gut voran, indem sie Flüsse und Ströme nutzten und Senken und kleinere Erhebungen ohne Schwierigkeiten überwanden. Es gab keinerlei Hinweise auf die Monster, vor denen Tiger Ty sie gewarnt hatte. Es gab buntgefärbte Schlangen und Spinnen, die mit ziemlicher Sicherheit giftig waren, aber die Fahrenden hatten bereits in anderen Teilen der Welt mit deren Vettern zu tun gehabt und wußten genug von ihnen, um jeden Kontakt zu vermeiden. Sie hörten das Fauchen von Moorkatzen, sahen aber keine. Ein- oder zweimal flogen Raubvögel über sie hinweg, aber nach mehrmaligem flüchtigen Kreisen schossen die Jäger auf der Suche nach leichterer Beute davon. Es regnete häufig und schwer, aber niemals sehr lange, und die einzige Gefahr war, von einer unerwarteten Sturzflut in einem trockenen Flußbett überrascht zu werden oder in neu gebildete Senkgruben zu fallen. Außerdem kühlte der Regen sie ab.

Die ganze Zeit über kamen die in Dunst halb verborgenen Hänge des Killeshan näher, ein Versprechen von zukünftigen, härteren Herausforderungen.

Der dritte Tag begann auf die gleiche Art wie die beiden vorherigen, schattig und ruhig und brütend. Die Sonne ging auf und war kurz durch die Bäume vor ihnen zu sehen, ein warmes und einladendes Lichtzeichen. Doch dann verschwand sie plötzlich, als sich die unteren Ränder des Vog noch weiter hinabzogen. Der Dunst war dünn und zunächst wenig beunruhigend, nicht viel mehr als eine Verdichtung der Luft, ein Ermatten des Lichts. Aber langsam begann er dichter zu werden, sich zusammenzuballen und alles auszuschließen, was mehr als dreißig Fuß von ihrem jeweiligen Standort entfernt war. Das Land wurde rauher, als die Ebenen der Küstenlinie und die grasbewachsenen Ausläufer Hügeln und Abhängen wichen und das Lavagestein bröckelig und lose wurde. Der Untergrund wurde unsicher, und sie verlangsamten ihren Schritt.

Sie aßen besorgt und schweigend eilig zu Mittag und gingen dann vorsichtig weiter. Sie banden oberhalb der Stiefelschafte und unter den Knien dicke Felle um ihre Beine, um vor Schlangen geschützt zu sein. Sie legten ihre schweren Umhänge an und zogen sie fest um sich. Die Hitze der niedrigeren Hügel fehlte hier, und die Luft – von der sie geglaubt hatten, sie würde wärmer werden, je mehr sie sich Killeshan näherten – wurde kalt. Garth übernahm entschlossen die Führung und schirmte Wren somit ab. Schatten bewegten sich überall um sie herum durch den Dunst, Wesen ohne Gestalt und Form, die aber dennoch da waren. Die vertrauten Geräusche von Vögeln und Insekten erstarben zu erwartungsvoller Stille. Die Dämmerung sank früh herab. Es war wie ein Abfließen von Licht. Und dann begann der Regen als stetige Wand zu fallen.

Sie errichteten ihr Lager am Fuße einer uralten Koaakazie am Rande einer kleinen Lichtung. Den Rücken gegen den Baum gelehnt, aßen sie ihr Abendessen und beobachteten, wie sich das Licht von Rauchfarben zu Holzkohlenfarben verdunkelte. Der Regen verringerte sich zu einem zeitweise unterbrochenen Tröpfeln, und der Dunst begann den Berghang in tastenden Ranken hinabzukriechen. Der Wald verwandelte sich hier bereits in Dschungel, die Bäume waren dicht mit Weinranken bewachsen und umwickelt, der Untergrund war feucht und weich und nachgiebig. Schnecken und Käfer krochen durch das Unterholz und über vermoderte Baumstämme. Der Boden unter der Koaakazie war trocken, aber die Feuchtigkeit der Luft schien überall einzudringen. Es gab keine Möglichkeit, ein Feuer zu entfachen. Wren und Garth kauerten sich in ihre Umhänge und drängten sich enger zusammen. Die Nacht senkte sich um sie herum und übergoß die Welt mit Tintenschwärze.

Wren bot an, die erste Wache zu übernehmen, denn sie war zu gereizt, um zu schlafen. Garth stimmte wortlos zu. Er zog die Knie an, legte seinen Kopf auf die gekreuzten Arme und war gleich darauf eingeschlafen.

Wren saß da und starrte in die Finsternis. Die Bäume und der Dunst schlossen alles Licht vom Mond und von den Sternen aus, und selbst nachdem ihre Augen sich angepaßt hatten, war es ihr nicht möglich, weiter als zwölf Fuß zu sehen. Schatten zogen am Rande ihres Gesichtskreises vorbei, kurz, schnell und undeutlich. Geräusche schossen aus dem Dunst hervor, forderten sie heraus und neckten sie – der schrille Schrei von Nachtvögeln, das Zirpen von Insekten, Kratzen und Rascheln, Schnüffeln und Fauchen. Das leise Husten jagender Katzen erklang von irgendwo in weiter Ferne. Sie konnte schwach den Schwefelrauch Killeshans riechen, der durch die Luft zog und sich mit dem dichteren, wohlriechenden Geruch des Dschungels vermischte. Rund um sie herum erwachte eine unsichtbare Welt.

Soll sie doch, dachte sie trotzig.

Die Luft wurde still, als auch das Tröpfeln aufhörte und nur der Nebel übrigblieb. Die Zeit verrann. Die Geräusche wurden leiser und weicher und vermittelten das Gefühl, daß alles dort draußen in der Finsternis wartete, daß alles beobachtete. Sie erkannte, daß die Schatten am Rande des herankriechenden Dunstes verblaßt waren. Garth schnarchte leise. Sie bewegte ihren verkrampften Körper, versuchte aber nicht, aufzustehen. Sie mochte das Gefühl des Baumes an ihrem Rücken und die Sicherheit von Garths Nähe. Sie haßte das Gefühl, das die Insel in ihr hervorrief – preisgegeben, verletzlich, ungeschützt zu sein. Es war das Ungewohnte, sagte sie sich. Es war die fehlende Vertrautheit mit dieser Insel, die Isolation von ihrem eigenen Land, die Erinnerung an Tiger Tys Warnung, daß es hier Monster gebe. Es würde dauern, bis sie sich daran gewöhnt hätte...

Sie ließ den Gedanken unvollendet, als sie die Silhouette von etwas Großem am Rande des Dunstes auftauchen sah. Es ging kurzzeitig aufrecht auf zwei Beinen, ließ sich dann aber auf alle Viere nieder. Es blieb stehen, und sie wußte, daß es sie ansah. In ihrem Nacken kribbelte es, und sie führte ihre Hand hinab, bis sich ihre Finger um das lange Messer an ihrer Taille schlossen.

Sie wartete.

Das Wesen, das sie beobachtete, rührte sich nicht. Es schien mit ihr zu warten.

Dann sah sie einen weiteren Schatten auftauchen, der dem ersten ähnelte. Und einen weiteren. Und einen vierten. Sie versammelten sich in der Dunkelheit und verharrten dort ruhig, während ihre Augen schimmerten. Wren atmete langsam und tief durch. Sie überlegte, ob sie Garth wecken sollte, sagte sich aber immer wieder, daß sie noch eine Minute warten wollte, gerade lange genug, um zu sehen, was geschehen würde.

Aber nichts geschah. Die Minuten krochen dahin, und die Schatten blieben, wo sie waren. Wren fragte sich, wie viele wohl dort draußen waren. Dann fragte sie sich, ob sie auch hinter ihr waren, wo sie sie nicht sehen konnte, und heranschlichen, bis sie nahe genug waren, um...

Sie wandte sich schnell um und schaute. Dort war nichts. Zumindest nicht innerhalb ihres begrenzten Sichtkreises.

Sie wandte sich wieder um. Sie wußte plötzlich, daß die Wesen warteten, um zu sehen, was sie tun würde, daß sie auskundschaften wollten, wie gefährlich sie sein könnte. Wenn sie lange genug sitzen bliebe, würden sie ungeduldig werden und beschließen, sie zu testen. Sie fragte sich, wieviel Zeit sie hatte. Sie fragte sich, was nötig wäre, um sie zu entmutigen. Wenn die Monster hier schon bei ihnen waren, nur drei Nächte vom Strand entfernt, dann würden sie von jetzt ab jede Nacht auf ihrem Weg landeinwärts da sein, sie beobachten und warten. Und es würden weitere kommen. Es mußte so sein.

Wrens Blut pulste genauso schnell durch sie hindurch wie ihre Gedanken. Gemeinsam waren Garth und sie den meisten Wesen gewachsen. Aber sie konnten es sich nicht leisten, gegen alles zu kämpfen, was ihnen begegnete.

Die Schatten hatten begonnen, sich wieder zu bewegen. Sie waren ruhelos. Sie hörte Murmeln, nicht eigentlich Worte, aber etwas Ähnliches. Sie konnte rund um sich herum Bewegung spüren, etwas anderes als die Schatten, Wesen, die sie nicht sehen konnte. Die Bewohner des Dschungels hatten sie entdeckt und versammelten sich. Sie hörte ein Grollen, leise und drohend. Neben ihr bewegte sich Garth im Schlaf und wandte sich ab.

Wrens Gesicht fühlte sich heiß an.

Tu etwas, flüsterte sie sich selbst zu. *Du mußt etwas tun.*

Sie wußte, ohne hinzusehen, daß die Schatten jetzt auch hinter ihr waren.

Sie fühlte ein Brennen an ihrer Brust.

Fast ohne es zu wissen, griff sie in ihre Tunika und nahm den Lederbeutel mit den Elfensteinen heraus. Schnell, ohne wirklich darüber nachzudenken, was sie tat, schüttete sie die Steine in ihre Hand und schloß schnell die Finger darüber. Sie konnte spüren, daß die Schatten sie beobachteten.

Nur eine Andeutung dessen, was sie vermögen, sagte sie sich. *Das sollte genügen.*

Sie streckte ihre Hand vor und öffnete leicht die Finger. Das blaue Licht der Elfensteine glänzte. Es sammelte sich und sein kaltes Feuer strebte in dünnen Streifen vorwärts, um die Dunkelheit zu durchdringen.

Sofort waren die Schatten verschwunden. Sie verschwanden so schnell und so vollständig, als wären sie nie dagewesen. Die Geräusche verstummten im Gebüsch. Die Welt um sie wurde leer, und sie und Garth waren alles, was darin zurückgeblieben war.

Sie schloß ihre Finger wieder und zog die Hand zurück. Die Schatten, was auch immer sie waren, wußten etwas von Elfenmagie.

Ihr Instinkt hatte ihr gesagt, daß es so sein würde.

Sie wurde von einer plötzlichen Bitterkeit erfüllt. Die Elfensteine waren kein Teil ihres Lebens. Darauf hatte sie bestanden. O nein – sie gehörten nicht zu ihrem Leben. Sie gehörten jemand anders, nicht ihr. Wie schnell sie sich das gesagt hatte. Und wie schnell sie auf sie zurückgriff, wenn sie sich bedroht fühlte!

Sie ließ die Steine in ihren Behälter zurückgleiten und schob ihn wieder in ihre Tunika. Die Nacht war friedlich und still, der Dunst war bar jeder Bewegung. Die Wesen, die auf Morrowindl lebten, waren jetzt auf der Suche nach leichterer Beute.

Es war nach Mitternacht, als sie Garth weckte. Es war nichts mehr erschienen, um sie zu bedrohen. Sie erzählte Garth nicht, was geschehen war. Sie wickelte sich in ihren Umhang und lehnte sich an ihn.

Das war lange, bevor sie einschlief.

In der Morgendämmerung machten sie sich erneut auf den Weg. Der Vog lag dicht über den Hängen des Killeshan, und das Licht war dünn und grau. Feuchtigkeit erfüllte die Luft. Sie sickerte durch den Boden, auf dem sie gingen, durchdrang die Kleidung, die sie trugen, und ließ sie erschauern. Nach einiger Zeit begann die Sonne durch den Dunst zu scheinen, und ein Teil der Kälte wurde vertrieben. Ihre Reise ging langsam und mühevoll voran, das Land war uneben und zerklüftet, eine Reihe von Senken und Graten war unter dem wuchernden Dschungel verschwunden. Die Stille der letzten Nacht blieb bestehen, eine düstere Stille, die das Paar aussonderte und Fäden des Unbehagens um sie herum spann.

Am Rande ihres Sichtkreises blieben die Schatten spürbar. Sie waren dort, verstohlen, vorsichtig, eine Versammlung eiliger und formloser Geister, die dort waren, bis man nach ihnen schaute, und dann verschwanden. Garth schien ihre Gegenwart nicht zu bemerken, aber Wren wußte, daß dieser Eindruck täuschte. Wenn sie von Zeit zu Zeit einen verstohlenen Blick auf sein dunkles Gesicht warf, konnte sie die Ruhe sehen, die sich in seinen Augen zeigte. Sie wunderte sich, daß ihr großer Freund alles so vollständig ausschließen konnte. Ihre eigenen Augen suchten unaufhörlich den Nebel ab, denn sogar jetzt war sie sich noch immer nicht sicher, wie sehr die Wesen, die sich dort verbargen, die Elfensteine fürchteten, wie lange die Magie sie in Schach halten würde. Ihre Finger irrten unentwegt über ihre Tunika und den darunter liegenden Lederbeutel, um sich zu vergewissern, daß ihr Schutz noch immer da war.

Der Tag ging langsam zu Ende. Sie kamen durch Wälder aus Koaakazien und Banyans, die alt waren und von Moos und Weinranken struppig, an Berghängen entlang, an denen das Lavagestein gesprungen und in lose Brocken zerbrochen war, die zerbarsten und davonrollten, wenn sie versuchten, einen Halt zu finden. Sie stiegen in Schluchten hinab, in denen das Gestrüpp dornig war, und bahnten sich ihren Weg durch Täler, über die sich schwere Wolken als undurchdringliche Decke aus Grau gelegt hatten. Dabei kletterten sie unaufhörlich weiter und bahnten sich ihren Weg die Hänge des Killeshan hinauf, wobei sie durch Löcher im Vog kurze Blicke auf den Vulkan werfen konnten, dessen Gipfel fortstrebte und niemals näher zu kommen schien.

Sie begannen mehr und mehr die Gefahren der Insel zu erkennen. Es gab bestimmte Pflanzen, bunt gefärbt und kompliziert geformt, die Fallen waren, die alles fingen, was in ihre Reichweite kam. Es gab Senkgruben, die einen im Handumdrehen verschlingen konnten, wenn man so unglücklich war, hineinzutreten. Es gab fremdartige Tiere, die sich kurz zeigten und dann wieder verschwanden, Jäger, schuppig und mit Stacheln versehen, mit Klauen und scharfen Zähnen. Es zeigten sich keine Monster, aber Wren vermutete, daß sie da waren, sie beobachteten und warteten, denn sie hörte die Geister ihnen aus dem Dunst zuflüstern.

Die Nacht kam, und sie schliefen, und dieses Mal näherten sich die Schatten nicht, sondern hielten sich sorgfältig versteckt. Eine Moorkatze schlich heran, und Garth blies auf einem dicken Grashalm, so daß ein Pfeifgeräusch entstand, das die große Katze aber anscheinend nicht kümmerte, und dann verklang. Wren träumte von ihrer Heimat, vom Westland, als sie noch jung war und alles neu um sie herum, und sie erwachte mit deutlichen und strahlenden Erinnerungen.

»Garth, ich habe die Elfensteine erneut gebraucht«, teilte sie ihm beim Frühstück mit, während sie sich beide gegen die düstere Kälte zusammenkauerten. »Vor zwei Nächten, als die Schatten das erste Mal auftauchten.«

Ich weiß, erwiderte er, und seine Augen suchten ihre, während er sprach. *Ich war wach.*

»Wieviel hast du gesehen?« flüsterte sie und schüttelte ungläubig den Kopf.

Genug. Die Magie ängstigt dich, nicht wahr?

Sie lächelte sinnend. »Alles, was wir tun, ängstigt mich.«

Sie gingen durch die Stille der Dämmerung, in Gedanken versunken. Das Land vor ihnen wurde flacher, und der Dschungel wich von ihnen zurück. Der Vog war hier dichter und lag beständig und unbeweglich vor ihnen. Die Luft war ruhig. Sie überquerten einen offenen Platz und fanden sich am Rande eines Sumpfes wieder. Vorsichtig gingen sie an seinem schilfbewachsenen Rand entlang und suchten nach festerem Untergrund. Als sie ihn fanden, kamen sie weiter voran. Der Sumpf blieb. Immer wieder waren sie gezwungen, die Richtung zu wechseln und nach einem sicheren Übergang zu suchen. Der Sumpf war ein dumpfer, flacher Schimmer von Feuchtigkeit, der sich über Unmengen von Gras und Unkräutern erstreckte. Bäume reckten sich daraus hervor wie die Beine ertrunkener Riesen. Fliegende Insekten summten glitzernd und irisierend darüber hinweg. Garth braute eine übelriechende Salbe, einen Schutz gegen Bisse und Stiche, mit der sie ihre Gesichter und Arme bedeckten. Schlangen glitten durch den Schlamm. Spinnen krabbelten überall herum, einige davon größer als Garths Faust. Spinnweben und Moos und Weinranken hingen von Zweigen und Gestrüpp herab und drohten mit tödlicher Umklammerung. Fledermäuse flogen durch das domhohe Laubgewölbe der Bäume, und ihr Kreischen klang schrill und bedrohlich.

Irgendwann stießen sie auf ein riesiges Spinnennetz, das über ihnen versteckt hing und wie eine Falle angebracht war, die auf alles, was darunter vorbeiging, fallen würde. Weniger erfahrene Jäger hätten es vielleicht nicht bemerkt und wären gefangen worden, aber Garth erspähte die Falle sofort. Die Fäden des Spinnennetzes waren so dick wie Wrens Finger und so durchsichtig, daß sie fast unsichtbar waren, wenn man sie nicht suchte. Sie klopfte mit einem Schilfstengel auf einen der Fäden, und der Schilfstengel blieb sofort haften. Wren und Garth spähten lange Zeit vorsichtig umher, ohne sich zu bewegen. Wer oder was auch immer dieses Netz gesponnen hatte, sie wollten ihm auf keinen Fall begegnen.

Schließlich waren sie beruhigt, daß der Netzbauer nicht in der Nähe war, und eilten weiter.

Es war fast Mittag, als sie das kratzende Geräusch hörten. Sie verlangsamten ihren Schritt und blieben schließlich stehen. Das Geräusch klang rauh und furchtbar, viel zu laut für die Stille des Sumpfs. Es übertönte alles. Es kam von links, wo die Schatten über einem Dickicht aus Büschen mit strahlend roten Blüten lagen. Unter Garths Führung gingen sie rechts an den Büschen vorbei und folgten einem Grat mit festem Untergrund zu einer Lichtung, die von Koaakazien begrenzt wurde. Sie bewegten sich leise vorwärts und lauschten, wo das kratzende Geräusch herkam. Fast augenblicklich sahen sie Fäden eines durchsichtigen Netzes, die sich von den Baumspitzen zur Erde zogen. Die Fäden vibrierten, als aus dem Gestrüpp heraus etwas dagegenstieß. Es war leicht zu erkennen, was geschehen war. Garth winkte Wren zu, und sie gingen vorsichtig weiter.

Bei den Koaakazien blieben sie erneut stehen. Eine Reihe von Fallen waren zwischen den Bäumen aufgestellt worden, eine große und mehrere kleine. Eine der kleineren Fallen hatte ihren Zweck erreicht. Das kratzende Geräusch kam von einem Wesen, das sie umschlossen hielt, während es versuchte, sich freizukämpfen. Das Wesen war ganz anders als alles, was Wren oder Garth jemals gesehen hatten. So groß wie ein kleiner Jagdhund, schien es so etwas wie eine Mischung aus einem Stachelschwein und einer Katze zu sein. Der Körper war mit schwarz und braun geringelten Stacheln bedeckt und wurde von vier kurzen, dicken Beinen getragen, während der quadratische Kopf, der halslos zwischen seinen Schultern kauerte, Haare wie Katzenfell und auch den stumpfen Umriß einer Katze aufwies. Runzlige Pfoten endeten in mächtigen, klauenartigen Fingern, die sich in den Boden gruben, und sein stummeliger, stachelbewehrter Schwanz schwang in dem wilden Versuch hin und her, die Fäden des Netzes zu zerreißen, in die das Wesen eingewickelt war.

All seine Versuche waren vergeblich. Je heftiger es um sich schlug, um so mehr Fäden wickelten es ein. Schließlich hielt das Wesen inne und hob seinen Kopf. Erst jetzt bemerkte es sie. Wren war überrascht über die Augen dieses Wesens. Sie hatten Lider und Wimpern und waren strahlend blau. Es waren nicht die Augen eines Tieres. Es waren die Augen, die ihren eigenen glichen.

Der Körper des Wesens erschlaffte. Es war offenbar erschöpft von seinem Kampf. Die Stacheln lagen jetzt glatt an, und die fremdartigen Augen blinzelten.

»Pffft!« Das Wesen fauchte – ganz ähnlich wie eine Katze, an die es zumindest zum Teil erinnerte. »Ich glaube nicht, daß ihr in Erwägung zieht, mir zu helfen«, krächzte das Wesen leise. »Immerhin trägst du einen Teil – arrggh – Verantwortung für meine mißliche Lage.«

Wren sah es an und schaute dann schnell hinüber zu Garth, der zum ersten Mal genauso überrascht schien wie sie. Wieso konnte dieses Wesen sprechen? Sie wandte sich wieder um. »Was meinst du damit, daß ich einen Teil der Verantwortung trage?«

»Rrrowwwggg. Ich meine, du bist ein Elf, nicht wahr?«

»Nun, nein, tatsächlich bin ich das nicht. Ich bin…« Sie zögerte. Sie hätte fast gesagt, sie sei eine Fahrende. Aber die Wahrheit war, daß sie zumindest zum Teil ein Elf war. Hatte das Wesen sie nicht dadurch erkannt – durch ihr Elfenaussehen? Sie runzelte die Stirn. Woher wußte es überhaupt etwas von Elfen?

»Wer bist du?« fragte sie.

Das Wesen taxierte sie einen Moment schweigend, ohne daß die blauen Augen blinzelten. Als es sprach, war seine Stimme ein tiefes Grollen. »Stresa.«

»Stresa«, wiederholte sie. »Ist das dein Name?«

Das Wesen nickte.

»Mein Name ist Wren. Und das ist mein Freund Garth.«

»Hssttt. Du bist ein Elf«, wiederholte Stresa, und das Gesicht der Katze verzog sich. »Aber du stammst nicht von Morrowindl.«

»Nein«, erwiderte sie. Sie stemmte verwirrt die Hände in die Hüften. »Woher weißt du das?«

Die blauen Augen blinzelten leicht. »Du erkennst mich nicht. Du weißt nicht, was ich bin. Grrrrr. Wenn du auf Morrowindl leben würdest, wüßtest du es.«

Wren nickte. »Also, was bist du?«

»Eine Stachelkatze – oder besser ein Stachelkater«, antwortete das Wesen. Es knurrte tief in seiner Kehle. »So werden wir genannt, die wenigen von uns, die übriggeblieben sind. Ein Teil hiervon, ein Teil davon, aber überwiegend ganz etwas anderes. Puurrft.«

»Und woher weißt du etwas von Elfen? Leben hier denn noch welche?«

Der Stachelkater betrachtete sie kühl. Geduldig wartete er in seiner Falle. »Wenn du mir hilfst freizukommen«, erwiderte er, und seine Stimme war ein tiefes Schnurren, »werde ich deine Fragen beantworten.«

Wren zögerte unentschlossen.

»Ffffft! Du solltest dich lieber beeilen«, riet er. »Bevor der Wisteron kommt.«

Der Wisteron? Wren sah Garth an und bedeutete ihm, er solle überdenken, was Stresa gesagt hatte. Garth antwortete kurz.

Wren wandte sich wieder dem Wesen in der Falle zu. »Woher sollen wir wissen, daß du uns nicht verletzen wirst?« fragte sie den Stachelkater.

»Harrr. Wenn du nicht von Morrowindl stammst und von weit her gekommen bist, dann bist du gefährlicher als ich«, antwortete er, kam so nahe, wie er konnte und lachte. »Beeile dich endlich. Benutzt eure langen Messer, um das Netz zu zerschneiden. Nur mit der Schneide. Haltet die flache Seite der Klinge in die entgegengesetzte Richtung.« Das seltsame Wesen hielt inne, und Wren sah zum ersten Mal Anzeichen von Verzweiflung in seinen Augen. »Es ist nicht viel Zeit. Wenn ihr mir helft – grrrrr –, kann ich euch als Gegenleistung vielleicht auch helfen.«

Wren gab Garth ein Zeichen, und sie gingen hinüber zu der Stelle, wo der Stachelkater gefangen war. Dabei gaben sie sich große Mühe, keine der noch funktionierenden Fallen zu berühren. Sie arbeiteten schnell, durchschnitten die Fäden, die das Wesen umhüllten, und traten zurück. Stresa stieg munter über das heruntergefallene Netz und eilte an ihnen vorbei auf festen Untergrund. Er spreizte seine Stacheln und schüttelte sich heftig. Sowohl Wren als auch Garth wichen bei seiner plötzlichen Bewegung zurück, aber es flogen ihnen keine Stacheln entgegen. Der Stachelkater schüttelte nur die Reste des Netzes von sich, die an seinem Körper klebten. Er begann sich zu putzen und hielt erst inne, als er sich daran erinnerte, daß sie ihn beobachteten.

»Danke«, sagte er mit seiner leisen, ruhigen Stimme. »Wenn ihr mich nicht befreit hättet, wäre ich gestorben. Grrrrrr. Der Wisteron hätte mich gefressen.«

»Der Wisteron?« fragte Wren.

Der Stachelkater legte seine Stacheln an und überhörte ihre Frage. »Ihr solltet selbst auch längst schon tot sein«, erklärte er. Das Katzengesicht legte sich erneut in Falten. »Pfffft!« fauchte er. »Entweder hattet ihr großes Glück, oder ihr besitzt den Schutz der Magie. Was ist es?«

Wren zögerte einen Moment, bevor sie antwortete. »Du hast versprochen, meine Fragen zu beantworten, Stresa. Erzähle mir von den Elfen.«

Der Stachelkater kauerte sich zusammen und setzte sich. Er war größer, als er in der Falle gewirkt hatte, wirklich eher so groß wie ein Hund als wie eine Katze oder ein Stachelschwein, wonach er sonst aussah. »Die Elfen«, sagte er, und das Grollen mischte sich wieder in seine Stimme, »leben landeinwärts, hoch oben auf den Hängen des Killeshan in der Stadt Arborlon – grrrrr –, da halten die Dämonen sie gefangen.«

»Dämonen?« fragte Wren und dachte sofort an jene, die vom Ellcrys im Schrecklichen eingeschlossen worden waren. Sie waren zu Zeiten Will Ohmsfords schon einmal ausgebrochen. War das wieder geschehen? »Wie sehen diese Dämonen aus?« fragte sie gepreßt.

»Sssssttt! Wie viele verschiedene Wesen. Welchen Unterschied macht das? Der Punkt ist der, daß die Elfen sie gemacht haben und sie jetzt nicht wieder loswerden können. Pfffft! Zu schlimm für die Elfen. Die Magie des Keel versagt allmählich. Es wird nicht lange dauern, bis alles vorbei ist.«

Der Stachelkater wartete, während Wren die Neuigkeiten zu verarbeiten suchte. Es gab noch immer zu vieles, was sie nicht verstand. »Die Elfen haben die Dämonen *gemacht*?« wiederholte sie verwirrt.

»Vor Jahren. Als sie es nicht besser wußten.«

»Aber... woraus haben sie sie denn gemacht?«

Stresas Zunge fuhr heraus, dunkel violett vor seinem braunen Gesicht. »Warum seid ihr überhaupt hierher gekommen – grrrrr? Warum sucht ihr nach den Elfen?«

Wren spürte Garths Hand auf ihrer Schulter, die sie mahnte, daß Vorsicht geboten sei. Sie wandte sich um und sah, daß er in den Dschungel zeigte.

»Hssttt, ja, ich höre es auch«, verkündete Stresa und erhob sich eilig. »Der Wisteron. Er beginnt seine Jagd. Als erstes wird er seine Fallen nach Nahrung untersuchen. Wir müssen schnell von hier fort. Wenn er erst einmal entdeckt hat, daß ich entkommen bin, wird er mich suchen.« Der Stachelkater schüttelte seine Stacheln. »Da ihr euren Weg anscheinend nicht kennt, solltet ihr mir lieber folgen.«

Er lief sofort los. Wren beeilte sich, Schritt zu halten, Garth folgte. »Warte einen Moment! Welche Art Lebewesen ist dieser Wisteron?« fragte sie.

»Es ist besser für euch, wenn ihr es niemals erfahrt«, erwiderte Stresa geheimnisvoll, und alle seine Stacheln standen hoch. »Dieser Sumpf wird der In Ju genannt. Der Wisteron hat hier seine Heimat. Der In Ju erstreckt sich ganz zum Blackledge – und das ist ein riesiges Gebiet. Phffffft.«

Er watschelte davon und bewegte sich dabei weitaus schneller, als Wren erwartet hatte. »Ich verstehe immer noch nicht, wieso du soviel über die Elfen weißt«, sagte sie und hastete hinter ihm her. »Oder wie es kommt, daß du überhaupt sprechen kannst. Kann alles auf Morrowindl sprechen?«

Stresa schaute zurück. Sein Katzenblick war scharf und wissend. »Rrraaaaa – habe ich vergessen, dir das zu sagen? Der Grund dafür, daß ich sprechen kann, ist der, daß die Elfen auch mich gemacht haben. Hsssstt.« Der Stachelkater wandte sich ab. »Genug gefragt im Moment. Es ist besser, wenn wir eine Weile ruhig sind.«

Er lief schnell in den Wald, so leise wie Rauch, so daß Wren und Garth nichts anderes blieb, als ihm zu folgen, während er über ihre Verwirrung und ihren Unglauben nachdachte.

7

Sie flohen eilig und leise durch den In Ju. Der Stachelkater führte sie. Sein bräunlicher Körper watschelte vor ihnen durch Gebüsch und Gräser, unter Dornengestrüpp hindurch und über Baumstämme, als sei alles dasselbe, ein einziges Hindernis, das zu überwinden jeweils denselben Kraftaufwand erforderte. Wren und Garth folgten, wobei sie gezwungen waren, den schwierigeren Boden zu umgehen, ihren Weg sorgfältiger zu wählen und den Boden zu prüfen, bevor sie darauf traten. Es gelang ihnen nur, Schritt zu halten, weil Stresa geistesgegenwärtig genug war, sich hin und wieder nach ihnen umzusehen und zu warten, bis sie aufgeschlossen hatten.

Keiner von ihnen sprach, während sie vorwärts eilten, aber sie alle lauschten sorgfältig darauf, ob Geräusche verrieten, daß der Wisteron sie verfolgte.

Der Dschungel wurde dunkler, und überall tauchten Spinnweben auf. Viele erwiesen sich als Überbleibsel von Fallen, die schon vor langer Zeit zerrissen oder zerfallen waren, aber genauso viele bildeten Auslöser für Netze, die zwischen den Baumspitzen, über das Gestrüpp und sogar über Vertiefungen im Boden gespannt waren. Die Spinnweben waren durchsichtig und unsichtbar, außer dort, wo sie an Blättern oder Erde hafteten und Farbe oder Umriß bekamen, und selbst dann waren sie nur schwer zu entdecken. Wren gab es bald auf, nach etwas anderem zu suchen, sondern konzentrierte sich ausschließlich auf die gefährlichen Netze. Eine Spinne kann sicher Netze wie diese spinnen, dachte sie bei sich, und stellte sich den Wisteron in Gedanken als solche vor.

Ihre Flucht dauerte erst wenige Minuten, als sie ihn schließlich herannahen hörte. Das Geräusch drang deutlich bis zu ihnen – Gestrüpp und Buschwerk zerbrach, Zweige von Bäumen schnellten zurück, Rinde kratzte, und Wasser platschte und schäumte. Der Wisteron war groß, und er machte keine Anstalten, sein Kommen zu verbergen. Es klang, als walze ein Moloch unerbittlich und unentrinnbar alles nieder. Der In Ju erinnerte an eine gewaltige, grüne Kathedrale, der ihre Stille ausgetrieben worden war. Wren war plötzlich sehr ängstlich.

Sie passierten eine ausgedehnte Lichtung, auf der sich ein See gebildet hatte, der sie zum Richtungswechsel zwang. Nach einem Moment des Zögerns gingen sie unmittelbar an einer niedrigen Bodenwelle entlang, auf der eine dichte Dornenhecke wuchs. Stresa bohrte sich hindurch, ohne die Stacheln zu bemerken. Wren und Garth folgten, wobei sie tapfer die Kratzer und Schnitte ignorierten, die sie sich zuzogen, denn die Geräusche des Wisteron hinter ihnen begannen lauter zu werden.

Dann plötzlich verschwanden alle Geräusche.

Stresa blieb sofort stehen und gefror an seinem Platz. Die Fahrenden taten es ihm gleich. Wren lauschte bewegungslos. Garth legte seine Hände auf die Erde. Alles war ruhig. Die Bäume ragten über ihnen auf, ohne daß sich ein Blatt regte, das diesige Halblicht wirkte wie ein Vorhang aus Gaze. Das einzige Geräusch war ein Rascheln des Windes... obwohl es nicht windig war. Wren fror. Die Luft war so ruhig wie der Tod. Sie schaute schnell zu Stresa. Der Stachelkater schaute aufwärts.

Der Wisteron bewegte sich zwischen den Bäumen hindurch.

Garth stand wieder aufrecht und hatte sein langes Messer gezogen. Wren suchte den Baldachin aus Blättern und Zweigen über sich in dem wilden und nutzlosen Versuch ab, etwas zu erkennen. Das Rascheln war näher und erkennbar, nicht mehr nur das Flüstern des Windes in den Blättern, sondern die Bewegung von etwas Großem.

Stresa begann zu laufen. Er sah aus wie ein seltsam geformter Klumpen stacheliger Erde, der auf ein Wäldchen mit Koaakazien zustrebte, irgendwie lautlos, aber auch wild. Wren und Garth folgten ihm unaufgefordert und fraglos. Wren schwitzte heftig unter ihrer Kleidung, und ihr Körper schmerzte von der Anstrengung, sich ruhig zu verhalten. Sie ging geduckt vorwärts und hatte jetzt Angst, zurückzuschauen, hinaufzuschauen oder irgendwo anders hinzuschauen als vorwärts, wo der Stachelkater vorwärts eilte. Das Rascheln von Blättern summte in ihren Ohren. Laut war das Zurückschnappen von Zweigen zu hören. Vögel schossen durch den Wald wie plötzliche Farbflecke und Bewegungen unter einem Baldachin und waren im Handumdrehen verschwunden. Der Dschungel schimmerte feucht und kalt um sie herum, ein stiller Ort, wo nur sie sich bewegten. Die Koaakazien erhoben sich über ihnen, massive Stämme mit meterlangen, moosigen Weinranken, große, ehrwürdige Giganten, die schon vor sehr langer Zeit Wurzeln geschlagen hatten.

Wren schrak unvermittelt zusammen. An ihrer Brust hatten die Elfensteine im Verborgenen zu brennen begonnen.

Nicht schon wieder, dachte sie verzweifelt, *ich werde die Magie nicht schon wieder gebrauchen*, aber sie wußte im selben Moment, in dem sie das dachte, daß sie es doch tun würde.

Sie erreichten den Schutz der Koaakazien, drängten sich hastig weiter hinein, hinunter in einen Saal, der aus Baumstämmen und Schatten gebildet wurde. Wren schaute hinauf und suchte nach Fallen. Es waren keine zu sehen. Sie beobachtete, wie Stresa in eine bestimmte Richtung auf eine Ansammlung von Gestrüpp zueilte und hineindrängte. Garth und sie folgten, wobei sie gebeugt gehen mußten, um einen Weg zwischen den Zweigen zu finden, und trugen ihre Bündel auf dem Rücken, die sie fest umklammerten, um kein Geräusch zu machen.

Zusammengekauert in der Dunkelheit und schwer atmend knieten sie auf dem Dschungelboden und warteten. Die Minuten verstrichen. Die belaubten Zweige ihres Schutzraumes dämpften alle Geräusche von außen, so daß sie das Rascheln nicht mehr hören konnten. Es war eng in ihrem Versteck, und der Geruch von vermodertem Holz stieg von der Erde auf. Wren fühlte sich gefangen. Es wäre besser, draußen im Freien zu sein, wo sie davonlaufen konnten, wo sie etwas sehen konnten. Sie spürte den plötzlichen Drang, sofort aufzuspringen. Dann aber sah sie Garth an, sah die Ruhe auf dem Gesicht des großen Mannes und blieb. Stresa hatte sich zum Eingang zurückgezogen, flach auf die Erde gedrückt, den Kopf keck hervorgestreckt, die kurzen Katzenohren aufgerichtet.

Wren kauerte sich neben das Wesen und spähte hinaus.

Die Stacheln des Stachelkaters sträubten sich.

Im gleichen Augenblick sah sie den Wisteron. Er war noch immer in den Bäumen, so weit von der Stelle entfernt, an der sie sich versteckt hatten, daß er kaum mehr war als ein Schatten vor der Wand aus Vog. Dennoch war kein Irrtum möglich. Er kroch durch die Zweige wie ein riesiger Geist... Nein, verbesserte sie sich. Er kroch nicht. Er pirschte sich an. Nicht wie eine Katze, sondern wie etwas weitaus Überzeugteres, weitaus Entschlosseneres. Er stahl auf seinem Weg das Leben aus der Luft, er war ein

Schatten, der Geräusche und Bewegungen verschlang. Er hatte vier Beine und einen Schwanz, und er benutzte alle fünf, um die Zweige der Bäume zu ergreifen und sich vorwärts zu hangeln. Er war vielleicht einmal ein Säugetier gewesen, und er sah noch immer so aus. Aber er bewegte sich wie ein Insekt. Er war völlig mißgebildet und verformt, die Teile seines Körpers hingen wie riesige Greifzangen an ihm und erlaubten es ihm offenbar, frei in jede Richtung zu schwingen. Er war glatthaarig und sehnig und noch viel bizarrer als das Wolfswesen, das ihnen aus Grimpen Ward heraus gefolgt war.

Der Wisteron blieb stehen und wandte sich um.

Wren stockte der Atem, und sie hielt ihn mit erschreckender Entschlossenheit an. Der Wisteron hing freischwebend vor dem Grau, ein riesiger, angsteinflößender Schatten. Dann schwang er sich plötzlich davon. Er schwang an ihr vorbei wie das Versprechen ihres eigenen Todes, eine Andeutung nur, die sie neckte und leise Drohungen flüsterte. Jedoch sah er sie nicht und wurde nicht langsamer. An diesem Nachmittag war er auf andere Opfer aus.

Und dann war er fort.

Nach einiger Zeit verließen sie ihr Versteck, um weiterzuziehen. Sie waren aufgewühlt und verschreckt und setzten eigentlich nur deshalb ihren Weg fort, weil es sein mußte, wenn sie den In Ju jemals hinter sich lassen wollten. Dennoch hatten sie dieses Ziel noch nicht erreicht, als die Dunkelheit hereinbrach. Daher verbrachten sie die Nacht im Sumpf. Stresa fand eine große Höhle im Stamm eines toten Banyan, und die Fahrenden krochen auf Drängen des Stachelkaters widerwillig hinein. Sie hätten auf eine derartige Enge gern verzichtet, aber es war besser, als draußen im Freien zu schlafen, wo sich die Wesen des Sumpfes an sie heranschleichen konnten. Auf jeden Fall war es in dem Baumstamm trocken, und die Kälte der Nacht war weniger durchdringend. Die beiden Fahrenden hüllten sich in ihre schweren Umhänge und saßen vor der Öffnung. Sie starrten hinaus in die undurchdringliche Dunkelheit, rochen Fäulnis und Schimmel und Feuchtigkeit und beobachteten, wie die Schatten vorbeihuschten, die ständig gegenwärtig waren.

»Was ist das nur, was sich da draußen bewegt?« fragte Wren Stresa schließlich. Sie konnte ihre Neugier nicht länger bezähmen. Sie hatten gerade ihre Mahlzeit beendet. Der Stachelkater schien fast alles verschlingen zu können – Käse, Brot und getrocknetes Fleisch, das sie mit sich trugen, genauso wie die Maden und Insekten, die er für sich selbst aufstöberte. Im Moment saß er dicht neben der Öffnung des Banyan und kaute auf einer Wurzel.

Er schaute alarmiert auf. »Da draußen?« wiederholte er. Die Worte kamen so heiser hervor, daß Wren sie kaum verstehen konnte. »Grrrssst. Nicht viel, wirklich. Einige häßliche, kleine Lebewesen, die unter anderen Umständen nicht wagen würden, ihr Gesicht zu zeigen. Jetzt schleichen sie herum – hhhrrgg –, weil alle wirklich gefährlichen Wesen – außer dem wwwssst Wisteron – vor Arborlon sind und darauf warten, daß der Keel weiter seine Macht verliert.«

»Erzähl mir vom Keel«, drängte sie. Ihre Finger übersetzten die Worte des Stachelkaters für Garth.

Stresa legte die Wurzel beiseite. Das Schnurren war wieder in seiner rauhen Stimme hörbar. »Der Keel ist die Mauer, die die Stadt umgibt. Sie wurde aus Magie gemacht, und die Magie hält die Dämonen fern. Hggghhhh. Aber die Magie wird schwächer, und die Dämonen werden stärker. Selbst die Elfen scheinen nicht in der Lage zu sein, etwas dagegen zu unternehmen.« Der Stachelkater machte eine Pause. »Wie hast du von den Dämonen erfahren? Hssttt. Wie ist dein Name doch gleich? Grrllwren? Wren? Wer hat euch von Morrowindl erzählt?«

Wren lehnte sich an den Stamm des Banyan zurück. »Das ist eine lange Geschichte, Stresa. Ein Flugreiter hat uns hergebracht. Er war derjenige, der uns vor den Dämonen gewarnt hat. Allerdings hat er sie Monster genannt. Weißt du etwas über Flugreiter?«

»Ssttpfft! Die Elfen mit den Riesenvögeln – ja, ich weiß. Sie pflegten hierher zu kommen. Jetzt nicht mehr. Wenn sie jetzt landen, warten die Dämonen. Sie ziehen sie herab und töten sie. Fffftt – das geht ganz schnell. Das wäre auch mit euch geschehen, wenn sie nicht alle vor Arborlon wären – oder zumindest die meisten. Der Wisteron kümmert sich allerdings nicht um solche Dinge.«

Arborlon war die Heimat der Elfen gewesen, dachte Wren, als sie noch im Westland gelebt hatten. Es verschwand, als sie damals verschwanden. Hatten sie es auf Morrowindl neu erbaut? Was hatten sie mit dem Ellcrys gemacht? Hatten sie ihn mitgenommen? Oder war er ein weiteres Mal abgestorben wie zu Zeiten Will Ohmsfords? Gab es darum die Dämonen auf Morrowindl?

»Wie weit sind wir von der Stadt entfernt?« fragte sie und drängte damit ihre Grübeleien beiseite.

»Es ist noch ein langer Weg«, erklärte Stresa. »Der In Ju geht in eine Bergwand über, die Blackledge genannt wird und sich quer durch das südliche Ende der Insel zieht. Dahinter liegt ein Tal, durch das der Rowen fließt. Rrwwwn. Jenseits des Tales liegt Arborlon hoch oben auf einer Klippe unterhalb des Kraters des Killeshan. Wollt ihr etwa dorthin gelangen?«

Wren nickte.

»Ppffahh. Warum, um alles in der Welt?«

»Um die Elfen zu finden«, antwortete Wren. »Ich habe einen Auftrag. Ich soll ihnen eine Botschaft überbringen.«

Stresa schüttelte den Kopf und richtete seine Stacheln einige Zentimeter auf. »Ich hoffe nur, daß die Botschaft wichtig ist. Ich kann nicht verstehen, wie du es jemals schaffen willst, sie zu überbringen, während die Dämonen rund um die Stadt lauern – wenn es die Stadt überhaupt noch gibt. Ssstt.«

»Wir werden einen Weg finden.« Wren wollte das Thema wechseln. »Du hast vorhin erzählt, daß die Elfen dich erschaffen haben, Stresa. Wie auch die Dämonen. Aber du hast nicht erklärt, wie.«

Der Stachelkater warf ihr einen ungeduldigen Blick zu. »Durch Magie natürlich«, knirschte er. »Hrrrwwll! Mit Elfenmagie kannst du fast alles tun. Ich war einer der ersten, lange bevor sie sich für die Dämonen oder einen der anderen entschieden haben. Das war vor fast fünfzig Jahren. Stachelkater leben lange. Sspapptt. Sie haben mich geschaffen, um die Höfe zu bewachen und Aasfresser und Ähnliches fernzuhalten. Ich war sehr gut darin. Wir alle waren das. Pffft. Wir konnten fern vom Land leben, brauchten sehr wenig Pflege und konnten wochenlang draußen bleiben. Aber dann kamen die Dämonen und töteten die meisten von uns, und die Höfe wurden nutzlos und verschwanden, und das war's. Wir waren uns selbst überlassen – grrrsssst –, was nicht so schlimm war, weil wir zu dem Zeitpunkt schon ziemlich daran gewöhnt waren. Wir konnten allein überleben. Tatsächlich war es besser so. Ich würde es hassen, in dieser Stadt eingeschlossen zu sein – hssstt –, eingeschlossen von Dämonen.« Der Stachelkater knurrte leise. »Ich hasse es, überhaupt daran zu denken.«

Wren versuchte noch immer herauszufinden, was die Elfen taten, wenn sie die Magie jetzt wieder benutzten. Woher war die Magie gekommen? Sie hatten sie nicht zur Verfügung gehabt, als sie im Westland lebten. Sie hatten sie nicht mehr gehabt seit der Zeit der Feen und im Westland nur ihre Heilkräfte besessen. Die wahre Magie war jahrelang verloren gewesen. Jetzt hatten sie sie irgendwie zurückbekommen. Und so viel davon, wie es schien, daß sie Dämonen schaffen konnten. Oder hatten sie sie damit herbeigerufen? Eine unheilvolle Wahl, wenn es überhaupt eine gab. Was konnte die Elfen dazu bewogen haben, so etwas zu tun?

Sie fragte sich plötzlich, was ihre Eltern mit alldem zu tun hatten. Waren sie beteiligt am Gebrauch der Magie? Wenn es so war, warum hatten sie dann die Elfensteine ihr gegeben – die mächtigste Magie überhaupt?

»Wenn die Elfen... diese Dämonen mit ihrer Magie erschaffen haben, warum können sie sie denn jetzt nicht vernichten?« fragte sie, denn sie war noch immer neugierig darauf, woher diese sogenannten Dämonen gekommen waren und ob es überhaupt richtige Dämonen waren. »Warum können sie ihre Magie nicht dazu benutzen, sich selbst zu befreien?«

Stresa schüttelte den Kopf und nahm die Wurzel wieder auf. »Ich habe keine Ahnung. Niemand hat es mir bisher erklärt. Ich gehe niemals in die Stadt. Ich habe seit Jahren mit keinem Elf gesprochen. Du hast Elfenzüge, aber dein Freund ist etwas völlig anderes.«

»Er ist ein Mensch«, sagte sie.

»Sssptt. Wenn du es sagst. Ich habe noch nie jemanden wie ihn gesehen. Woher kommt er?«

Wren erkannte auf einmal, daß Stresa wahrscheinlich nicht wußte, daß es dort draußen noch andere Lebewesen als Elfen und Flugreiter gab und andere Orte als die Inseln.

»Wir kommen beide aus dem Westland, das Teil der Vier Länder ist. Und von dort kamen all die Elfen vor Jahren hierher. Es gibt eine Menge verschiedener Leute dort. Garth und ich sind nur eine Art davon.«

Stresa betrachtete sie nachdenklich. Sein stacheliger Körper zog sich zusammen, als er seine Beine zusammenkniff. »Wenn du die Elfen gefunden – grrrrrr – und deine Botschaft überbracht hast, was wirst du dann tun? Wirst du dahin zurückgehen, woher du gekommen bist?«

Wren nickte.

»Das Westland, hast du es genannt. Ist das so etwas wie – grrrrrr – Morrowindl?«

»Nein, Stresa. Obwohl es auch dort gefährliche Dinge gibt. Dennoch ist das Westland überhaupt nicht wie Morrowindl.« Aber im selben Moment, in dem sie diesen Satz beendete, dachte sie: *Immerhin nicht ganz, aber wie lange noch, wenn die Schattenwesen an Macht gewinnen?*

Der Stachelkater kaute einen Moment auf der Wurzel und bemerkte dann: »Pffft. Ich glaube nicht, daß du allein nach Arborlon gelangen kannst.« Seine seltsamen, blauen Augen sahen Wren unverwandt an.

»Nein?« erwiderte sie.

»Pft, pft. Ich sehe nicht, wie. Du hast keine Vorstellung davon, wie du den Blackledge bewältigen kannst. Was auch immer geschieht, du mußt den – grrrrrr – Harrow und die Draculs meiden. Unten im Tal sind die Zurückgekehrten. Das sind die schlimmsten Dämonen. Es gibt auch Dutzende anderer. Ssspht. Wenn sie dich erst einmal entdecken…«

Der stachelige Körper sträubte sich bedeutungsvoll und glättete sich wieder. Wren wollte auch nach den Draculs und den Zurückgekehrten fragen. Statt dessen sah sie Garth an, um seine Meinung zu erfahren. Garth zuckte nur die Achseln, um auszudrücken, daß es ihm egal war. Er war daran gewöhnt, seinen eigenen Weg zu finden.

»Nun, was schlägst du vor? Was sollen wir tun?« fragte sie den Stachelkater.

Die Augen zwinkerten. Das Schnurren drang wieder aus der Kehle des merkwürdigen Wesens. »Ich würde einen Handel vorschlagen. Ich werde dich zur Stadt führen. Und wenn du an den Dämonen vorbei gelangst, deine Botschaft überbringst und wieder herauskommst, werde ich dich zurückführen. Dafür nimmst du mich mit dir, wenn du die Insel verläßt.«

Wren runzelte die Stirn. »Ins Westland? Willst du Morrowindl verlassen?«

Der Stachelkater nickte. »Spppptt. Es gefällt mir hier nicht mehr sonderlich. Daraus kann mir wirklich niemand einen Vorwurf machen. Ich habe lange Zeit durch Tricks und Erfahrung und Instinkt überlebt, aber hauptsächlich auch durch Glück. Heute hat mein Glück ein Ende gefunden. Wenn ihr nicht zufällig vorbeigekommen wäret, wäre ich jetzt tot. Ich habe dieses Leben satt. Ich möchte wieder so leben wie früher. Vielleicht kann ich das dort, wo ihr lebt.«

Vielleicht, dachte Wren. Vielleicht auch nicht.

Sie sah Garth an. Die Finger des großen Mannes bewegten sich schnell. *Wir wissen nichts über dieses Wesen. Sei vorsichtig bei deiner Entscheidung.*

Wren nickte. Typisch Garth. Er irrte sich natürlich – denn eines wußten sie, der Stachelkater hatte sie so gewiß vor dem Wisteron gerettet, wie sie ihn gerettet hatten. Und vielleicht würde er sich als nützlich erweisen, wenn er mitreiste, besonders da er die Gefahren von Morrowindl weitaus besser kannte als sie. Daß sie ihn mitnahmen, wenn sie die Insel verließen, war ein ziemlich kleiner Beitrag zu diesem Handel.

Es sei denn, Garths Vorbehalte würden sich als richtig erweisen und der Stachelkater spielte nur sein Spiel mit ihnen.

Vertraue niemandem, hatte die Addershag sie gewarnt.

Sie zögerte einen Moment und überdachte die Angelegenheit. Dann tat sie die Warnung mit einem Achselzucken ab. »Ich gehe auf den Handel ein«, verkündete sie abrupt. »Ich denke, es ist eine gute Idee.«

Der Stachelkater spreizte mit Schwung seine Stacheln. »Grrrrrr. Ich habe mir schon gedacht, daß du darauf eingehen würdest«, sagte er und gähnte. Dann streckte er sich in voller Länge aus und legte seinen Kopf bequem auf seine Pfoten. »Berühre mich bloß nicht, wenn ich schlafe«, riet er. »Wenn du es tust, wirst du mit einem Gesicht voller Stacheln enden. Es wäre schlimm für mich, wenn unsere Partnerschaft auf diese Weise enden würde. Phffft.«

Noch bevor Wren diese Warnung an Garth weitergegeben hatte, waren Stresas Augen bereits geschlossen, und der Stachelkater war eingeschlafen.

Wren übernahm die Frühwache und schlief dann tief und fest bis zur Dämmerung. Sie erwachte durch Geräusche, die Stresa verursachte – das Rascheln der Stacheln, das Kratzen von Klauen auf Holz. Sie erhob sich verwirrt und mit trockenen und wunden Augen. Sie fühlte sich schwach und elend, aber sie ignorierte ihr Unwohlsein, während Garth ihr zu trinken gab und etwas Brot anbot. Ihr Nahrungsvorrat nahm rapide ab, wie sie wußte. Vieles davon war einfach schlecht geworden. Sie würden sich bald Nahrung beschaffen müssen. Sie hoffte, daß Stresa trotz seiner eigenartigen Ernährungsgewohnheiten ihnen bei der Auswahl dessen, was genießbar war, vielleicht helfen konnte. Sie kaute auf einem Bissen Brot und spuckte es dann wieder aus. Es schmeckte schimmelig.

Stresa watschelte nach draußen, und die Fahrenden folgten ihm, indem sie aus dem hohlen Baumstamm krochen und mit verkrampften und schmerzenden Muskeln langsam auf die Füße kamen. Der Tag begann mit verschwommen grauem Nebel, der durch die Baumwipfel sickerte und kaum imstande war, die darunter liegende Dunkelheit zu durchdringen. Vog wirbelte durch den Dschungel wie Suppe, die in einem Kochtopf umgerührt wird, aber die Luft am Boden war still und leblos. Unbekannte Wesen bewegten sich durch das übelriechende Wasser des Sumpfes und der Senkgruben und auf dem toten Holz entlang, das darüber führte, ein träger Wechsel von Umrissen und Formen vor der Dunkelheit. Geräusche erklangen gedämpft aus den Schatten und hingen herausfordernd wartend in der Luft.

Sie begannen ihren Weg durch das Halbdunkel, Stresa voran, eine watschelnde, rollende Masse von Stacheln. Sie kamen in den Morgenstunden langsam, aber stetig voran, wobei der Vog sie bei jeder Bewegung einhüllte. Er war wie ein farbloser, feuchter Überzug und roch nach Tod. Das Licht erhellte sich von Grau zu Silber, blieb aber schwach und unbestimmt, während es über die Umrisse der Bäume waberte. Fäden des Netzes des Wisteron waren um Zweige und Weinranken gewunden, und überall warteten Fallen darauf, zuzuschnappen. Das Monster selbst erschien nicht, aber man konnte seine Gegenwart in der Stille fühlen, die über allem lag.

Wrens Unbehagen steigerte sich, während der Tag voranschritt. Sie fühlte sich jetzt sehr unwohl und begann zu schwitzen. Manchmal konnte sie nicht mehr klar sehen. Sie wußte, daß ein Fieber sie quälte, aber sie sagte sich, es werde wohl vergehen. Sie ging weiter und sagte nichts.

Der Dschungel lichtete sich erst kurz nach Mittag. Der Boden wurde wieder fest, der Sumpf versank in der Erde, und das

Gewölbe der Bäume öffnete sich. Licht drang tapfer hier und dort durch plötzliche Risse in der Vogwand. Die Stille wich einem unergründlichen Summen und Knacken. Stresa murmelte etwas, aber Wren konnte nicht verstehen, was es war. Sie konnte ihre Gedanken schon seit einiger Zeit nicht mehr auf irgend etwas konzentrieren, und ihr Blick war so umwölkt, daß sogar der Stachelkater und Garth für sie nur noch Schatten waren. In dem Bewußtsein, daß jemand zu ihr sprach, blieb sie stehen und wandte sich um, um herauszufinden, wer es war. Und dann brach sie zusammen.

Sie erinnerte sich später kaum an das, was danach geschah. Sie wurde kurze Zeit getragen und war sich dieser Bewegung kaum bewußt, denn sie war von einer Fühllosigkeit befallen, die sie zu ersticken drohte. Das Fieber brannte durch ihren Körper, und sie wußte noch, daß sie es nicht einfach so abschütteln konnte. Sie schlief ein, wachte wieder auf, um zu erkennen, daß sie in Dekken eingehüllt dalag, und schlief sofort wieder ein. Sie wachte davon auf, daß sie um sich schlug. Garth hielt sie fest und flößte ihr etwas Bitteres und Dickflüssiges ein. Sie würgte es heraus und mußte erneut davon trinken. Sie hörte Stresa etwas von Wasser sagen, spürte ein kühles Tuch auf ihrer Stirn und schlief erneut ein.

Dieses Mal träumte sie. Tiger Ty war da, stand neben Stresa, und beide schauten gemeinsam auf sie herab, der rauhe und schroffe Flugreiter und der scharfäugige Stachelkater. Sie sprachen mit ähnlichen Stimmen, beide rauh und kehlig, und kommentierten, was sie sahen. Sie sprachen von Dingen, die sie zunächst nicht verstand, und dann schließlich von ihr. Sie besaß die Magie, sagten sie zueinander. Es war klar, daß sie sie besaß. Dennoch weigerte sie sich, das anzuerkennen, und verbarg diese Gabe wie einen Makel, wobei sie vorgab, es gebe sie nicht und sie brauche sie nicht. Närrisch, sagten sie. Die Magie sei alles, was sie habe. Die Magie sei das einzige, dem sie vertrauen könne.

Sie erwachte widerwillig. Ihr Körper war wieder kühl, und das Fieber war gewichen. Sie war schwach und so durstig, als sei alle

Flüssigkeit aus ihrem Körper fortgeschwemmt worden. Sie schob die Decken zur Seite, in die sie eingewickelt gewesen war, und versuchte aufzustehen. Aber Garth war sofort da und drückte sie wieder hinunter. Er hielt ihr einen Becher an die Lippen. Sie trank ein paar Schlucke – das war alles, was sie zustande bringen konnte – und legte sich zurück. Ihre Augen fielen wieder zu.

Als sie das nächste Mal erwachte, war es dunkel. Sie fühlte sich jetzt stärker. Ihre Sicht war ungetrübt und ihr Empfinden für alles, was um sie herum geschah, klar und sicher. Lebhaft richtete sie sich auf einen Ellenbogen auf und stellte fest, daß Garth ihr in die Augen sah. Er saß mit gekreuzten Beinen neben ihr. Sein dunkles, bärtiges Gesicht war zerknittert und überanstrengt von mangelndem Schlaf. Sie sah an ihm vorbei zu Stresa hinüber, der zu einer Kugel zusammengerollt dalag, und schaute dann wieder zu Garth.

Geht es dir besser? signalisierte er.

»Ja«, antwortete sie. »Das Fieber ist vorbei.«

Er nickte. *Du hast fast zwei Tage lang geschlafen.*

»So lange? Das habe ich nicht gemerkt. Wo sind wir?«

Am Fuße des Blackledge. Er gestikulierte in der Dunkelheit. *Wir haben den In Ju verlassen, nachdem du zusammengebrochen warst, und haben hier unser Lager errichtet. Der Stachelkater erkannte, welche Krankheit dich befallen hatte, und fand eine Wurzel, die sie heilen konnte. Ich glaube, daß du ohne seine Hilfe vielleicht gestorben wärest.*

Sie grinste schwach. »Ich habe dir gesagt, daß es eine gute Idee sein könnte, ihn mitzunehmen.«

Schlaf weiter. Es sind noch ein paar Stunden bis zur Dämmerung. Wenn es dir dann gut genug geht, werden wir weiterziehen.

Sie legte sich gehorsam zurück und dachte daran, daß Garth die ganze Zeit, in der sie krank gewesen war, allein Wache gehalten haben mußte und daß Stresa sich sicherlich nicht darum gekümmert hatte, da er wohlig im Schutz seines eigenen Panzers steckte. Ein Gefühl der Dankbarkeit erfüllte sie. Garth war immer für sie da. Sie beschloß, daß ihr riesiger Freund den Schlaf, den er brauchte, bekommen sollte, wenn die Nacht erneut hereinbrach.

Sie schlief gut und wachte erholt auf. Jetzt war sie begierig, ihre Reise wieder aufzunehmen. Sie wechselte die Kleidung, obwohl nichts, was sie bei sich trug, jetzt noch sauber war, wusch sich und frühstückte. Auf Garths Drängen hin nahm sie sich einige Augenblicke Zeit, um ihre Muskeln zu trainieren und um ihre Kräfte zu prüfen für das, was vor ihnen lag. Stresa schaute zu, abwechselnd neugierig und unbeteiligt. Sie unterbrach ihre Übungen einen Moment, um dem Stachelkater für seine Hilfe bei der Bekämpfung des Fiebers zu danken. Er behauptete, nicht zu wissen, wovon sie sprach. Die Wurzel, die er für sie besorgt habe, habe ihr lediglich zu Schlaf verholfen. Was sie gerettet habe, sei ihre Elfenmagie, knurrte er, breitete seine Stacheln aus und walzte davon, um Nahrung zu suchen.

Sie brauchten diesen ganzen Tag und den größten Teil des nächsten, um den Blackledge zu erklimmen, und sie hätten ohne Stresa noch viel länger gebraucht – wenn sie es jemals wirklich geschafft hätten. Der Blackledge war eine turmhohe Mauer aus Felsgestein, die sich um den Südhang des Killeshan zog. Sie lag auf halber Höhe des Hanges und schien sich gebildet zu haben, als ein Teil des Vulkans abgesprengt worden und dann mehrere tausend Fuß tief in den Dschungel gestürzt war. Die Bruchstelle der Klippe, die einst glatt gewesen sein mußte, war über die Jahre abgetragen, ausgehöhlt und uneben geworden und dicht mit Gestrüpp und Weinranken bewachsen. Es gab nur wenige Stellen, an denen man den Blackledge überwinden konnte, und Stresa kannte sie alle. Der Stachelkater wählte einen Abschnitt der Klippe, an dem sich die Felswand geteilt hatte und sich ein Riß aufgetan hatte, der nur knapp tausend Fuß über dem Dschungelboden lag. In dem Riß gab es einen Paß, der hinüber ins Tal verlief. Dort würden sie die Elfen jenseits des Rowen finden, verkündete Stresa.

Entschlossen führte er sie hinauf.

Der Aufstieg war hart. Sie kamen nur langsam voran, und der Weg schien endlos. Es gab keine Pässe oder Pfade. Es gab tatsächlich sehr wenige Stellen, die überhaupt irgendeine Art von Trittfläche boten, wobei auch davon keine mehr als ein kurzes Aufsetzen erlaubte. Das Lavagestein war messerscharf unter ihren Händen und Füßen und konnte ohne Vorwarnung abbröckeln. Die Fahrenden trugen schwere Handschuhe und Umhänge, um ihre Haut zu schützen und vor Spinnenbissen und Skorpionstichen sicher zu sein. Der Vog rollte die Vorderseite des Felsens hinab, als sei er vom Rand herabgegossen worden, dicht und übelriechend durch Schwefel und Ruß. Fast alles, was auf dem Felsen wuchs, war dornig und zäh und mußte beseitigt werden. Jeder Zentimeter des Aufstiegs war ein Kampf, der alle ihre Kräfte forderte. Wren hatte sich ausgeruht gefühlt, als sie den Aufstieg begonnen hatten. Es war noch nicht einmal Mittag, als sie bereits wieder erschöpft war. Selbst Garths unglaubliche Zähigkeit war schnell verbraucht.

Stresa hatte diese Probleme nicht. Der Stachelkater war unermüdlich und watschelte die Vorderseite der Klippe mit langsamem, aber stetigem Schritt hinauf. Seine mächtigen Klauen fanden ausreichenden Halt, bohrten sich in den Fels und zogen den wuchtigen Körper voran. Spinnen und Skorpione schienen Stresa nicht zu stören. Wenn sie nahe genug herankamen, fraß er sie einfach auf. Er führte sie, wobei er die Punkte suchte, die für seine menschlichen Begleiter am leichtesten zu bewältigen sein würden, und hielt oft an, um zu warten, bis sie ihn erreicht hatten. Er machte einen kleinen Umweg, um einen Zweig zu ihnen zu bringen, der mit süßen, roten Beeren beladen war, die sie schnell und dankbar aßen. Als die Nacht hereinbrach und sie noch immer nur die Hälfte des Hanges erklommen hatten, fand er sogar einen Sims, auf dem sie die Nacht verbringen konnten. Er überzeugte sich zunächst davon, daß nichts sie hier bedrohen konnte, und bot dann zu ihrem größten Erstaunen an, die Wache zu übernehmen, während sie schliefen. Garth hatte die vergangenen zwei Nächte damit verbracht, die fiebernde Wren zu bewachen, und war zu erschöpft, jetzt noch zu diskutieren. Das Mädchen schlief die erste Hälfte der Nacht und löste den Stachelkater dann mehrere Stunden vor Tagesanbruch ab. Sie mußte dabei feststellen, daß Stresa ein Gespräch dem Schlaf in jedem Fall vorzog. Er wollte etwas über die Vier Länder wissen. Er wollte von den Lebewesen hören, die darin lebten. Er erzählte Wren auch noch mehr über Morrowindl. Es war ein Bericht über den qualvollen Kampf ums Überleben in einer Welt, in der alles ständig auf der Jagd war oder gejagt wurde, wo es keine sicheren Zufluchtsorte gab und wo das Leben normalerweise kurz und hart war.

»Grrrrrr. Zu Anfang war es nicht so«, grollte er leise. »Bis die Elfen die Dämonen schufen. Erst dann hat sich alles zum Schlechten gewandt. Phhhfft. Einfältige Elfen. Sie haben sich ihr eigenes Gefängnis geschaffen.«

Er klang so verbittert, daß Wren beschloß, der Sache nicht weiter nachzugehen. Sie war sich noch immer nicht sicher, ob der Stachelkater genau wußte, worüber er sprach. Die Elfen waren immer Heiler und Fürsorgende gewesen – niemals Schöpfer von Monstern. Es fiel ihr schwer, zu glauben, daß sie ein Paradies in einen Sumpf verwandelt haben könnten. Sie dachte nach wie vor, daß an dieser Geschichte mehr sein mußte als das, was Stresa wußte. Sie wollte ihr Urteil zurückhalten, bis sie alles erfahren hatte.

Bei Tagesanbruch setzten sie den Aufstieg fort, zogen sich die Felsen hinauf, klammerten sich an die Vorderseite der Klippe und spähten durch den wirbelnden Nebel hinauf. Es regnete mehrere Male, und ihre Kleidung wurde durchweicht. Die Hitze nahm ab, als sie höher kamen, aber die Feuchtigkeit blieb. Wren war noch immer schwach von dem Sumpffieber, und sie brauchte all ihre Kraft und Konzentration, um weiterhin einen Fuß vor den anderen setzen und die Hand für ein weiteres Hochziehen ausstrecken zu können. Garth half ihr, wenn er konnte, aber es war selten genug Platz, daß er das konnte, und meist waren sie gezwungen, den Aufstieg hintereinander durchzuführen.

Manchmal sahen sie Höhlen in den Klippen, dunkle Öffnungen, die ihnen schweigend und leer entgegengähnten. Stresa wich ihnen bewußt aus. Als Wren danach fragte, was darin sei, zischte der Stachelkater und erklärte mit ziemlicher Bestimmtheit, daß er das nicht wissen wolle.

Der frühe Nachmittag brachte sie schließlich auf den Grund des Risses und den dahinter liegenden Durchgang. Sie standen von Schmerzen geplagt und erschöpft wieder auf flachem, festem Untergrund und schauten zurück über das Südende der Insel bis zu dem Punkt, an dem sie wie ein ausgerollter, nebliger Teppich aus grünem Dschungel und schwarzen Lavafelsen an die azurblaue Fläche des Meeres grenzte. Der Blackledge erhob sich an allen Seiten über ihnen. Er erstreckte sich zerklüftet und neblig als ungebrochene Mauer in die Ferne, bis er am Horizont verschwand. Seevögel kreisten am Himmel. Sonnenlicht brach kurz durch einen Spalt in den Wolken, blendend in seiner Intensität, und verlieh den stumpfen Farben des Landes unter ihnen Stärke und Glanz. Wren und Garth blinzelten gegen sein Strahlen an und erfreuten sich an der Wärme auf ihren Gesichtern. Dann verblaßte es und verschwand so schnell wieder, wie es gekommen war. Kälte und Feuchtigkeit kehrten zurück, und die Farben der Insel wurden wieder stumpf.

Sie wandten sich zu dem Schatten des Risses um und begannen, auf die Öffnung des engen Durchganges zuzuklettern. Schließlich gelangten sie hinein. Die Felsenklippe erhob sich rund um sie herum, und der Wind blies von den Höhen Killeshans in rauhen, schnellen Stößen herunter wie das Geräusch von etwas Atmendem. Es war kalt in dem Durchgang, und die Fahrenden wickelten sich fest in ihre Umhänge. Regen fiel in plötzlichen Wolkenbrüchen und hörte wieder auf, und der Vog ergoß sich in undurchdringlichen Wellen die Felsen hinab.

Die Dämmerung war schon hereingebrochen, als sie das Ende des Risses erreichten. Sie standen am Rande eines Tales, das sich bis zur letzten Erhebung des Killeshan erstreckte. Es war ein Kessel voller Grün, der in der Ferne von einem Waldstreifen begrenzt wurde. Die Bäume reichten bis zu den kahlen Lavafelsen der hohen Hänge dahinter. Das Tal war breit und neblig, und es war unmöglich, zu erkennen, was darin lag. Weit im Osten konnte man das schwache Schimmern eines Wasserlaufes ausmachen, der sich durch den Dunst und zwischen akazienbestandenen Hügeln hindurchschlängelte. Jenseits des Flusses ragten Bergkämme auf, die von schwarzen Strömen narbiger Felsen gesäumt waren. Über der Talfläche lag Stille.

Sie schlugen ihr Lager im Schutze des Durchgangs unter einem Überhang auf, der dem Tal gegenüber lag. Die Nacht brach schnell herein, und da der Himmel so vollständig ihrem Blick entzogen war, verwandelte sich die Welt um sie herum in beängstigendes Schwarz. Die Stille der Dämmerung machte bald einem Wirrwarr rauher Töne Platz – dem unterbrochenen, kaum wahrnehmbaren Rumpeln des Killeshan, dem Zischen von Dampf aus Rissen in der Erde, aus denen die Hitze des Vulkaninneren hervorbrach, dem Grunzen und Grollen jagender Lebewesen, dem plötzlichen Schreien, wenn etwas starb, und wilden Flüstern, wenn etwas anderes floh. Stresa rollte sich zu einer Kugel zusammen, lag mit dem Kopf zur Dunkelheit hin und konnte in dieser Nacht nicht so schnell einschlafen. Wren und Garth saßen nahe bei ihm. Sie fühlten sich ängstlich und unbehaglich und fragten sich, was wohl vor ihnen lag. Sie waren ihrem Ziel jetzt nahe, die Fahrende konnte das spüren. Die Elfen waren nicht mehr weit. Sie würden sie bald finden. Manchmal glaubte Wren, durch die Schwärze und den Dunst das Leuchten von Feuern wie blinzelnde Augen in der Nacht erkennen zu können. Die Feuer waren weit entfernt. Sie glommen wohl jenseits des Tales hoch oben auf den Hängen kaum unterhalb der Baumgrenze. Sie wirkten einsam und verloren, und sie fragte sich, ob sie sich nicht täuschte. Wie weit waren die Elfen bei ihrem Auszug aus den Vier Ländern gekommen? Vielleicht zu weit? So weit, daß sie nicht zurückkommen konnten?

All ihre Fragen blieben unbeantwortet und schließlich schlief sie ein.

Bei Tagesanbruch brachen sie erneut auf. Morrowindl war zu einer lebhaften, umwölkten Welt aus Schatten und Klängen geworden. Das Tal fiel unter ihnen steil ab, und ihr Weg kam ihnen vor, als stiegen sie in eine Grube hinab. Der Pfad war felsig und rutschig von der Feuchtigkeit, und das Grün, das ihnen in dem unbestimmten Licht des vorangegangenen Abends so beherrschend erschienen war, entpuppte sich jetzt als bloße Flecken von Moos und Gras, das inmitten großer Flächen kahlen Felsgesteins kauerte. Rauchfäden, die von dem Gestank des Schwefels umsäumt waren, erhoben sich himmelwärts, um sich mit dem Vog zu vermischen, und stellenweise brannte sich intensive Hitze durch die Sohlen ihrer Stiefel und versengte die Haut ihrer Gesichter. Stresa ging langsam voran. Er wählte seinen Weg sorgfältig und watschelte zwischen den Felsen und ihren Inseln aus Grün hin und her. Mehrere Male blieb er stehen und änderte die Richtung wieder, um einen völlig anderen Weg zu wählen. Wren konnte nicht sagen, was der Stachelkater sah. Für sie war alles unsichtbar. Sie fühlte sich einmal mehr all ihrer Fähigkeiten beraubt, eine Fremde in einer feindlichen, verschlossenen Welt. Sie versuchte, sich zu entspannen. Vor ihr bewegte sich Stresas wuchtiger Körper mit jeder Bewegung rollend vorwärts und seine dolchähnlichen Stacheln hoben und senkten sich im gleichen Rhythmus. Hinter ihr schlich Garth, als sei er auf der Jagd. Sein dunkles Gesicht war angespannt, undurchdringlich, hart. Wie sehr sie sich ähnelten, dachte sie überrascht.

Sie waren von einer kleinen Erhebung in ein Wäldchen aus Gestrüpp herabgestiegen, als das Wesen sie plötzlich angriff. Es schnellte sich mit einem Schrei aus dem Nebel hervor, ein Scheusal mit gesträubtem Fell, mit Klauen und gefletschten Zähnen, das in verzweifelter Raserei um sich schlug. Es hatte Beine und einen Körper und einen Kopf – mehr konnten sie im ersten Augenblick nicht erkennen. Es schoß an Stresa vorbei und griff Wren an, die kaum noch ihre Arme heben konnte, bevor es sie erreicht hatte. Instinktiv rollte sie sich zur Seite, nahm das Gewicht des Wesens mit sich und schleuderte es dann fort. Es schlug und biß, aber ihre schweren Handschuhe und ihr Umhang schützten sie. Sie sah seine gelben, irren Augen, und sie spürte seinen übelriechenden Atem. Nachdem sie es abgeschüttelt hatte, wankte sie auf die Füße und sah aus den Augenwinkeln, wie sich das Wesen zurückwälzte.

Dann war Garth da und sein kurzes Schwert durchschnitt die Luft. Ein Glitzern von Eisen, und der Arm des Wesens war fort. Es fiel hin, schrie und biß in die Erde. Garth trat eilig hinzu, trennte seinen Kopf ab, und es wurde still.

Wren stand da und zitterte. Sie war noch immer unsicher, was das Wesen war. Ein Dämon? Etwas anderes? Sie schaute hinab auf die blutige, formlose Hülle. Es war alles so schnell gegangen.

»Phffft! Horcht!« zischte Stresa scharf. »Es kommen noch mehr! Sssttffft. Hier entlang! Beeilt euch!«

Er watschelte schnell davon. Wren und Garth folgten eilig und tauchten hinter ihm in die Dämmerung ein.

Sie konnten bereits die Geräusche der Verfolger hören.

8

Die Jagd begann. Sie war erst langsam und gewann an Schnelligkeit, als sie sich hinunter ins Tal zog. Wren, Garth und der Stachelkater waren zunächst allein. Es wurde nach ihnen gesucht, aber man fand sie nicht, und ihre Verfolger waren nicht mehr als vereinzeltes Lärmen, das noch weit entfernt und nur undeutlich hörbar war. Die drei eilten schnell vorwärts. Sie blieben vorsichtig und waren ohne Panik oder Angst. Die Landschaft kam Wren und Garth vor, als träumten sie. Zeitweise war sie öde und leer, wo schwarzes Lavagestein den Bewuchs unter seinem gleißenden, felsigen Teppich begraben hatte, dann wieder üppig, wo sich Gruppen von Akazien und dichtes Gras in kleinen Inseln in die Ödnis vorkämpften, um zurückzugewinnen, was sie eingenommen hatte. Vog hing über allem wie ein weites, lose gewebtes Leichentuch. Er wirbelte umher und verlagerte sich und beschwor die Illusion herauf, daß alles, was er berührte, lebendig sei. Über ihnen, an einzelnen kleinen Stellen durch den Dunst sichtbar, hing der eisengraue, sonnenlose Himmel.

Stresa wählte einen überwucherten, umständlichen Weg, der sie zuerst in eine Richtung führte und dann wieder in eine andere, wobei sein dicht mit Stacheln versehener Körper rollte und schwankte, so daß es ständig schien, als würde er gleich umkippen. Er bevorzugte weder die offene Fläche des Lavagesteins noch den baldachinartigen Schutz des mit Gestrüpp bewachsenen Waldes, sondern wechselte scheinbar planlos von einem zum anderen, und es war unmöglich, festzustellen, ob er seinen Weg intuitiv oder aus Erfahrung wählte. Wren konnte sein schweres Atmen hören. Er drang als ein Grollen aus seiner Kehle und wurde zu einem Zischen, wenn ihm etwas begegnete, das er nicht mochte. Einmal oder zweimal schaute er zu ihnen zurück, als wolle er sich vergewissern, daß sie noch immer da waren. Er sprach nicht, und auch sie blieben stumm.

Es war Zufall, daß sie entdeckt wurden. Sie waren zu einer Fläche offenen Felsgesteins gekommen, und dort lag das Wesen auf der Lauer. Es erhob sich fast unmittelbar vor ihnen, aus der Erde, wo es sich eingegraben hatte. Zischend und schreiend schoß es wie ein Vogel auf Beinen mit einem großen, gebogenen Schnabel und Klauen an den Flügelspitzen auf sie zu. Die Krallen schwangen herab, um Stresa zu zerreißen, aber der Rücken des Stachelkaters krümmte und wand sich sofort, und ein Schauer messerscharfer Stacheln flog dem Angreifer entgegen. Das Wesen schrie vor Schmerz auf und taumelte zurück, wobei es an seinem Gesicht zerrte.

»Sssttt! Schnell!« zischte der Stachelkater und eilte davon.

Sie flohen hastig, und die Schreie ihres Angreifers hinter ihnen wurden leiser. Aber jetzt waren weitere Wesen alarmiert und begannen näher zu kommen. Die Geräusche erhoben sich rund um sie herum. Ein Knurren und Grollen und Schnüffeln drang durch den Dunst und aus den Schatten heraus. Garth zog sein kurzes Schwert. Sie glitten eine flache Senke hinab, als etwas aus dem Gestrüpp hervorschnellte. Wren duckte sich, als das Wesen vorbeiflog, und sah das Glitzern von Garths Klinge. Das Wesen fiel zur Seite und war still. Sie kletterten von der Senke auf eine weitere Fläche aus Lavagestein und eilten dann zu einer Baumgruppe hinüber. Eine Schar kleiner, vierbeiniger Wesen, die an Eber erinnerten, stürzte aus einem Versteck und griff sie an. Stresa kauerte sich zusammen und zitterte, und ein Schauer von Stacheln flog gegen die Angreifer. Schreie erfüllten die Luft, und die Wesen rissen mit ihren klauenbesetzten Vorderfüßen die Erde auf. Stresa raste an ihnen vorbei und richtete seine Stacheln auf wie Eisenspitzen. Eines oder zwei der Wesen unternahm einen schwachen Versuch, sich zu erheben, aber Garth schoß bereits wieder.

Endlich befanden sie sich zwischen den Bäumen, bahnten sich ihren Weg durch feuchtes Gras und Weinranken und fühlten die nassen Schößlinge des Bewuchses auf ihren Gesichtern und Armen. *Gib uns noch ein paar Minuten mehr*, dachte Wren gerade, als ein schlangenähnlicher Körper aus den Bäumen fiel, sich um Garth wand und ihn hochzog. Sie wirbelte mit gezogenem Schwert herum und erhaschte einen letzten Blick auf den großen Mann, während er außer Sicht gezogen wurde, halb getragen, halb gezogen und kräftig um sich schlug, um freizukommen.

»Garth!« schrie sie auf.

Sie wollte sofort hinter ihm her laufen, hatte aber kaum ein Dutzend Schritte gemacht, als Stresa von hinten in sie hineinraste, ihr die Beine fortriß und sie zu Boden stieß. Heiser fauchte er: »Runter, Mädchen! Ssstt. Bleib liegen!«

Sie hörte ein zischendes Geräusch wie von Dutzenden von Schlangen, dann ein Reißen, als Laub über ihnen zerschnitten wurde. Stresa schob sich vor, bis er neben ihr war.

»Das war dumm!« fauchte er rauh. »Sieh nur! Phffttt! Siehst du, was dich beinahe erwischt hätte?«

Wren schaute hin. Sie sah einen seltsam geformten Busch, der genauso mit Stacheln besetzt war wie der Stachelkater und dessen Nadeln in alle Richtungen abstanden. Als sie ungläubig hinsah, schlossen sich wieder Blätter über den Nadeln, um sie zu verbergen, und der Busch sah wieder völlig harmlos aus.

»Hsssst! Das ist ein Pfeilschütze!« keuchte Stresa. »Er ist giftig! Berühre ihn, verletze ihn auf irgendeine Weise, und er läßt seine Nadeln fliegen! Du bist tot, wenn sie dich durchbohren!«

Der Stachelkater beobachtete sie einen Moment lang mit seinen glänzenden Augen, kroch dann nach rechts und eilte davon. Wren folgte. Sie konnte Garth nicht mehr sehen oder hören. Wut und Enttäuschung erfüllten sie, und bittere Erregung machte sich in ihr breit. Wo war er? Was hatte man ihm angetan? Sie mußte ihn finden! Sie mußte…

Dann ging Stresa weiter, und sie folgte ihm. Sie schlugen sich durch dichtes Buschwerk, durchforschten den Nebel und lauschten. Und plötzlich konnte sie wieder Kampfgeräusche hören, und vor ihnen flammte Bewegung auf. Stresa polterte mit gesträubten Stacheln vorwärts. Wren war nur einen Schritt hinter ihm. Sie hörten einen Schmerzensschrei und Umsichschlagen. Garth wurde einen Augenblick sichtbar und verschwand dann wieder.

»Garth!« rief Wren und rannte unbesonnen vorwärts.

Der große Fahrende lag ausgestreckt auf dem Boden, als sie ihn erreichte, zerkratzt und voller blauer Flecke, aber ansonsten unverletzt. Was auch immer es gewesen war, das ihn geschnappt hatte, das Wesen war durch den Kampf offensichtlich ermüdet worden. Garth erlaubte dem Mädchen eine kurze Umarmung, befreite sich dann sanft und stolperte wieder auf die Füße.

Stresa trieb sie sofort vorwärts, zurück durch die Bäume, über den unsicheren Untergrund und hinaus auf das Lavagestein. Eine Ansammlung von Schatten glitt über sie hin und verschwand leise und formlos wieder. Verfolgungsgeräusche erhoben sich um sie herum. Sie klangen hart und fordernd. Sie eilten über eine Ebene zu einem Berggrat, der in eine Vertiefung wirbelnden

Nebels abfiel. Stresa führte sie schnell daran vorbei und einen Abhang hinunter zu einem Flußbett, das fast ausgetrocknet war.

Ein neuer Schrecken polterte aus dem Nebel, ein Wesen, das annähernd menschenähnlich war, aber eine Vielzahl von Gliedern hatte und ein Gesicht, das nur aus Kiefer und Zähnen zu bestehen schien. Stresa rollte sich zu einer Kugel zusammen. Seine Stacheln standen in alle Richtungen ab, und das Monster schlingerte vorbei, ohne langsamer zu werden. Wren schwang abwehrend ihr Schwert, sprang zur Seite und entging nur knapp dem Griff begieriger Finger. Garth stand ungerührt da, ließ das Wesen auf sich zukommen und schlug dann so schnell auf es ein, daß Wren die Bewegung der Klinge kaum wahrnahm. Blut floß aus der Bestie, aber es wurde kaum langsamer. Grunzend griff es nach Garth. Der riesige Fahrende sprang zurück und zur Seite und stürmte dann erneut auf das Wesen los. Wren griff aus dem Hintergrund an, aber ein monströser Arm schwang herum und fegte sie davon. Sie hielt ihr Schwert umklammert und wollte sich erheben. Das Wesen stand jedoch fast über ihr. Garth glitt eilig neben sie, riß sie hoch und zog sie fort. Sie rannten weiter und flohen den glitzernden schwarzen Fels entlang, dessen Kante sich direkt neben ihren Füßen befand. Garth verlangsamte seinen Schritt, ohne jedoch anzuhalten, und sprang mit ihr hinunter. Ihre Füße berührten kaum den Boden, als sie schon weiterliefen. Sie sahen Stresa vor sich, der irgendwie wieder die Führung übernommen hatte. Und sie hörten das Grollen und Schnüffeln des Wesens hinter ihnen.

Dann explodierte etwas in den Schatten zu ihrer Linken und traf Wren. Ein Schmerz rann ihren Arm entlang, und sie sah, daß Blut ihren Ärmel durchtränkte. Zähne und Klauen rissen an ihr. Sie schrie und stieß fort, was auch immer an ihr hing. Es war zu nahe, als daß sie ihr Schwert benutzen konnte. Garth kam aus dem Nichts, packte ihren Angreifer mit bloßen Händen und zog ihn von ihr fort. Sie sah sein ekelerregendes, verzerrtes Gesicht und den verkrümmten Körper, während er fiel. Mit einem Schrei warf sie sich mit ihrem Schwert auf das Wesen, und es flog davon.

»Grrrlll!« Stresa war neben ihnen. »Wir müssen uns verstekken! Sssttt! Es sind zu viele!«

Hinter ihnen, zu nahe, um lange zu überlegen, gab das sie verfolgende Monster einen triumphierenden Schrei von sich. Sie flohen vor ihm zurück in den Nebel, durch das Gewirr von Schatten und Halblicht. Sie stolperten immer wieder und hangelten sich an den Felsen vorwärts. Wren blutete stark. Sie konnte auch an Garth Blut erkennen, war aber nicht sicher, ob es sein eigenes oder ihres war. Ihr Mund war trocken, und ihre Brust brannte, als sie nach Luft schnappte. Ihre Kräfte begannen nachzulassen.

Sie gelangten auf eine Erhebung, und plötzlich stürzte Stresa, der sie noch immer führte, vor ihnen aus ihrem Blickfeld. Als sie zu der Stelle eilten, wo er gefallen war, sahen sie ihn am Fuße eines kleinen Abhangs seltsam ausgestreckt liegen.

»Hier! Ein Versteck!« rief er plötzlich aus und spuckte und zischte, während er wieder auf die Füße kam.

Sie krochen die begehbare Seite des Abhanges hinunter – die andere war ein Geröllhaufen – und sahen, was er entdeckt hatte. Unter einem Überhang war ein Spalt im Felsgestein, der in die Dunkelheit führte.

»Sssstttfff! Hinein, schnell. Geht, es ist ziemlich sicher!« drängte der Stachelkater. Als sie nicht sofort reagierten, kam er bedrohlich auf sie zu. »Versteckt euch! Ich werde das Wesen ablenken und zu euch zurückkommen! Grrrrrr! Geht jetzt!«

Er wirbelte herum und verschwand. Garth zögerte nur einen Moment und tauchte dann in den Spalt ein. Wren war nur einen Schritt hinter ihm. Sie tasteten unbeholfen umher, als die Dunkelheit sie umschloß, und versuchten einen Weg zu finden. Der Spalt öffnete sich eine Strecke weit in das Lavagestein und öffnete sich dann hinunter in die Erde. Als sie weit genug hineingelangt waren, so daß sie das Licht von außen kaum noch erkennen konnten, kauerten sie sich zusammen, um abzuwarten.

Sekunden später hörten sie ihren Verfolger. Das Wesen näherte sich mit unverminderter Geschwindigkeit und sauste vorbei. Die Geräusche wurden leiser.

Wren griff nach Garth und drückte seinen Arm. Ihre Augen begannen sich anzupassen, und sie konnte ihn jetzt in der Dunkelheit schemenhaft ausmachen. Sie steckte ihr kurzes Schwert in die Scheide, zog ihre Lederjacke aus und schob den Ärmel ihrer Tunika zurück. Sie konnte die dunklen Streifen der Klauenspuren an ihrem Arm erkennen. Sie behandelte die Wunden mit einer Heilsalbe und verband sie mit dem letzten sauberen Tuch, das sie bei sich trug. Das Stechen ließ nach einiger Zeit nach und verwandelte sich in einen dumpfen, klopfenden Schmerz. Sie setzte sich erschöpft zurück und lauschte auf das Geräusch ihres eigenen Atems, der sich in der Stille mit dem von Garth verband.

Die Zeit verstrich. Stresa kehrte nicht zurück. Wren ließ ihre Augen zufallen und ihre Gedanken wandern. Wie weit waren sie jetzt vom Fluß entfernt? fragte sie sich. Der Rowen lag zwischen ihnen und Arborlon, und wenn sie ihn erst einmal überquert hatten, würden sie bald bei den Elfen sein. Sie überlegte einen Moment, was das bedeutete. Sie hatte sich bisher kaum die Zeit genommen, einfach nur über die Tatsache nachzudenken, daß die Elfen überhaupt existierten und daß sie nicht nur ein Gerücht oder eine Legende, sondern real und lebendig waren und daß sie sie, allen Umständen zum Trotz, gefunden hatte. Oder zumindest fast gefunden hatte.

Noch ein Tag, höchstens zwei...

Sie öffnete ihre Augen wieder, und im selben Augenblick sah sie das Wesen.

Zuerst dachte sie, daß sie sich geirrt hätte und daß ihr die Schatten einen Streich gespielt hätten. Aber es war hell genug, daß sie dem vertrauen konnte, was sie sah. Es kauerte mehrere Fuß hinter Garth bewegungslos auf einem Felssims. Es war klein, kaum ein Dutzend Zoll groß, schätzte sie, obwohl sie da nicht sicher sein konnte, solange es so am Boden kauerte. Es hatte große, runde Augen, die unbeweglich schauten, und große Ohren, die von einem kleinen Kopf mit einem Fuchsgesicht abstanden. Es hatte einen dürren Körper und sah auf den ersten Blick fast spinnenähnlich aus – so sehr, daß Wren erst den

Wunsch zu einer heftigen Reaktion unterdrücken mußte, da es sie an die Begegnung mit dem Wisteron erinnerte. Aber dieses Wesen sah klein und hilflos aus, und es hatte kleine Hände und Füße wie ein Mensch. Es sah sie an, und sie erwiderte den Blick. Sie wußte instinktiv, daß das seltsame Wesen diesen Spalt genau wie sie als Versteck gewählt hatte. Es saß wie erstarrt an seinem Platz, um nicht gesehen zu werden, aber jetzt war es entdeckt worden und versuchte zu entscheiden, was es tun sollte.

Wren lächelte und verhielt sich ruhig. Das Wesen beobachtete sie, und seine Augen suchten umher. Schließlich machte Wren Garth aufmerksam, hob langsam die Hände und erklärte ihm, was vor sich ging. Sie bat ihn, sich neben sie zu setzen. Das tat er, und sie saßen zusammen da und betrachteten das Wesen. Nach einer Weile griff Wren in ihr Bündel und zog etwas Essen hervor. Sie nahm einen Bissen Käse und gab Garth den Rest. Der große Mann aß ihn auf. Die Zunge des Wesens fuhr heraus.

»Hallo, Kleiner«, sagte Wren sanft. »Hast du Hunger?«

Die Zunge erschien erneut.

»Kannst du sprechen?«

Keine Antwort. Wren beugte sich mit einem Stück Käse in der Hand vor. Das Wesen bewegte sich nicht. Sie näherte sich etwas mehr. Das Wesen blieb reglos. Sie zögerte und war sich nicht sicher, was sie als nächstes tun sollte. Als sich das Wesen noch immer nicht bewegte, streckte sie vorsichtig die Hand aus und warf den Käse auf den Sims.

Blitzschnell schoß die Hand des Wesens vor und fing den Käse noch halb in der Luft ab. Nachdem es seine Beute herangezogen hatte, schnüffelte es daran und schluckte den Brocken dann hinunter.

»Du bist tatsächlich hungrig, nicht wahr?« flüsterte Wren.

Am Eingang ihres Versteckes war ein Scharren zu hören. Das Wesen auf dem Felsen verschwand sofort in den Schatten. Wren und Garth wandten sich mit gezogenen Schwertern um.

»Grrrrrrrr«, murrte Stresa, als er grummelnd langsam in ihr Blickfeld kam. »Der Dämon wollte die Jagd nicht aufgeben.

Phfffft. Es hat doch länger gedauert, ihn loszuwerden, als ich gedacht hatte.« Er schüttelte seine Stacheln, bis sie rasselten.

»Geht es dir gut?« fragte Wren.

Der Stachelkater sträubte sich. »Natürlich geht es mir gut. Oder sehe ich nicht danach aus? Ssstttt! Ich bin außer Atem, das ist alles.«

Wren schaute verstohlen zu dem Sims hinüber. Das seltsame Wesen war wieder da und beobachtete sie.

»Kannst du mir sagen, was das ist?« fragte sie und deutete mit dem Kopf auf das Wesen.

Stresa spähte in die Dunkelheit und schnaubte dann. »Sssfftt. Das ist nur ein Baumschreier! Völlig harmlos.«

»Er sieht erschreckt aus.«

Der Stachelkater blinzelte. »Baumschreier erschrecken vor allem. Das ist es, was sie am Leben erhält. Das und ihre Schnelligkeit. Sie sind die schnellsten Wesen auf Morrowindl. Und auch klug. Sie sind klug genug, sich nicht fangen zu lassen. Du kannst sicher sein, daß es noch einen zweiten Weg aus diesem Spalt heraus gibt, sonst wäre dieser überhaupt nicht hier. Rrrwwlll. Schau dir seinen Blick an. Er scheint sich für dich zu interessieren.«

Wren sah das kleine Wesen weiterhin an. »Haben die Elfen auch die Baumschreier geschaffen?«

Stresa setzte sich mit eingezogenen Pfoten bequem zurecht. »Die Baumschreier waren schon immer hier. Aber wie alles andere hat die Magie sie verändert. Siehst du die Hände und Füße? Das waren einmal Pfoten. Sie können sich auch verständigen. Schau.«

Er machte ein leises, zirpendes Geräusch. Der Baumschreier reckte den Kopf empor. Stresa versuchte es erneut. Dieses Mal antwortete der Baumschreier mit einem sanften, leisen Quieken.

Stresa zuckte die Achseln. »Er hat Hunger.« Der Stachelkater verlor das Interesse, und sein klobiger Kopf senkte sich auf die Vorderpfoten. »Wir werden bis zum Mittag rasten und dann weiterziehen. Die Dämonen schlafen, wenn es draußen heiß ist. Das ist für uns die günstigste Zeit, wieder hinauszugehen.«

Seine Augen schlossen sich, und sein Atem wurde tiefer. Garth sah Wren an und lehnte sich ebenfalls bequem zurück, als er eine glatte Stelle zwischen den rauhen Kanten des Lavagesteins gefunden hatte. Wren wollte jedoch nicht schlafen. Sie wartete ein wenig, griff dann in ihr Bündel und holte noch ein Stück Käse hervor. Sie knabberte daran, wobei der Baumschreier sie beobachtete, und tastete sich dann vorsichtig über den Boden des Spalts, bis sie in die Nähe des Baumschreiers gelangt war. Als sie nur noch eine Armeslänge entfernt war, brach sie ein Stück Käse ab und hielt es ihm hin. Das kleine Wesen nahm es eifrig entgegen und aß es.

Kurz darauf hatte es sich in ihrem Schoß zusammengerollt. Es war noch immer da, als sie schließlich einschlief.

Sie fühlte die Hand von Garth fest und sicher auf ihrer Schulter und wachte wieder auf. Sie blinzelte und schaute sich um. Der Baumschreier saß wieder auf seinem Sims und beobachtete sie. Garth signalisierte ihr, daß es Zeit für ihren Aufbruch sei. Sie erhob sich vorsichtig in der Beengtheit des Spalts und nahm ihr Bündel auf. Stresa wartete mit gesträubten Stacheln am Eingang und schnüffelte in die Luft. Es war jetzt heiß in ihrem Schutzraum, die Luft war ruhig und dicht.

Sie schaute sich kurz nach dem Baumschreier um. »Auf Wiedersehen, kleiner Kerl«, rief sie leise.

Dann traten sie aus der Dunkelheit heraus in das neblige Licht. Der Mittag war gekommen und gegangen, während sie geschlafen hatten. Der Vog, der das Tal bedeckte, schien dichter als zuvor, er roch stark nach Schwefel, und er schmeckte sandig nach Asche und Schlick. Vom Kern des Killeshan stieg Hitze aus dem porösen Fels auf und hing hartnäckig und unbeweglich in der Luft, gefangen in der windlosen Weite des Tales. Der Nebel reflektierte das diffuse Sonnenlicht so grell, daß Wren gegen seinen Glanz anblinzeln mußte. Schattige Gruppen von Akazien erhoben sich vor dem Nebel, und Bänder schwarzen Lavagesteins verschwanden in anderen Welten.

Stresa führte sie vorwärts, wobei er den Weg durch die Düsterkeit des Vog sehr vorsichtig wählte, im Zickzack von einer Stelle zur nächsten lief und dabei in die Luft schnüffelte. Der Tag war beunruhigend ruhig vorbeigegangen. Wren lauschte mißtrauisch, denn sie erinnerte sich daran, daß Stresa gesagt hatte, die Dämonen würden jetzt ruhen. Dennoch mißtraute sie dieser Information. Sie arbeiteten sich an dicht mit Weinranken und Gräsern bewachsenen Bauminseln vorbei, tiefer in die Mulde des Tales vor, mit Gestrüpp bestandene Hügelketten und Abhänge hinab und endlose Streifen öden, verkrusteten Lavagesteins entlang, die sich wie schwarze Bänder durch den Nebel zogen.

Der Nachmittag schritt schnell voran. Im Nebel um sie herum bewegte sich nichts. Es waren Wesen dort draußen, das wußte Wren, denn sie konnte ihre Gegenwart spüren. Es waren Wesen wie jenes, das sie am Morgen fast erwischt hätte. Und noch schlimmere. Aber Stresa schien zu wissen, wo sie waren, und war sicher, ihnen ausweichen zu können. Er führte seine Gruppe vorwärts und war sich seiner Wahl des Weges durch das verräterische Labyrinth offenbar sehr sicher. Alles verlagerte und veränderte sich ständig, während sie gingen, und das Gefühl, daß nichts beständig sei und ganz Morrowindl in kontinuierlichem Fluß begriffen sei, beschlich sie. Die Insel schien auseinanderzubrechen und sich dann um sie herum neu zu bilden – eine unwirkliche Landschaft, die alles sein konnte, was sie wollte, und nicht an die Naturgesetze gebunden war, die normalerweise herrschten. Wren fühlte sich zunehmend bedrückt, als sie weitergingen, denn sie war an das verläßliche Terrain von Ebenen, Bergen und Wäldern gewöhnt, an Land, das nicht von Wasser umgeben war und nicht nur die Oberfläche von etwas bildete, das sich auf eine Laune hin öffnen und alles verschlingen konnte, was darauf lebte. Killeshans Atem dampfte durch die Risse im Lavagestein in kleinen Eruptionen, die nach brennendem Gestein und Gasen rochen und kleine Partikel in der Luft zurückließen. Und doch wuchsen inmitten des Lavagesteins und des Unkrauts vereinzelt Gruppen blühender Büsche, die gegen die Hitze und die Asche um ihr Überleben kämpften. Diese Insel, dachte Wren für sich, war einst sicher sehr schön, aber es war schwer, sich das jetzt vorzustellen.

Es wurde spät, bis sie schließlich den Rowen erreichten. Das Licht verblaßte bereits, und es begann zu dunkeln. Die Wesen im Nebel rührten sich bereits wieder. Ihr Poltern und Grollen zwang die drei Gefährten, noch aufmerksamer zu werden als bisher. Sie kamen an einer Stelle an den Fluß, wo der jenseitige Hang von einer Nebelwand verborgen war und das Ufer steil zu einem Wasserlauf abfiel, der trübe und rauh war, unter Schlick und kleinen Partikeln erstickte und so dicht umwölkt war, daß nichts von dem zu sehen war, was sich unter seiner Oberfläche verbarg.

Stresa blieb am Ufer stehen, schaute unsicher nach rechts und links und schnüffelte in die Luft.

Wren kniete sich neben den Stachelkater. »Wie kommen wir da hinüber?« fragte sie.

»Wo er ganz schmal ist«, antwortete Stresa mit einem Knurren. »Ssspptt. Das Problem ist, daß ich nicht sicher bin, wo das ist. Ich bin diesen Weg lange Zeit nicht mehr gegangen.«

Wren schaute zu Garth zurück, der sie still beobachtete. Das Licht verblaßte jetzt schnell, und das Geräusch der erwachenden Dämonen wurde immer lauter. Die Luft blieb ruhig und dicht, während die Hitze zu feuchter Schwüle abkühlte.

»Rrrwwll. Flußabwärts, denke ich«, überlegte Stresa, aber er klang nicht allzu sicher.

Plötzlich sah Wren eine Bewegung im Nebel hinter ihnen und warf sich zur Seite. Garth riß sein kurzes Schwert heraus. Eine kleine Gestalt trippelte zögernd in ihr Blickfeld, und Wren kam überrascht auf die Füße. Es war der Baumschreier. Er ging um Garth herum, kam auf sie zu und ergriff zaghaft ihren Arm.

»Was machst du denn hier, Kleiner?« murmelte sie und strich über seinen pelzigen Kopf.

Der Baumschreier kletterte auf ihre Schulter hinauf und piepste leise zu Stresa hinab.

Der Stachelkater knurrte. »Er sagt, daß der – crrrwwwll –

Übergang flußaufwärts ist, nicht weit von hier. Phfffft. Er sagt, daß er uns den Weg zeigen wird.«

Wren runzelte zweifelnd die Stirn. »Weiß er denn, wonach wir suchen?«

»Sssstt. Es scheint so.« Stresa richtete ängstlich seine Stacheln auf. »Ich mag es nicht, so ungeschützt herumzustehen. Das ist eine Chance. Laßt uns tun, was er sagt. Vielleicht weiß er etwas.«

Wren nickte. Sie begannen flußaufwärts zu gehen, wobei sie der gezackten Linie des Ufers des Rowen folgten. Stresa watschelte voran, und Wren trug den Baumschreier, der sich besitzergreifend an sie klammerte. Er war ihnen wohl den ganzen Weg von jenem Spalt im Lavagestein ab gefolgt, dachte sie. Anscheinend wollte er nicht zurückgelassen werden. Vielleicht hatten ihn die kleinen Freundlichkeiten, die sie ihm erwiesen hatte, für sie eingenommen. Sie streichelte den dünnen Körper gedankenverloren und fragte sich, wieviel Freundlichkeit den harmlosen Wesen auf Morrowindl wohl jemals begegnete.

Nur Augenblicke später blieb Stresa abrupt stehen und drängte sie zurück in den Schutz mehrerer Felsen. Etwas Großes und Mißgestaltetes kam auf seinem Weg zum Fluß an ihnen vorbei. Es war nicht mehr als ein Schatten im Nebel. Geduldig warteten sie. Als sich die Dämmerung vertiefte, nahm die Lautstärke von Husten und Grunzen noch zu. Und als sie schließlich weitergingen, war sogar ihr Atmen zu einem Flüstern geworden.

Schließlich zweigte das Ufer von ihrem Klippenweg ab und wandte sich abwärts und den rasch dahinfließenden Wassern des Flusses zu, die die wirbelnde Oberfläche in zerklüftete Stromschnellen verwandelten. Der Nebel hob sich so weit, daß eine kleine Brücke aus Felsen sichtbar wurde. Sie überquerten sie schnell, knapp über das Wasser geduckt, und verließen sich auf den Schutz des Nebels rundherum. Als sie sicher auf dem gegenüberliegenden Ufer angekommen waren, schnatterte der Baumschreier erneut auf Stresa ein.

»Geht nach links, sagt er«, übersetzte der Stachelkater, wobei die Worte ein tiefes Grollen aus seiner Kehle begleiteten.

Sie taten, wie ihnen der Baumschreier geheißen hatte, und stolperten im Vog vorwärts. Der letzte Rest des Tageslichts verblaßte, und die Dunkelheit senkte sich um sie herum. Das einzige Licht kam von weither. Es war ein seltsames weißes Glühen vor ihnen, das schwach durch den Nebel schimmerte. Sie waren gezwungen, jetzt langsam zu gehen, sich ihren Weg durch die Dunkelheit zu ertasten, immer wieder stehenzubleiben und zu lauschen und dann zu überlegen, wo wohl der sicherste Weg entlangführte. Die Dämonen schienen vor ihnen zu sein – und Wren hätte wetten mögen, daß da viele zwischen ihnen und ihrem Ziel lauerten.

Sie erfuhr nur zu bald, daß sie richtig vermutet hatte. Die kleine Gesellschaft erklomm einen Hang aus Lavagestein, der dicht mit vertrocknetem Gestrüpp bewachsen war, als sich der Nebel plötzlich lichtete. Sofort warfen sie sich flach auf den Boden. In den Schatten eng aneinander gekauert, starrten sie hinaus auf das, was vor ihnen lag.

Arborlon stand auf einem Hügel weniger als eine Meile vor ihnen. Es war selbst die Quelle des seltsamen Leuchtens, das aus einer massiven Mauer strömte, die die Stadt umgab, und in stetigem Rhythmus schwach durch den Nebel und die Wolken drang. Überall pirschten sich die Dämonen an, Schatten, die in den Vog und den Nebel hinein- und wieder herausschlüpften, gesichtslose, gestaltlose Geister, die nur manchmal sekundenlang im Schein der Feuer sichtbar wurden, die in Rissen in der Erde brannten, wo Fontänen geschmolzenener Lava durchgebrochen waren. Dampfsäulen erfüllten die Luft mit Asche und Hitze und verwandelten die verkohlte Erde in ein geisterhaftes Fegefeuer. Das Grollen der Dämonen verschwand in dem Rumpeln, das tief aus der Erde heraufstieg, wo der geschmolzene Kern des Vulkans umherwirbelte und aufwärts stieß. In der Ferne dampfte der Krater Killeshans hoch über der Stadt und den Geistern, die sie belagerten. Er ragte zerklüftet und bedrohlich empor: ein Feuermonster, das auf einen Leckerbissen wartete.

Wrens Augen wandten sich entsetzt von der belagerten Stadt

ab und der zerstörten Landschaft zu. Es war nicht zu glauben, daß die Elfen es ertragen konnten, in einer Welt wie dieser gefangen zu sein. Sie fühlte sich selbst leer werden vor Angst und Abscheu. Wie hatte das geschehen können? Die Elfen waren Heiler, vom Moment ihrer Geburt an dazu bestimmt, Leben zu erneuern und das Land und seine Lebewesen zu bewahren. Warum war das hier nicht geschehen? Arborlon war innerhalb seiner Mauern eine Insel. Sein Volk war sicher irgendwie noch beschützt, irgendwie noch immer in der Lage, sich selbst zu erhalten, während die Welt um es herum zu einem Alptraum geworden war.

Sie beugte sich zu Stresa hinunter. »Wie lange ist dies alles schon so, wie es jetzt ist?«

Der Stachelkater fauchte. »Phfffft! Seit Jahren. Die Elfen sind schon so lange dort eingeschlossen, wie wir uns erinnern können, und verbergen sich dort hinter ihrer Magie. Ssstttfff! Siehst du das Licht, das von der Mauer aufsteigt, die sie abschirmt? Mmsstt. Das ist ihr Schutz!«

Der Baumschreier piepste leise und brachte sie so dazu, sich zu ihm umzudrehen. Stresa knurrte. »Grrrrrr. Der Schreier sagt, daß das Licht schwächer wird und die Magie nachläßt. Es dauert nicht mehr lange, bis sie endgültig versagt.«

Wren schaute erneut hinüber. Es war ein Alptraum. Es bleibt nicht viel Zeit, wiederholte sie zu sich selbst. Das Licht verdunkelte sich. Da waren Schatten, daran konnte kein Zweifel bestehen. Sie spürte ein plötzliches Gefühl der Nutzlosigkeit. Wo blieb der Sinn ihrer Suche, fragte sie sich traurig. Sie war nach Morrowindl gekommen, um die Elfen zu finden und sie in die Welt der Menschen zurückzubringen – das hatte ihr Allanon am Hadeshorn aufgetragen. Aber wie konnten die Elfen jemals von hier zurückkehren? Sicherlich hätten sie das schon vor langer Zeit getan, wenn es überhaupt möglich war. Sie waren jedoch hiergeblieben. Ringsum eingekreist. Sie atmete tief ein. Warum nur hatte Allanon sie hierher geschickt? Was sollte sie bloß tun?

Eine tiefe Traurigkeit erfüllte sie. Was nur, wenn die Elfen verloren waren? Die Elfen waren alles, was aus der Welt der Feen übriggeblieben war, von dem ersten Volk und von der Magie, die Leben gespendet hatte, als das Leben begann. Sie hatten so viel getan, um die Vier Länder entstehen zu lassen, nachdem die Großen Kriege beendet und die alten Methoden verloren waren. Alle Kinder von Shannara waren aus Elfenblut geboren. Und sie hatten alle Kämpfe gewonnen, die geführt worden waren, um die Rassen zu erhalten. Es schien unmöglich, daß dies alles aus den Schriftrollen der Geschichte getilgt und in die Legende verwiesen werden könnte, daß außer den Geschichten nichts von den Elfen übrigbleiben würde.

Mythen und Legenden, überlegte sie, *so wie es jetzt ist.*

Sie dachte wieder an das Versprechen, das sie sich selbst gegeben hatte, daß sie die Wahrheit über ihre Eltern erfahren und herausfinden wollte, wer sie gewesen waren und warum sie sie zurückgelassen hatten. Und was war mit den Elfensteinen? Sie hatte geschworen, daß sie herausfinden würde, warum man sie ihr gegeben hatte. Ihre Finger hoben sich, um über die Umrisse des Lederbeutels an ihrem Hals zu fahren. Sie hatte nicht mehr an die Elfensteine gedacht, seitdem sie die Besteigung des Blackledge in Angriff genommen hatten. Sie hatte nicht einmal daran gedacht, die Magie zu gebrauchen, als sie bedroht worden waren. Sie schüttelte den Kopf. Aber warum sollte sie das auch? Es war doch zu sehen, was die Magie den Elfen gebracht hatte.

Sie spürte Garths Hand auf ihrer Schulter und sah den fragenden Blick in seinen Augen. Offenbar fragte er sich, was sie tun wollte. Sie stellte fest, daß sie sich dasselbe fragte.

Geh nach Hause, flüsterte eine Stimme in ihrem Inneren. *Gib diesen Wahnsinn auf.*

Einerseits stimmte sie dem zu. Es war Wahnsinn, und außer einfältiger Neugier und sturer Beharrlichkeit hatte sie keinen Grund, hier zu sein. Wie wenig ihr doch ihre Fähigkeiten und ihre Ausbildung in dieser Sache helfen konnten. Sie hatte Glück gehabt, daß sie so weit gekommen war. Sie hatte sogar Glück, noch am Leben zu sein.

Aber nun war sie trotz allem hier. Und die Antworten auf alle ihre Fragen lagen direkt jenseits des Lichts.

»Stresa«, flüsterte sie, »gibt es eine Möglichkeit, in die Stadt zu gelangen?«

Die Augen des Stachelkaters leuchteten im Dunkeln. »Grrrrrr, Wren von den Elfen. Du bist also tatsächlich entschlossen, dort hinunterzugehen?« Als sie nicht antwortete, sagte er: »In einer Senke, die – grrrrrr – in der Nähe jener Stelle dort liegt, wo die Dämonen kauern, gibt es verborgene Tunnel. Sssssttfff. Die Tunnel führen in die Stadt. Die Elfen benutzen sie, um sich davonzuschleichen – jedenfalls taten sie es einst. Auf diese Weise haben sie auch uns hinausgelassen, damit wir für sie Wache halten. Phfffft. Vielleicht ist noch immer einer in Gebrauch, was denkst du?«

»Kannst du ihn finden?« fragte sie leise.

Der Stachelkater blinzelte.

»Zeigst du ihn mir?«

»Hssstttt. Wirst du dich an dein Versprechen erinnern, mich mit dir zu nehmen, wenn dies alles vorbei ist?«

»Das werde ich.«

»Sehr gut.« Das Katzengesicht verzog sich. »Also die Tunnel. Wer von uns geht? Ssttff.«

»Garth, du und ich.«

Der Baumschreier piepste sofort.

Stresa schnurrte. »Das dachte ich mir. Der Schreier will auch mitgehen. Grrrrr. Warum nicht? Er ist doch nur ein Schreier.«

Wren zögerte. Sie spürte, wie sich die Finger des Baumschreiers fest um ihren Arm schlossen. Der Schreier piepste noch einmal.

»Sssttt.« Stresa schien zu lachen. »Ich soll dir sagen, daß er Faun heißt. Er hat beschlossen, dich zu adoptieren.«

»Faun.« Wren wiederholte den Namen und lächelte schwach. »Ist das dein Name, Kleiner?« Die runden Augen waren auf sie gerichtet und seine großen Ohren nach vorn gestellt. Es schien seltsam, daß der Baumschreier überhaupt einen Namen hatte.

»Also, du willst mich adoptieren, ja? Und hingehen, wo ich hingehe?« Sie schüttelte traurig den Kopf. »Es ist schließlich dein Land. Und wahrscheinlich könnte ich dich nicht davon abhalten mitzugehen, selbst wenn ich es wollte.«

Sie sah Garth an, um sich zu vergewissern, daß er bereit war. Das rauhe Gesicht war ruhig, und die dunklen Augen leuchteten unergründlich. Sie schaute ein letztes Mal auf den Wahnsinn unter ihr, schob dann Angst und Zweifel beiseite und sagte sich mit so viel Überzeugung, wie sie aufbringen konnte, daß sie eine Fahrende sei und sicher alles überleben würde.

Ihre Finger strichen kurz über die harte Oberfläche der Elfensteine.

Wenn es nötig wird…

Sie schob den Gedanken beiseite. »Führ uns hinein, Stresa«, flüsterte sie. »Und sorge für unsere Sicherheit.«

Die Stachelkater zog es vor, nicht zu antworten.

9

Wren Ohmsford konnte sich nicht daran erinnern, daß sie jemals große Angst vor irgend etwas gehabt hätte. Das lag einfach nicht in ihrer Natur. Sogar als sie klein und die Welt für sie noch neu und fremd war und eigentlich alles darin entweder größer oder stärker oder schneller oder böser war als sie, hatte sie niemals Angst gehabt. Egal, wie groß die Gefahr auch war oder welche Widrigkeiten es gab, sie hatte immer darauf vertraut, daß sie schon irgendwie einen Weg finden würde, sich zu schützen. Dieses Vertrauen war ihr angeboren. Es war eine Mischung aus einer Entschlossenheit, die einem eisernen Willen entsprang, und Selbstsicherheit, die ihr das ganze Leben lang eine besondere Art innerer Stärke verliehen hatte. Als sie größer wurde und besonders nachdem sie zu den Fahrenden gekommen war und mit Garth trainiert hatte, hatte sie sich so viel

Können und Erfahrung angeeignet, wie notwendig war, um sicher zu sein, daß ihr Vertrauen niemals fehl am Platze war und sie niemals ihre Fähigkeiten überschätzte.

All das hatte sich geändert, seit sie mit der Suche nach den Elfen begonnen hatte. Zweimal hatte sie seitdem unerwartet bemerkt, daß sie ängstlich war. Das erste Mal in jener ersten Nacht am Signalfeuer, als sich das Schattenwesen, das ihnen durch das ganze Westland gefolgt war, schließlich gezeigt hatte und sie zu ihrem Entsetzen feststellen mußte, daß es ihr überlegen war. All ihr Training und all ihr Können hatten ihr nichts genützt. Sie hätte wissen müssen, daß es so kommen würde. Schließlich hatte Par sie gewarnt, als er so genau über sein Zusammentreffen mit den dunklen Wesen berichtete. Aber aus irgendeinem Grunde hatte sie gedacht, daß es bei ihr anders sein würde – oder vielleicht hatte sie ganz einfach überhaupt nicht darüber nachgedacht, wie es bei ihr sein würde. Wie dem auch sei, dort war sie ohne Garth gewesen, den sie für stärker und schneller als jeden anderen gehalten hatte, von Angesicht zu Angesicht mit etwas, das von keinem noch so großen Vertrauen und keiner der von ihr erworbenen Fertigkeiten überwunden werden konnte, seien sie auch noch so groß.

Sie wäre in jener Nacht gestorben, hätte sie nicht die Magie der Elfensteine anrufen können. Die Magie allein hatte sie beide retten können.

Als sie jetzt mit ihren Begleitern durch die Dunkelheit und den Vog von Morrowindl schritt, als sie langsam in eine alptraumhafte Welt voller Schatten und Monster hineinkrochen, stellte sie wieder fest, daß sie Angst hatte. Sie versuchte, dieses Gefühl durch Vernunft loszuwerden, sie versuchte, Gründe dagegen zu finden. Nichts half. Sie kannte die Wahrheit, denn diese Wahrheit war dieselbe wie in jener Nacht auf Wing Hove, als sie dem Schattenwesen begegnete. Vertrauen, Können, Erfahrung und Garths beschützende Gegenwart, die doch so gewaltig war, boten ihr hier wenig Beruhigung. Morrowindl war ein Hexenkessel unvorstellbarer Magie und nicht durch Vernunft geleitetes

Übel, und sie besaß eine einzige Waffe, die sich wahrscheinlich als nützlich dagegen erweisen würde: die Elfensteine. Einzig Magie hielt die Elfen in den Mauern von Arborlon am Leben. Magie, wie fehlgeleitet sie auch sein mochte, hatte offensichtlich das Übel heraufbeschworen, das sie belagerte. Magie hatte die Insel und die Wesen, die auf ihr lebten, für immer verändert. Es gab für Wren keinen Grund für die Annahme, daß sie auf Morrowindl sehr lange überleben könnte, ohne selbst die Magie zu gebrauchen.

Aber der Gedanke, von der Magie Gebrauch zu machen, machte ihr genauso angst wie die Monster, gegen die die Magie sie beschützen sollte. Wie verrückt das war! Als Fahrende hatte sie ihr ganzes Leben damit verbracht, zu lernen, daß sie sich auf ihr eigenes Können und ihre Ausbildung verlassen mußte, und zu glauben, daß es nichts gab, was sie nicht besiegen könnte. Das hatten Garth und das Leben als Fahrende sie gelehrt, aber wichtiger war das, wovon sie bisher überzeugt gewesen war: Die Welt und die Dinge darin werden von einem Netz von Verhaltensvorschriften regiert. Lerne diese Vorschriften, und du kannst allem widerstehen. Zeichen zu lesen, Gebräuche zu verstehen, die Schwächen und Stärken eines anderen zu kennen, seine Sinne dazu zu gebrauchen, zu entdecken, was es überall gab – das alles waren die Grundsätze, die einen am Leben erhielten. Aber Magie? Was war Magie? Sie war unsichtbar, eine Macht jenseits der Naturgesetze, eine Unbekannte, die dem Verstehen trotzte. Sie war eine Macht ohne erkennbare Grenzen. Wie konnte man auf so etwas vertrauen? Die Geschichte ihrer Familie, der Ohmsfords, legte schon vor zehn Generationen nahe, daß man es nicht konnte. Was hatte die Magie Will und Brin und Jair nicht angetan! Welche Sicherheit gab es, wenn sie gezwungen war, sich auf etwas so Unvorhersagbares zu verlassen? Was würde es für sie bedeuten, wenn sie die Magie einsetzte? Es stimmte, daß sie bei ihrem Kampf mit dem Schattenwesen ziemlich leicht herbeizurufen gewesen war. Sie war so weich aus den Steinen geflossen und fast ohne Anstrengung erschienen, und als sie zuschlug, hatte sie sie nur mit einem Gedanken gelenkt. Sie hatte dabei auch nicht das Gefühl gehabt, daß es falsch sei, sie zu gebrauchen – tatsächlich war es so, als habe die Macht nur darauf gewartet, angerufen zu werden. Es war gewesen, als gehöre sie zu ihr.

Sie erschauerte bei der Erkenntnis, was dies bedeutete. Sie hatte die Elfensteine offenbar bekommen, weil klar war, daß sie sie eines Tages brauchen würde. Ihre Macht war für sie bestimmt.

Sie nahm alle ihre Entschlossenheit zusammen, um sich gegen diese Gedanken zur Wehr zu setzen.

Sie wollte sie nicht. Sie wollte die Magie nicht. Sie wollte, daß ihr Leben so blieb, wie es war, und nicht unwiderruflich geändert würde. Denn das würde geschehen, wenn sie sich auf eine Macht einließ, die ihr Verständnis und, wie sie glaubte, auch ihr Bedürfnis danach überstieg.

Außer natürlich jetzt, hier auf den Hängen von Killeshan, umgeben von Dämonen. Sie waren Wesen, die aus Magie und böser Absicht entstanden waren. Sie war einer Landschaft des Feuers und des Dunstes ausgesetzt, wo sie in Sekunden verloren sein konnte, es sei denn...

Sie brach diesen Gedanken ab und weigerte sich, ihn fortzuführen. Statt dessen konzentrierte sie sich auf Stresas stacheligen Körper. Der Stachelkater grub sich vor ihr seinen Weg durch die Dämmerung. Schatten wehten überall umher, als sich der Vog verlagerte und neu bildete, sie umhüllte und sich vor Inseln von Dschungel, Gestrüpp und nacktem Lavagestein abhob. Es war, als seien sie die Substanz einer ständig neu verschwimmenden Welt, die sich nicht entscheiden konnte, was sie sein wollte. Ein Grollen erklang irgendwoher. Es war körper- und richtungslos, tief und drohend, während es lauter wurde und wieder verklang. Sie kauerte sich im Dunst zusammen, und eine innere Stimme schrie ihr wild zu, sie solle verschwinden und sich in den Felsen verbergen, sie solle unsichtbar werden und irgend etwas tun, um zu entkommen. Sie ignorierte die Stimme und schaute statt dessen zu Garth zurück und sah, daß er beruhigend nahe war. Im nächsten Moment dachte sie, daß es keinen Unterschied machte, daß seine Gegenwart nicht genügte, daß nichts genügte.

Stresa fror. Irgend etwas jagte in den Schatten vor ihnen davon. Sie hörten Krallen, die auf Fels treffen. Sie warteten. Faun hing erwartungsvoll auf ihrer Schulter, den Kopf vorgestreckt, die Ohren aufgerichtet, und lauschte. Seine sanften, braunen Augen sahen sie kurz an und wandten sich dann ab.

Welche Mondphase haben wir gerade, fragte sie sich plötzlich. Wie lange war es her, daß Tiger Ty sie zurückgelassen hatte? Sie stellte fest, daß sie es nicht wußte.

Stresa ging wieder weiter. Sie erreichten die Kuppe eines Hügels, auf der nur verkümmertes, blattloses Gestrüpp wuchs, und stiegen dann im Winkel in eine Senke hinab. Dunst sammelte sich auf dem felsigen Boden, durch den sie sich unsicher ihren Weg bahnten. Stresas Stacheln schimmerten feucht, und die Luft wurde kalt. Es war Licht zu sehen, aber sie konnten nicht sagen, woher es kam. Wren hörte ein krachendes Geräusch, als breche etwas auseinander, dann ein Zischen wie von eingeschlossenem Dampf und eingeschlossenen Gasen, die entweichen. Ein Schrei erklang und verschwand. Das Grollen verstummte und begann dann erneut. Wren zwang sich, langsam zu atmen. So vieles geschah, und sie konnte nichts davon sehen. Die Geräusche kamen von überall und ließen sich nicht genau ausmachen und zuordnen. Es gab keine Zeichen, keine Spuren, nur eine endlose Landschaft aus Felsen und Feuer und den Vog.

Faun schnatterte auf einmal leise und drängend.

Im selben Moment blieb Stresa plötzlich stehen. Die Stacheln des Stachelkaters entfalteten sich, und seine wuchtige Gestalt kauerte sich nieder. Wren ging in die Hocke, griff nach ihrem kurzen Schwert. Sie fuhr zusammen, als Garth gegen sie prallte. Da war etwas Dunkles im Nebel vor ihnen. Stresa wich zurück. Er wandte sich halb um und sah sich nach einem anderen Weg um. Aber die Senke war schmal, und es blieb kein Platz zum Ausweichen. Er wich mit ausgebreiteten Stacheln zurück.

Das dunkle Bild verschmolz und begann eine Form anzunehmen. Ein Wesen auf zwei Beinen kam auf sie zu. Garth scherte so lautlos wie ein Schatten zu einer Seite aus. Wren löste ihr Schwert aus der Scheide und hielt den Atem an.

Die Gestalt trat aus dem Nebel hervor und wurde langsamer. Es war ein Mann, der in eng anliegende, erdfarbene Kleidung gehüllt war. Die Kleidung war zerknittert und zerschlissen, mit Asche und Ruß beschmutzt und hatte keine Metallösen oder Schnallen. Seine weichen Lederstiefel, die direkt über dem Knöchel endeten, waren abgetragen, und ihre oberen Ränder waren einmal umgeschlagen. Der Mann selbst war ein Spiegelbild seiner Kleidung. Er war mittelgroß, wirkte aber eher größer, weil er so kantig war. Er hatte ein schmales, runzeliges und bartloses Gesicht mit einer Hakennase, und sein dunkles Haar war fast völlig unter einer seltsamen Kappe verborgen, die an eine Zipfelmütze erinnerte. Alles in allem sah er so aus wie etwas, das hoffnungslos zerknittert und fadenscheinig geworden ist, weil es so lange zusammengefaltet und weggelegt worden war.

Er schien nicht überrascht zu sein, sie zu sehen. Und er schien auch keine Angst zu haben. Er sagte nichts, sondern legte einen Finger an seine Lippen, sah kurz über seine Schulter und deutete dann zurück auf den Weg, den sie gekommen waren.

Eine Minute lang rührten sie sich nicht, weil sie noch nicht sicher waren, was sie tun sollten. Dann erkannte Wren, was sie zuvor übersehen hatte. Unter der Kappe und dem zerzausten Haar waren spitze Ohren und schräge Augenbrauen zu sehen.

Der Mann war ein Elf.

Nach all dieser Zeit, dachte sie. *Nach so vielen Mühen.* Erleichterung durchflutete sie und gleichzeitig eine Fremdheit, die sie selbst nicht verstehen konnte. Es schien irgendwie seltsam, schließlich einem Ziel gegenüberzustehen, das zu finden sie sich so sehr bemüht hatte. Sie stand da, schaute und war gefangen in ihren Gefühlen.

Er machte erneut eine Geste, diesmal ein wenig eindringlicher als zuvor. Er war älter, als es ihnen zunächst vorgekommen war, und so verwittert, daß Wren unmöglich sagen konnte, inwieweit sein betagtes Aussehen natürlich entstanden war und was davon auf einem harten Leben beruhte.

Als sie schließlich wieder zu sich selbst fand, suchte sie Garths Aufmerksamkeit. Sie bedeutete ihm, zu tun, um was der Elf sie gebeten hatte. Sie erhob sich und begann den Weg zurückzugehen, den sie gekommen waren, und die anderen folgten. Der Elf ging scheinbar mühelos ein Dutzend Schritte den Weg entlang an ihnen vorbei und bedeutete ihnen zu folgen. Er führte sie erneut in die Senke und wieder heraus, über eine Fläche mit Lavagestein und schließlich in ein Wäldchen von verkümmerten Bäumen. Dort kauerte er sich mit ihnen in einem Kreis zusammen.

Er beugte sich nahe zu ihnen heran und richtete seine scharfen, grauen Augen auf Wren. »Wer bist du?« flüsterte er.

»Wren Ohmsford«, flüsterte sie zurück. »Dies sind meine Freunde – Garth, Stresa und Faun.« Sie stellte sie alle reihum vor.

Der Elf schien belustigt zu sein. »Solch seltsame Gesellschaft. Wie bist du hierher gekommen, Wren?«

Er hatte eine freundliche Stimme, die genauso zerknittert und zerschlissen war wie der Rest und so behaglich wie alte Schuhe.

»Ein Flugreiter namens Tiger Ty brachte Garth und mich vom Festland hierher. Wir sind gekommen, um die Elfen zu finden.« Sie machte eine Pause. »Und du siehst so aus, als seist du einer.«

Die Linien auf seinem Gesicht vertieften sich bei seinem Lächeln. »Es gibt keine Elfen. Jeder weiß das.« Die Bemerkung amüsierte ihn. »Aber wenn man mich drängte, würde ich vermutlich zugeben, einer zu sein. Ich bin Aurin Striate. Jedermann nennt mich die Eule. Vielleicht könnt ihr euch vorstellen, warum?«

»Du jagst bei Nacht?«

»Ich kann im Dunkeln sehen. Darum bin ich hier draußen, wo sich niemand anderer hinwagt. Jenseits der Mauern der Stadt. Durch mich hat die Königin hier Augen.«

Wren blinzelte. »Die Königin?«

Die Eule überging diese Frage mit einem Kopfschütteln. »Du bist den ganzen Weg hierher gekommen, um die Elfen zu finden,

Wren Ohmsford? Wozu? Warum solltest du wissen wollen, was aus uns geworden ist?« Als er lächelte, sahen sie Lachfalten um seine Augen. »Du hast großes Glück, daß ich dich gefunden habe. Du hast auch Glück, daß du überhaupt noch lebst. Oder vielleicht auch nicht. Du hast selbst etwas von einem Elfen, wie ich sehe.« Das Lächeln verblaßte. »Ist es möglich...?«

Er brach zweifelnd ab. Da war etwas in seinen Augen, das Wren nicht verstehen konnte. Unglaube, Hoffnung, was war es? Sie wollte etwas sagen, aber er bedeutete ihr, sie solle ruhig bleiben. »Wren, ich werde dich in die Stadt bringen, aber deine Freunde werden hier warten müssen. Genauer gesagt hinten beim Fluß, wo es ein wenig sicherer ist.«

»Nein«, sagte Wren sofort. »Meine Freunde kommen mit.«

»Das können sie nicht«, erklärte die Eule, und seine Stimme blieb geduldig und freundlich. »Es ist mir nur erlaubt, Elfen in die Stadt zu bringen. Ich würde es anders machen, wenn ich könnte, aber das Gesetz darf nicht gebrochen werden.«

»Phfffft. Ich kann am –grrrrr – Fluß warten«, knurrte Stresa. »Ich für mein Teil habe getan, was ich versprochen habe.«

Wren ging nicht auf ihn ein. Sie hielt ihren Blick fest auf die Eule gerichtet. »Es ist nicht sicher hier draußen«, erklärte sie hartnäckig.

»Es ist nirgendwo sicher«, erwiderte der andere traurig. »Stresa und Faun sind es gewohnt, auf sich selbst aufzupassen. Und dein Freund Garth scheint auch robust zu sein. Einen Tag oder zwei, Wren – nicht länger. Bis dahin hast du das Konzil vielleicht überredet, sie hineinzulassen. Oder du kannst wieder zu ihnen zurückkehren.«

Wren wußte nicht, über welche Art Konzil er sprach, aber unabhängig davon, was wegen Stresa und Faun entschieden wurde, würde sie Garth nicht zurücklassen. Der Stachelkater und der Baumschreier konnten vielleicht allein überleben, aber für Garth war diese Insel genauso fremd und gefährlich wie für sie, und sie würde ihn nicht im Stich lassen.

»Es muß eine andere...« begann sie.

Und plötzlich war da ein Schrei, und eine Woge vielbeiniger Wesen schwärmte aus dem Nebel heran. Wren hatte kaum Zeit, aufzuschauen, als sie schon über ihr waren. Sie erhaschte einen Blick auf Faun, der in der Nacht verschwand, und auf Stresas stacheligen Körper, der sich bog. Garth war aufgesprungen, um sie zu verteidigen. Auf einmal flog sie durch die Luft. Sie konnte ihr Schwert jedoch rechtzeitig herausreißen, um den nächstbesten Angreifer zu erwischen. Blut floß, und das Wesen taumelte davon. Überall waren gebeugte, schwarze Körper, die umhersprangen und an ihnen allen zerrten und zogen. Stresas Stacheln durchbohrten einen der Angreifer und jagten ihn schreiend davon. Garth schlug einen weiteren zurück und trat kämpfend an Wrens Seite. Sie stand Rücken an Rücken mit ihm und kämpfte, während die Wesen sie angriffen. Sie konnte sie nicht deutlich sehen, sondern nur kurze Blicke auf ihre mißgebildeten Körper und die funkelnden Augen werfen. Sie suchte die Eule, aber er war nirgends zu sehen.

Dann sah sie ihn plötzlich. Er war wie ein Schatten, als er sich von der Erde erhob. Dabei schlug er zwei der Angreifer zurück, bevor sie erkannten, was geschah. Im nächsten Moment war er wieder fort, dann wieder an einer anderen Stelle. Er hatte jetzt ein Paar langer Messer in Händen, obwohl Wren sich nicht daran erinnern konnte, zuvor irgendwelche Waffen an ihm gesehen zu haben. Der Elf war wie Rauch, als er unter die Angreifer glitt, und war schon wieder fort, bevor man ihn richtig sehen konnte.

Garth drängte vorwärts, und seine gewaltigen Arme stießen die Angreifer beiseite. Die Dämonen hielten ihm kurzzeitig stand, fielen dann zurück und sprangen fort, um sich neu zu formieren. Geheul erhob sich aus der Dunkelheit um sie herum.

Aurin Straite erschien unvermittelt neben Wren. Seine Worte kamen barsch und drängend. »Schnell. Hier entlang, ihr alle. Wir werden uns später Gedanken über das Konzil machen.«

Er führte sie über die Fläche aus Lavagestein zurück in die Senke. Die Geräusche der Verfolger erklangen von überall her. Sie rannten tief gebückt über Geröll und Spalten das Felsenbekken entlang. Die Eule führte sie. Es schien ihnen bei jeder Biegung, als ob er in die Nacht verschwinden würde.

Sie waren erst ein kurzes Stück gelaufen, als sich etwas Kleines und Pelziges auf Wrens Schulter schwang. Sie keuchte, warf sich ausweichend zur Seite und richtete sich erst wieder auf, als sie erkannte, daß Faun zurückgekehrt war. Der Baumschreier verbarg sich an ihrer Schulter und schnatterte leise.

Sekunden später holten die Dämonen sie ein und drangen ein weiteres Mal aus der Dunkelheit auf sie ein. Sie schossen an Stresa vorbei, der sich sofort zu einer Kugel zusammenrollte und seine Stacheln in alle Richtungen streckte, und stürzten sich auf die Menschen. Garth nahm dem Angriff die Spitze, indem er die Wesen eines nach dem anderen zurückschlug. Wren kämpfte schnell und wenig neben ihm und bewegte die Klinge des kurzen Schwertes ruckartig nach rechts und links.

Behütet mit ihrem Lederbeutel, begannen an ihrer Brust die Elfensteine zu brennen.

Erneut zogen sich die Angreifer zurück, aber dieses Mal nicht so weit und nicht so bereitwillig. Die Nacht und der Nebel verwandelten sie zu Schatten, aber ihr Geheul war nahe und gierig, als sie darauf warteten, daß sich noch andere zu ihnen gesellten. Der Elf und die Gefährten drängten sich zusammen. Sie rangen nach Atem, und ihre Waffen glänzten feucht.

»Wir müssen weiterlaufen«, drängte die Eule. »Es ist jetzt nicht mehr weit.«

Nicht weit von ihnen rollte sich Stresa zischend auf. »Sssssttffft! Lauft, wenn ihr müßt, aber mir reicht es jetzt! Phfffft!« Er wandte seinen Katzenkopf Wren zu. »Ich werde – grrrrrr – auf deine Rückkehr warten, Wren. Ich werde am Fluß sein. Vergiß dein Versprechen nicht!«

Dann war er plötzlich fort. Er glitt in die Dunkelheit und wurde zu einem der Schatten um sie herum.

Die Eule winkte, und Wren und Garth fingen wieder an zu rennen, wobei sie noch immer dem Verlauf der Senke folgten. Rings um sie herum waren schnelle und verstohlene Bewegungen im Nebel zu erkennen. Dampfsäulen strömten durch Risse in der Lava aus der Erde hervor, und der Gestank von Schwefel erfüllte die Luft. Ein Felsrutsch blockierte ihren Weg, und sie krochen eilig daran vorbei. Vor ihnen glühte Arborlon hinter seiner Schutzmauer. Sie sahen das Schimmern von Gebäuden und Türmen inmitten eines Waldes. In der Helligkeit vom Licht der Magie der Stadt und dem Feuer des Vulkans war zu erkennen, daß Killeshans Hang mit Inseln von Gestrüpp und Bäumen gesprenkelt war, die irgendwie der ursprünglichen Verwüstung entgangen und jetzt zu langsamem Ersticken durch die Hitze verurteilt waren. Vog hing wie ein gezackter Vorhang über der Landschaft, und die Monster, die sich darin verbargen, glitten durch seinen Aschedunst wie Bohrwürmer durch die Erde.

Vor ihnen lag eine weitere Landsenke, eine Fortführung der Senke, der sie bisher gefolgt waren. Die Eule trieb sie darauf zu, als die Dämonen erneut angriffen. Sie warfen sich dieses Mal von beiden Seiten auf die kleine Gruppe und tauchten aus der Dämmerung auf, als seien sie der Erde entstiegen. Die Eule wurde zu Boden geworfen, und Wren versank unter einem Hagel von Klauen und Zähnen. Nur Garth blieb stehen. Die Dämonen drangen von allen Seiten auf ihn ein, hängten sich an ihn, zogen an ihm und versuchten, ihn zu Fall zu bringen. Wren trat heftig um sich und kämpfte sich frei. Faun war bereits verschwunden. Schnell wie ein Gedanke war er in die Nacht zurückgetaucht. Wrens Schwert schlug blind zu, schnitt in irgend etwas, hielt kurz inne und riß sich wieder los. Sie rappelte sich auf, wurde jedoch wieder zurückgedrängt und gegen den Fels geschmettert. Sie konnte spüren, daß hinten an ihrem Kopf und Nacken klaffende Wunden aufplatzten. Der Schmerz trieb ihr die Tränen in die Augen. Sie rollte sich herum, kam wieder auf die Füße und fand sich von Dämonen umzingelt. Die Nacht und der Nebel hatten die Eule verschluckt. Garth lag am Boden, und die Dämonen bildeten auf ihm eine sich windende Masse schwarzer Beine. Sie schrie und kämpfte darum, zu ihm zu gelangen, aber Krallenhände zogen rauh an ihr und hielten sie zurück.

Die Elfensteine brannten an ihrer Brust wie Feuer.

Von dem Gewicht ihrer Angreifer niedergedrückt, begann sie zu fallen. Sie wußte instinktiv, daß sie dieses Mal nicht wieder hochkommen würde und daß dies das Ende für sie alle sein würde.

Sie konnte sich selbst irgendwo tief innen lautlos schreien hören.

Die Vernunft floh vor ihrem Lebenswillen, und ihre Angst wich der Wut. Überall um sie herum waren Körper, Klauen und reißende Zähne. Übelriechender Atem kroch über ihre Haut. Ihre Finger versenkten sich in ihrer Tunika, und sie riß die Steine heraus.

Die flackerten sofort in einem Ausbruch von Licht und Feuer lebhaft auf. Der Lederbeutel löste sich auf. Die Magie explodierte zwischen den Fingern der Fahrenden hindurch, als sei sie zu ungeduldig und zu bereitwillig, als daß sie darauf warten könnte, daß sich die Hand öffnete. Sie fuhr durch die Luft wie ein Messerregen, schnitt die schwarzen Wesen auseinander und verwandelte sie in Staub, bevor ihre Schreie noch ganz verklungen waren. Wren war sofort wieder frei. Sie richtete sich taumelnd auf, streckte die Elfensteine vor, und Feuer und Licht drängten jetzt aus ihr heraus und vereinten sich mit der Magie, bis kein Unterschied mehr erkennbar war. Sie warf den Kopf zurück, als die Magie durch sie hindurchfuhr – hart, herausfordernd und heiter. Sie veränderte sich und ihre Ängste, was als Folge des Gebrauchs der Magie aus ihr werden würde, zerstreuten sich und waren vorbei. Es war unwichtig, wer oder was sie gewesen war oder wie sie ihr Leben gelebt hatte. Die Magie war alles. Die Magie war alles, was zählte.

Sie lenkte die Kraft der Magie auf die Masse der Körper auf Garth, und dort schlug sie ein. Sie lösten sich in Sekundenschnelle auf. Einige widerstanden der Wucht des Angriffs einige Augenblicke länger als die anderen, jene nämlich, die größer und fester waren, aber schließlich starben sie alle. Garth erhob sich blutüberströmt. Seine Kleider hingen in Fetzen, und sein dunkles, bärtiges Gesicht war aschfahl. Worauf starrte er nur, fragte sie sich vage. Sie wunderte sich über seinen Gesichtsausdruck, als sie die Macht der Steine einsetzte, um die Landschaft leerzufegen. Die Eule tauchte wieder aus dem Dunst auf, und auch auf seinem ledrigen Gesicht wurde Ehrfurcht sichtbar. Und Angst. Sie hatten beide so große Angst...

Plötzlich verstand sie es. Sie schloß erschreckt ihre Finger, und die Magie war fort. Die Heiterkeit und das Feuer verließen sie, fielen im Handumdrehen von ihr ab, und es war, als hätte man sie nackt ausgezogen und hingestellt, damit jedermann sie sehen könnte. Müdigkeit durchflutete sie und sie fühlte sich beschämt. Die Magie hatte sie gefangen und hatte sie für sich eingenommen. Sie hatte ihren Vorsatz, ihrem Zauber zu widerstehen, zerstört und all ihre Versprechen begraben, daß sie sie nicht zulassen würde und daß sie nicht eine weitere Ohmsford werden würde, die sie beanspruchte.

Aber sie hatte ihre Macht nun doch gebraucht. Hatte sie sie nicht am Leben erhalten – sie alle am Leben erhalten? Hatte sie sie nicht gewollt, sie nicht sogar genossen? Was sonst hätte sie tun können?

Garth war neben ihr, hatte sie an den Schultern gefaßt und hielt sie aufrecht. Seine dunklen Augen hatte er intensiv in ihre eigenen versenkt. Sie bestätigte mit einem vagen Nicken, daß sie sich seiner Gegenwart bewußt war und daß es ihr gutging. Aber das stimmte natürlich nicht. Die Eule war auch da und sagte: »Wren, du bist diejenige, auf die sie gewartet hat, diejenige, die versprochen war. Du bist wirklich willkommen. Komm jetzt schnell, bevor sich die dunklen Wesen wieder formieren und erneut angreifen. Beeile dich!«

Sie schwieg und folgte ihm gehorsam. Ihr Körper war ein fremdes Ding, das sie vorwärts trug, wobei sie ihn von irgendwo außerhalb beobachtete. Hitze und Erschöpfung quälten sie, aber sie fühlte sich wie losgelöst davon. Sie sah die Landschaft in den Nebel zurücksinken, durch den jetzt eine seltsame Schar von Schatten schwebte. Bäume erhoben sich blattlos und kahl in

Gruppen himmelwärts wie brüchige Stiele, die bald zerfallen würden. Vor ihnen lag die Stadt der Elfen, glitzernd wie etwas, das hinter einem regenüberströmten Fenster gefangen ist. Sie ähnelte einem juwelenbesetzten Schatz, der vor Versprechen und Hoffnung schimmerte.

Eine Lüge. Dieser Gedanke traf sie plötzlich. Er war widersinnig, und doch war sie von der Intensität des Gedankens überrascht. *Alles ist Lüge.*

Endlich hatte die Eule sie durch ein Gewirr von Gestrüpp und einen engen Hohlweg hinuntergeführt, in dem die Schatten so dicht lagen, daß es so gut wie unmöglich war, etwas zu erkennen. Er kauerte sich auf den Boden, machte sich an einem Haufen von Felsbrocken zu schaffen und öffnete eine Falltür. Schnell kletterten sie hinein. Die Luft war heiß und stickig. Der Elf faßte nach oben, zog die Falltür wieder an ihren Platz und sicherte sie. Die Dunkelheit hielt nur einen Moment an, und dann war durch den Tunnel, der vor ihnen lag, ein Schimmer des seltsamen Lichts der Stadt zu sehen. Die Eule führte sie hindurch. Er bewegte sich wortlos, mager und schattenhaft vor dem schwachen Schimmern der Helligkeit. Wren spürte, daß das Gefühl der Losgelöstheit allmählich nachließ. Sie war wieder in sich selbst. Sie war zurückgekehrt zu dem, wer und was sie war. Sie wußte, was geschehen war und was sie getan hatte, aber sie wollte sich nicht erlauben, darüber nachzudenken. Es gab nichts zu tun, als vorwärts zu gehen und die Reise zu vollenden, die sie sich selbst auferlegt hatte. Die Stadt lag vor ihnen – Arborlon. Und die Elfen, die sie endlich gefunden hatte. Das war es, worauf sie sich konzentrieren mußte.

Sie bemerkte plötzlich, daß Faun nicht zu ihr zurückgekommen war. Der Baumschreier war noch immer draußen, in diese glühende Wirrnis geflohen… Sie schloß einen Moment die Augen. Auch der Stachelkater war dort. Er war ebenfalls aus eigenem Willen gegangen. Sie fürchtete um die beiden. Aber sie konnte nichts tun.

Unendlich lange, wie ihr schien, bahnten sie sich ihren Weg

den Tunnel hinab. Sie schritten tief gebückt durch den engen Durchgang, ohne zu sprechen. Das Licht wurde heller, je weiter sie gingen, bis es in den Felsen so hell leuchtete wie Tageslicht. Die Welt außerhalb blieb immer mehr zurück, bis der Vog, die Hitze, die Asche und der Gestank verschwunden waren. Plötzlich gab es auch keinen Fels mehr. Er hatte sich abrupt in schwarze und fruchtbare Erde verwandelt, die an die Wälder des Westlandes, an ihre Heimat, erinnerte. Sie atmete tief den Geruch ein und fragte sich, wie das sein konnte. Sie sagte sich dann, daß die Magie das erhalten hatte.

Der Tunnel endete an einer Reihe von Felsstufen, die zu einer schweren, eisenbeschlagenen Tür in einer Felswand hinaufführten. Als sie die Tür erreichten, wandte sich die Eule plötzlich um und sah sie an.

»Wren«, sagte er sanft, »hör mir zu.« Die grauen Augen leuchteten intensiv. »Ich weiß, ich bin für dich ein Fremder, und du hast keinen besonderen Grund, auf irgend etwas zu hören, was ich sage. Aber du solltest dich zumindest dieses eine Mal auf mich verlassen. Erst wenn du mit der Königin sprichst, und nur wenn du mit ihr allein bist, solltest du enthüllen, daß du die Elfensteine besitzt. Erzähle es vorher niemandem. Hast du verstanden?«

Wren nickte langsam. »Warum verlangst du das von mir, Aurin Striate?«

Die Eule lächelte traurig, und die Falten in seinem alten Gesicht vertieften sich. »Obwohl ich wünschte, es wäre anders, Wren, wird nicht jeder deine Ankunft willkommen heißen.«

Dann wandte er sich um und klopfte fest gegen die Tür. Er wartete und klopfte erneut – dreimal und dann zweimal, dreimal und dann zweimal. Wren lauschte. Es war Bewegung auf der anderen Seite spürbar. Schwere Schlösser wurden gelöst und öffneten sich.

Langsam schwang die Tür auf, und sie traten hindurch.

10

ICH BIN NACH HAUSE GEKOMMEN.

Das war Wrens erster Gedanke – lebendig, verwirrend und unerwartet.

Sie war jetzt innerhalb der Mauern der Stadt und stand in einer Nische im Schatten der Festungsmauern. Arborlon breitete sich vor ihr aus, und es war, als sei sie ins Westland zurückgekehrt, denn es gab Eichen und Ulmen, grüne Büsche und Gras und Erde, die an allen Ecken nach Wachstum und dem Wechsel der Jahreszeiten, nach Flüssen und Teichen und Leben roch. Eine Eule rief leise, und in der Nähe war Flügelschlag zu hören, als ein kleinerer Vogel von seinem versteckten Sitzplatz aufflog. Einige andere sangen. Es gab schreiende Ziegenmelker! Glühwürmchen leuchteten aus einer Gruppe von Schierlingen heraus, und Grillen zirpten. Sie konnte das sanfte Rauschen eines Flusses hören, dessen Wasser über Felsen sprang. Sie konnte das Flüstern eines freundlichen Nachtwindes auf ihrer Wange spüren. Die Luft roch sauber. Sie war frei von dem Gestank des Schwefels.

Und da war die Stadt selbst. Sie schmiegte sich in das Grün. Es gab da Gruppen von Häusern und Geschäften, Straßen und Wege unten und erhöhte Pfade oben, hölzerne Brücken, die über das Gewirr von Flüssen führten, Lampen, die Fenster beleuchteten und zur Begrüßung flackerten, und Menschen – einige wenige, die sich noch nicht zur Ruhe begeben hatten –, die spazierengingen. Vielleicht um ihre Unruhe zu besänftigen oder um den Himmel zu bewundern. Denn es war wieder ein Himmel zu sehen. Er war klar und wolkenlos, strahlend vor Sternen und mit einem Dreiviertelmond, der so weiß war wie frischer Schnee. Unter seinem Gewölbe schimmerte alles ein wenig, da die Magie von den Mauern ausströmte. Das Schimmern war jedoch nicht so unangenehm, wie es Wren von außerhalb erschienen war, und die Mauern wurden trotz ihrer Höhe und Dicke davon so weich gezeichnet, daß sie fast vergänglich schienen.

Wrens Augen irrten von einem Punkt zum anderen. Sie sah in gut gepflegten Höfen angelegte Blumengärten, Hecken, die Spazierwege säumten, und Straßenlampen aus sorgfältig verarbeitetem Eisen. Es gab Pferde, Kühe, Hühner und alle Arten von Tieren in Gehegen und Scheunen. Es gab Hunde, die sich in den Eingängen zum Schlafen zusammengerollt hatten, und Katzen auf Fensterbänken. Es gab über Eingängen farbige Flaggen und Schirme. Markisen hingen über Schaufenstern und Marktkarren. Die Häuser und Geschäfte waren weiß und sauber, umgeben von frisch gestrichenen Zäunen in unzähligen Farben. Sie konnte natürlich nicht alles sehen, sondern nur den Teil der Stadt, der in der Nähe lag. Und doch konnte kein Zweifel daran bestehen, wo sie war oder welche Gefühle in ihr hervorgerufen wurden.

Zu Hause.

Aber genauso schnell, wie sie voller Freude Vertrautheit und das Gefühl der Zugehörigkeit gespürt hatte, verschwand beides auch wieder. Wie konnte sie sich an einem Ort heimisch fühlen, an dem sie nie zuvor gewesen war, den sie nie zuvor gesehen hatte und über dessen Existenz sie sich bis zu diesem Augenblick nicht sicher gewesen war?

Die Vision wurde schwächer und schien in die Schatten der Nacht zurückzuweichen, als wollte sie sich verbergen. Sie sah, was sie zuvor übersehen hatte – oder was sie in ihrer Aufregung nicht hatte sehen wollen. Die Mauern wimmelten von Elfen in Kampfkleidung mit Waffen in der Hand, und ihre Verteidigungslinien erstreckten sich über die Festungsmauern. Ein Angriff wurde gerade zurückgeschlagen. Der Kampf vollzog sich seltsam ruhig, als habe der Schein der Magie die Geräusche irgendwie gedämpft. Männer fielen. Einige erhoben sich wieder, und einige verschwanden. Auch die Schatten, die angriffen, erlitten Verluste. Einige wurden von dem Licht verbrannt, daß die Funken sprühten und zischten, wie es vielleicht ein verlöschendes Feuer getan hätte, andere wurden von den Verteidigern zurückgeschlagen. Wren blinzelte. Innerhalb ihrer Mauern erschien ihr die Stadt der Elfen auf einmal weniger strahlend und ein wenig heruntergekommen. Die Häuser und Geschäfte waren ein wenig dunkler und auch weniger gut gepflegt, als sie zuerst gedacht hatte, die Bäume und Büsche waren nicht so üppig und die Blumen blasser. Die Luft, die sie atmete, war alles in allem doch nicht so rein – da war ein Hauch von Schwefel und Asche. Hinter der Stadt ragte Killeshan dunkel und drohend auf, und sein Krater glühte blutrot vor dem Nachthimmel.

Sie wurde sich plötzlich der Elfensteine bewußt, die sie noch immer fest umklammert hielt. Ohne auf sie hinabzusehen, ließ sie sie in ihre Tasche gleiten.

»Hier entlang, Wren«, sagte Aurin Striate.

Es gab Wachen an der Tür, durch die sie hereingekommen waren, junge Männer mit harten Gesichtern, entschieden elfischen Zügen und Augen, die müde und alt wirkten. Wren schaute sie an, als sie vorbeiging, und fröstelte. Es war die Art, wie sie sie anschauten. Garth trat dicht neben sie und verdeckte so deren Sicht.

Die Eule führte sie unter den Festungsmauern heraus und über eine ansteigende Rampe über einen Graben, der die Stadt innerhalb ihrer Mauern umschloß. Wren schaute zurück und blinzelte gegen das Licht. Es war kein Wasser in dem Graben. Es schien keinen Sinn zu ergeben, daß man ihn ausgehoben hatte. Er war jedoch eindeutig als eine Art Verteidigungsanlage für die Stadt gedacht. An Dutzenden von Stellen war er von Rampen überspannt, die zu den Mauern führten. Wren sah Garth fragend an, aber der große Mann schüttelte den Kopf.

Ein Weg wurde vor ihnen zwischen den Bäumen sichtbar, der sich ins Zentrum der Stadt wand. Sie begannen, ihn hinabzugehen, waren aber nur ein kurzes Stück weit gekommen, als ein großer Trupp Soldaten vorbeieilte. Er wurde von einem Mann mit so sonnengebleichtem Haar geführt, daß es fast weiß wirkte. Die Eule zog Wren und Garth in die Schatten, und der Mann ging vorbei, ohne sie zu sehen.

»Phaeton«, sagte die Eule und schaute ihm nach. »Der Gesalbte der Königin auf dem Schlachtfeld, ihr Erretter vor den dunklen Wesen.« Er sagte es ironisch und lächelte nicht. »Der schlimmste Alptraum eines Elfenjägers.«

Sie gingen schweigend weiter und wandten sich bald von dem Weg ab, um verschiedenen Seitenstraßen zu folgen, die sie durch Reihen von verdunkelten Geschäften und Hütten führten. Wren sah sich neugierig um. Sie beobachtete, überlegte und nahm alles in sich auf. Vieles war so, wie sie sich vorgestellt hatte, daß es sein würde, denn Arborlon war abgesehen von seiner Größe nicht viel anders als ein Dorf des Südlandes wie Shady Vale – abgesehen natürlich auch von der andauernden Gegenwart der Schutzmauer, die noch immer als ein Schimmer in der Ferne zu spüren war, eine Erinnerung an den Kampf, der dort geführt wurde. Als das Schimmern nach einer Weile ganz hinter einer Wand aus Bäumen verschwand, war es unmöglich, sich die Stadt so vorzustellen, wie sie vor den Dämonen, vor dem Beginn der Belagerung einmal gewesen sein mußte. Es mußte damals wundervoll gewesen sein, hier zu leben, dachte Wren. Die Stadt war bewaldet und abgeschieden, wie es über dem Rill Song gewesen war. Sie war aus ihren Westlandanfängen in dieses Inselparadies wiedergeboren, ihre Bewohner sollten die Chance haben, ein neues Leben zu beginnen. Sie sollten von der Bedrohung der Unterdrückung durch die Föderation frei sein. Damals war sie ohne Dämonen, Killeshan schlief, und Morrowindl lag im Frieden – ein Traum, wenn man es sich so vorstellte.

Erinnert sich wohl noch jemand an diesen Traum? fragte sie sich.

Die Eule führte sie durch einen Hain mit Eschen und Weiden, in dem die Stille wie ein Umhang lag, der sie angenehm umhüllte. Sie erreichten einen Eisenzaun mit Eisenspitzen und geschärften Zinken, der sich zwanzig Fuß hoch in die Luft erhob, und wandten sich an ihm entlang nach links. Jenseits einer Sperrschranke erstreckte sich von Bäumen beschatteter Grund bis hin zu einem weitläufigen Gebäude mit Türmen, das nur der Palast der Elfenherrscher sein konnte. Zu Zeiten ihrer Vorfahren waren das die Elessedils gewesen, erinnerte sich Wren. Aber wer war es jetzt?

Sie gingen an dem Zaun entlang bis zu einer Stelle, wo die Schatten so tief waren, daß man kaum etwas sehen konnte. Dort hielt die Eule inne und beugte sich hinunter. Wren hörte das Schaben eines Schlüssels in einem Schloß, und ein Tor in dem Zaun schwang auf. Sie gingen hinein, warteten, bis die Eule das Tor wieder verschlossen hatte, und liefen dann über den Rasen auf den Palast zu. Niemand erschien, um sie anzusprechen. Niemand war zu sehen. Es gab Wachen, das wußte Wren. Es mußten einfach welche da sein. Sie erreichten die Ecke des Gebäudes und blieben stehen.

Geschmeidig wie eine Katze löste sich eine Gestalt aus den Schatten. Die Eule wandte sich ihr zu und wartete. Die Gestalt kam auf sie zu. Es wurden auch Worte gewechselt, aber zu leise, als daß Wren sie hätte verstehen können. Die Gestalt verschwand wieder. Die Eule winkte, und sie schlüpften durch eine Gruppe von Fichten in eine Nische. Eine Tür war bereits halb geöffnet. Sie traten durch sie hindurch ins Licht.

Sie standen in einer Eingangshalle mit gewölbter Decke und holzgeschnitzten Oberbalken, die glänzend poliert waren. Gepolsterte Bänke waren an den Wänden aufgestellt. Öllampen umrahmten geschwungene Flügeltüren zu einem verdunkelten Gang, die aufgeschoben worden waren. Von irgendwoher vom Ende des Ganges, tief aus dem Innern des Palastes konnte Wren Bewegung und den entfernten Klang von Stimmen hören. Wren und Garth folgten dem Beispiel der Eule und setzten sich auf die Bänke. In dem Licht konnte Wren zum ersten Mal sehen, wie mitgenommen sie aussah. Ihre Kleidung war zerrissen, schmutzig und blutbeschmiert. Garth sah noch schlimmer aus. Ein Ärmel seiner Tunika war vollständig abgerissen, und der andere hing in Fetzen hinab. Seine kräftigen Arme waren von Kratz- und Brandspuren übersät. Sein bärtiges Gesicht war angeschwollen. Er sah, daß sie ihn betrachtete, und zuckte wegwerfend die Achseln.

Eine Gestalt näherte sich, löste sich lautlos aus dem Gang und trat langsam ins Licht. Es war ein Elf von mittlerer Größe und

Gestalt, der einfach aussah und einfach gekleidet war. Er hatte einen steten, durchdringenden Blick. Sein hageres, sonnengebräuntes Gesicht war glattrasiert, und sein braunes Haar trug er schulterlang. Er war nicht viel älter als Wren, aber seine Augen verrieten, daß er weitaus mehr gesehen und erlitten hatte als sie. Er kam auf die Eule zu und nahm wortlos dessen Hand.

»Triss«, grüßte ihn Aurin Striate und wandte sich dann seinen Begleitern zu. »Dies sind Wren Ohmsford und ihr Begleiter Garth. Sie sind aus dem Westland zu uns gekommen.«

Der Elf ergriff nacheinander ihre Hände und sagte nichts. Seine Blicke aus dunklen Augen versanken einen Augenblick in Wrens, und sie war überrascht, wie offen sein Blick war. Als wäre diesen Augen unmöglich, jemals etwas geheimzuhalten.

»Triss ist der Hauptmann der Leibgarde«, erklärte die Eule. Wren nickte. Niemand sagte ein Wort. Sie standen einen Moment verlegen da. Wren fiel ein, daß die Leibgarde für die Sicherheit der Elfenherrscher verantwortlich war, und sie fragte sich, warum Triss keinerlei Waffen trug. Und sie fragte sich im nächsten Moment, warum er überhaupt da war. Dann bewegte sich am anderen Ende des dunklen Ganges wieder etwas, und sie alle wandten sich dorthin um.

Zwei Frauen traten aus den Schatten. Die auffallendere der beiden war klein und schlank, hatte flammend rotes Haar, hell durchscheinende Haut und große grüne Augen, die in ihrem seltsam dreieckigen Gesicht auffielen. Aber es war die andere Frau, die größere der beiden, die Wrens Aufmerksamkeit sofort auf sich zog, so daß sie aufsprang, ohne daß ihr überhaupt bewußt wurde, daß sie aufgestanden war, und die sie schnell und erschreckt atmen ließ. Ihre Augen trafen sich, und die Frau verlangsamte ihren Schritt, während ein seltsamer Ausdruck ihr Gesicht zu überziehen begann. Sie hatte lange, schlanke Beine und trug ein Kleid, das bis zum Boden reichte und um ihre schmale Taille zusammengehalten wurde. Ihre Elfenzüge waren fein gemeißelt, mit hohen Wangenknochen und einem breiten, dünnen Mund. Ihre Augen waren sehr blau, und sie hatte flachsfarbenes Haar, das sich auf die Schultern hinabringelte und vom Schlaf zerzaust war. Ihre Gesichtshaut war glatt, wodurch sie ein jugendliches, beinahe altersloses Aussehen bekam.

Wren sah die Frau ungläubig blinzelnd an. Die Farbe der Augen stimmte nicht, und der Haarschnitt war anders, und sie war größer, und ein Dutzend kleiner Merkmale waren anders, aber die Ähnlichkeit war dennoch unverkennbar.

Wren sah sich selbst, wie sie wohl in dreißig Jahren aussehen würde.

Ein Lächeln erschien ohne Vorwarnung auf dem Gesicht der Frau, ganz plötzlich, strahlend und überströmend. »Eowen, sieh nur, wie sehr sie Alleyne gleicht!« rief sie der rothaarigen Frau zu. »Oh, du hattest recht!«

Sie trat langsam vor, streckte die Hand aus, um Wrens Hände in ihre eigenen zu nehmen, und vergaß alle anderen. »Wie ist dein Name, Kind?«

Wren sah sie verwirrt an. Es schien irgendwie, als sollte die Frau das eigentlich wissen. »Wren Ohmsford«, antwortete sie.

»Wren«, hauchte die andere. Das Lächeln verstärkte sich noch, und Wren bemerkte, daß auch sie selbst lächelte. »Willkommen, Wren. Wir haben lange Zeit darauf gewartet, daß du nach Hause kommst.«

Wren blinzelte. Was hatte sie gesagt? Sie sah sich hastig um. Garth war zur Statue geworden, die Eule und Triss wirkten teilnahmslos, und die rothaarige Frau sah angespannt und ängstlich aus. Sie fühlte sich plötzlich im Stich gelassen. Das Licht der Öllampen flackerte unruhig, und die Schatten krochen näher.

»Ich bin Ellenroh Elessedil«, sagte die Frau, und ihre Hände drückten Wren fester, »die Königin von Arborlon und den Westlandelfen. Kind, ich weiß kaum, was ich dir sagen soll, selbst jetzt, nachdem ich dich so sehnlich erwartet habe.« Sie seufzte. »Aber was sage ich? Deine Wunden müssen gewaschen und behandelt werden und die deines Freundes ebenfalls. Ihr müßt etwas zu essen bekommen. Und dann können wir die ganze Nacht reden, wenn es sein muß. Aurin Striate.« Sie wandte sich der Eule zu. »Ich bin wieder einmal in Eurer Schuld. Ich danke Euch mit meinem ganzen Herzen. Dadurch, daß Ihr Wren sicher in die Stadt gebracht habt, gebt Ihr mir neue Hoffnung. Bitte bleibt über Nacht.«

»Ich werde bleiben, Mylady«, erwiderte die Eule sanft.

»Triss, achte darauf, daß dein Freund entsprechend versorgt wird. Und auch Wrens Begleiter.« Sie sah ihn an. »Wie lautet Euer Name?«

»Garth«, antwortete Wren sofort. Sie war plötzlich erschreckt durch die Plötzlichkeit, mit der alles geschah. »Er kann nicht sprechen.« Sie straffte sich kampfbereit. »Garth bleibt bei mir.«

Das Geräusch von Stiefeln in der Halle erregte erneut die Aufmerksamkeit von ihnen allen. Ein weiterer Elf erschien, ein ziemlich großer Mann mit dunklen Haaren, eckigem Gesicht, der genauso bereitwillig und mühelos lächelte wie die Königin. Er betrat selbstsicher und kontrolliert im Sturmschritt den Raum. »Was ist hier los? Können wir nicht ein paar Stunden Schlaf ohne neue Krise genießen? Aha, Aurin Striate ist hergekommen, wie ich sehe, direkt aus dem Feuer. Gut gemacht, Eule. Und Triss ist auch hier?«

Er hielt erst jetzt inne und bemerkte Wren. Einen Augenblick lang spiegelte sich Unglauben in seinem Gesicht. Der verging und sein Blick schweifte zur Königin. »Sie ist doch noch zurückgekehrt, nicht wahr?« Sein Blick kehrte zu Wren zurück. »Und genauso hübsch wie ihre Mutter.«

Wren errötete. Sie war sich bewußt, daß sie davon aus der Fassung gebracht war, konnte sich aber nicht helfen. Das Lächeln des Elfs verstärkte sich und machte sie noch nervöser. Er trat schnell zu ihr und legte schützend den Arm um sie. »Nein, nein, bitte, es ist wahr. Du bist vollkommen deine Mutter.« Er drückte sie freundschaftlich. »Wenn auch ein wenig staubig und zerrissen.«

Sein Lächeln nahm sie ein und wärmte sie. Sie fühlte sich augenblicklich erleichtert. Es war, als gäbe es niemand sonst in dem Raum. »Es war eine ziemlich harte Reise vom Strand hier herauf«, brachte sie mühsam heraus und wurde mit seinem schnellen Lachen belohnt.

»In der Tat hart. Nur sehr wenige andere hätten das geschafft. Ich bin Gavilan Elessedil«, belehrte er sie, »der Neffe der Königin und dein Cousin.« Er unterbrach sich, als er ihren verwirrten Blick sah. »Ach, du weißt noch gar nichts davon, nicht wahr?«

»Gavilan, geh und leg dich schlafen«, unterbrach ihn Ellenroh und lächelte ihn an. »Später ist noch Zeit genug, daß du dich vorstellst. Wren und ich haben jetzt etwas zu besprechen, nur wir beide.«

»Was, ohne mich?« Gavilan sah gekränkt aus. »Ich dachte doch, daß du mich einbeziehen wolltest, Tante Ell. Wer stand Wrens Mutter denn näher als ich?«

Die Königin schaute ihn mit festem Blick an. »Ich.« Sie wandte sich erneut Wren zu, schob Gavilan beiseite und stellte sich neben das Mädchen. Ihre Arme legten sich um Wrens Schultern. »Diese Nacht sollte dir und mir allein vorbehalten bleiben, Wren. Garth wird auf dich warten, bis wir fertig sind. Ich möchte gern, daß zuerst wir miteinander sprechen. Nur wir beide.«

Wren zögerte. Sie erinnerte sich an die Worte der Eule, sie solle nichts von den Elfensteinen sagen, einzig und allein der Königin gegenüber. Sie schaute zu ihm hinüber, aber er sah fort. Die rothaarige Frau indessen sah Gavilan unverwandt mit undurchdringlichem Gesicht an.

Garth weckte ihre Aufmerksamkeit, indem er ihr ein Zeichen machte. *Tu, um was sie dich bittet.*

Noch immer antwortete Wren nicht. Sie war nahe dran, die Wahrheit über ihre Mutter und über ihre Vergangenheit zu erfahren. Sie war dabei, die Antworten zu entdecken, um derentwillen sie gekommen war. Und plötzlich wollte sie nicht allein sein, wenn es soweit war.

Jedermann wartete. Garth machte erneut Zeichen. *Tu es.* Der harte, unnachgiebige Garth, der Hüter von Geheimnissen!

Wren zwang sich zu einem Lächeln. »Wir werden alleine miteinander sprechen«, sagte sie.

Sie verließen die Eingangshalle, gingen den Gang hinab und eine gewundene Treppe ins zweite Stockwerk des Palastes hinauf. Garth blieb mit Aurin Straite und Triss zurück. Er war offensichtlich unbeeindruckt davon, daß er nicht mit ihr gehen konnte, und zufrieden mit ihrer Trennung, obwohl er wußte, daß es Wren ganz eindeutig nicht so ging. Sie sah, daß Gavilan ihr nachstarrte, sah ihn lächeln und winken und dann in einem anderen Gang verschwinden. Er war ein Kobold, der zu anderen amüsanten Spielen zurückkehrte. Sie mochte ihn instinktiv, genauso wie sie die Eule instinktiv gemocht hatte, aber nicht auf die gleiche Art. Sie war sich noch nicht ganz sicher, worin der Unterschied bestand, denn sie war gegenwärtig noch zu verwirrt von allem, was geschah, als daß sie in der Lage gewesen wäre, ihre Gedanken und Gefühle zu ordnen. Sie mochte ihn, weil er ihr ein gutes Gefühl vermittelte, und das war im Augenblick eigentlich genug.

Trotz der Ermahnung der Königin an die anderen, daß sie mit Wren alleine sprechen wollte, ging ihnen die rothaarige Frau nach. Ihr Gesicht leuchtete geisterhaft weiß aus den Schatten. Wren schaute ein- oder zweimal zu ihr zurück, zu dem seltsam eindringlichen, entfernten Gesicht, zu den großen, grünen Augen, die in anderen Welten verloren schienen, zu dem Flattern schlanker Hände vor einem schlichten, weichen Kleid. Ellenroh schien nicht zu bemerken, daß die andere da war, sondern hastete durch die dunklen Korridore des Palastes auf ihr Ziel zu und verzichtete auf Licht jeglicher Art, außer das des Mondes, das in silbernen Strahlen durch die hohen Glasfenster fiel. Sie gingen einen Gang hinunter, bogen in einen weiteren ein, noch immer im zweiten Stockwerk, und näherten sich schließlich einem Paar Flügeltüren am Ende des Ganges. Wren wich bei einer leisen Bewegung in der Dunkelheit zur Seite aus – bei einer Bewegung, die jemand anders hatte verbergen wollen, die ihr aber nicht entgangen war. Sie verlangsamte bewußt ihren Schritt und wartete, daß ihre Augen sich anpaßten. Ein Elf stand tief in den Schatten an der Wand. Er stand jetzt reglos und aufmerksam.

»Das ist nur Cort«, sagte die Königin leise. »Er gehört zur Leibgarde.« Ihre Hand strich über Wrens Wange. »Du hast unsere Elfenaugen, Kind.«

Die Türen führten in das Schlafzimmer der Königin, einen großen Raum mit einer gewölbten Decke, vergitterten Fenstern, einem Bett mit einem Baldachin, dessen Bettlaken noch zerwühlt waren, mit Stühlen und Sofas und Tischen in kleinen Gruppen, einem Schreibpult und einer Tür, die in einen Waschraum führte.

»Setz dich hier hin, Wren«, dirigierte die Königin sie und führte sie zu einer kleinen Couch. »Eowen wird deine Wunden auswaschen und verbinden.«

Sie schaute zu der rothaarigen Frau hinüber, die bereits Wasser aus einem Krug in ein Becken goß und einige saubere Tücher zusammensuchte. Eine Minute später war sie zurück und kniete sich neben Wren. Ihre Hände waren überraschend kräftig, als sie die Kleidung des Mädchens abstreifte und Wren zu waschen begann. Sie arbeitete schweigend, während die Königin zuschaute. Schließlich beendete sie die Behandlung, indem sie Verbände anlegte, wo es nötig war und ihr ein leichtes Nachtgewand reichte, das Wren dankbar annahm – zum ersten Mal nach Wochen konnte sie in saubere Kleidung schlüpfen, und sie genoß es. Die rothaarige Frau durchquerte den Raum und kam mit einem Becher mit etwas Warmem und Stärkendem zurück. Wren schnupperte versuchsweise daran, entdeckte Spuren von Ale und Tee und noch etwas anderem und trank es mit Behagen.

Ellenroh Elessedil machte es sich neben ihr auf der Couch bequem und nahm ihre Hand. »Nun werden wir miteinander reden, Wren. Hast du Hunger? Möchtest du zuerst etwas essen?« Wren schüttelte den Kopf. Sie war zu müde zum Essen und zu begierig darauf, zu erfahren, was die Königin ihr zu sagen hatte. »Gut, denn.« Die Königin seufzte. »Wo sollen wir beginnen?«

Wren bemerkte plötzlich, daß die rothaarige Frau sich ihnen näherte und sich ihnen gegenüber niederließ. Sie schaute die Frau unsicher an – Eowen hatte die Königin sie genannt. Sie hatte angenommen, daß Eowen die persönliche Dienerin der Königin sei und mitgenommen wurde, damit sie sich um ihr Wohlergehen kümmerte, und daß sie dann entlassen würde wie die anderen. Aber die Königin hatte sie nicht entlassen. Sie schien sich tatsächlich kaum ihrer Anwesenheit bewußt zu sein, und Eowen schien nicht anzunehmen, daß man von ihr erwartete, daß auch sie ginge. Je mehr Wren darüber nachdachte, desto weniger schien Eowen einfach eine Dienerin zu sein. Es war etwas an der Art, wie sie sich verhielt, an der Art, wie sie darauf reagierte, was die Königin sagte und tat. Sie entsprach recht schnell einer Bitte um Hilfe, aber sie zeigte gegenüber Ellenroh Elessedil nicht die Ehrerbietung, die die anderen ihr erwiesen.

Die Königin sah Wrens Blick und lächelte. »Ich fürchte, ich bin mir selbst wieder einmal vorausgeeilt. Und habe es auch versäumt, mich angemessen zu verhalten. Dies ist Eowen Cerise, Wren. Sie ist meine engste Freundin und Beraterin. Tatsächlich verdanke ich ihr, daß du hier bist.«

Wren runzelte leicht die Stirn. »Ich verstehe nicht, was Ihr meint. Ich bin hier, weil ich die Elfen suche. Dazu kam es, weil der Druide Allanon mich gebeten hat, die Suche zu übernehmen. Was hat Eowen damit zu tun?«

»Allanon«, flüsterte die Elfenkönigin und war einen Moment lang beunruhigt. »Selbst im Tode wacht er über uns.« Sie ließ verwirrt Wrens Hand los. »Wren, laß mich dich zuerst etwas fragen. Wie hast du es geschafft, uns zu finden? Kannst du uns etwas von deiner Reise nach Morrowindl und Arborlon erzählen?«

Wren war begierig darauf, etwas über ihre Mutter zu erfahren, aber hier hatte sie nicht zu bestimmen. Sie zügelte ihre Ungeduld und erfüllte der Königin ihre Bitte. Sie erzählte ihr von den Träumen, die Allanon gesandt hatte, von dem Erscheinen von Cogline und der daran anschließenden Reise zum Hadeshorn, von den Aufgaben, die der Druide den Ohmsfords aufgetragen hatte, von ihrer Rückkehr mit Garth ins Westland und ihrer Suche nach einem Hinweis auf den Verbleib der Elfen, von der Ankunft in Grimpen Ward und ihrem Gespräch mit der Addershag, von ihrer Reise zu den Ruinen von Wing Hove, von der Ankunft von Tiger Ty mit Spirit, vom Flug nach Morrowindl und ihrem Marsch über die Insel. Sie ließ nur zwei Dinge aus – sie erwähnte weder das Schattenwesen, das ihnen gefolgt war, noch die Tatsache, daß sie die Elfensteine besaß. Die Eule hatte ihre Warnung, nichts von den Elfensteinen zu erzählen, bis sie mit der Königin ganz allein war, sehr dringend gemacht. Wenn sie nichts von den Elfensteinen sagte, durfte sie auch das Schattenwesen nicht erwähnen.

Sie beendete ihren Bericht und wartete, daß die Königin etwas dazu sagte. Ellenroh Elessedil betrachtete sie einen Moment lang ernsthaft und lächelte dann. »Du bist ein vorsichtiges Mädchen, Wren, und das mußt du in dieser Welt auch sein. Deine Geschichte sagt mir genau so viel, wie sie sollte – und nicht mehr.« Sie beugte sich vor. Ihr markantes Gesicht war jetzt von einer Mischung aus Gefühlen gezeichnet, die für Wren zu kompliziert waren, als daß sie sie hätte einordnen können. »Ich werde dir jetzt im Gegenzug auch etwas erzählen, und wenn ich geendet habe, wird es keine Geheimnisse mehr zwischen uns geben.«

Sie nahm Wrens Hand erneut in ihre eigenen. »Deine Mutter hieß Alleyne, wie Gavilan dir bereits gesagt hat. Sie war meine Tochter.«

Wren saß regungslos da. Ihre Hände waren fest mit denen der Königin verschränkt, und Überraschung und Staunen durchfuhren sie, während sie überlegte, was sie sagen sollte.

»Sie war meine Tochter, Wren, und das macht dich zu meiner Enkelin. Aber da ist noch etwas. Ich gab Alleyne drei bemalte Steine in einem Lederbeutel, die sie wiederum dir geben sollte. Hast du sie bei dir?«

Wren zögerte. Sie fühlte sich überrumpelt und wußte nicht, was man von ihr an Taten oder Worten erwartete. Aber sie konnte nicht lügen. »Ja«, gab sie zu.

Die blauen Augen der Königin waren durchdringend, als sie Wrens Gesicht forschend betrachteten, und ein schwaches Lächeln lag auf ihren Lippen. »Und du hast inzwischen die

Wahrheit über sie herausgefunden, nicht wahr? Du mußt sie kennen, sonst wärest du niemals lebend hier angekommen.«

Wren zwang sich, eine ausdruckslose Miene aufzusetzen. »Ja«, erwiderte sie ruhig.

Ellenroh tätschelte ihre Hände und ließ sie dann los. »Eowen weiß von den Elfensteinen, Kind. Und auch ein paar andere, die mir vor vielen Jahren zur Seite gestanden haben – Aurin Striate zum Beispiel. Er hat dich gewarnt, etwas zu sagen, nicht wahr? Das macht nichts. Nur wenige wissen von den Elfensteinen, und niemand von ihnen hat erlebt, wie sie benutzt wurden – noch nicht einmal ich. Du allein hast diese Erfahrung gemacht, Wren, und ich glaube nicht, daß du sonderlich erfreut bist, sie zu besitzen, nicht wahr?«

Wren schüttelte langsam den Kopf. Sie war überrascht, wie scharfsichtig die Königin war und wie groß ihr Einblick in die Gefühle war, die Wren sorgfältig verborgen hatte halten wollen. Kam das daher, daß sie einer Familie angehörten und sich deswegen sehr ähnlich waren, war ihre Verwandtschaft etwa ein Band, das jedem von ihnen ein Fenster in das Herz des anderen öffnete? Konnte Wren umgekehrt, wenn sie wollte, wahrnehmen, was Ellenroh fühlte?

Familie. Sie flüsterte das Wort im Geiste. *Die Familie, die ich gesucht habe. Ist es möglich? Bin ich wirklich die Enkelin dieser Königin, bin ich selbst eine Elessedil?*

»Erzähle mir alles übrige von deiner Reise nach Arborlon«, sagte die Königin weich, »und ich werde dir erzählen, was du so dringend wissen willst. Laß dich durch Eowen nicht stören. Eowen weiß bereits alles, was wichtig ist.«

Also berichtete Wren den Rest von dem, was ihr auf ihrer Reise begegnet war, von dem Wolfswesen, das ein Schattenwesen gewesen war, und von der Entdeckung der Wahrheit der bemalten Steine, die ihre Mutter ihr als Kind gegeben hatte. Als sie geendet hatte, als sie ihnen alles erzählt hatte, legte sie schutzsuchend ihre Arme um sich, denn sie fröstelte bei ihren eigenen Worten und den Erinnerungen, die sie hervorriefen. Schließlich erhob sie sich impulsiv und ging zu der Stelle, wo ihre abgelegten Kleider lagen. Sie durchsuchte die zerrissenen Kleidungsstücke hastig und fand die Elfensteine, die noch immer dort steckten, wo sie sie nach Betreten der Stadt verborgen hatte. Sie trug sie zur Königin und hielt sie vor sie hin. »Hier«, bot sie an, »nehmt sie.«

Aber Ellenroh Elessedil schüttelte den Kopf. »Nein, Wren.« Sie schloß Wrens Finger über den Elfensteinen und führte ihre Hand zu einer Tasche ihres Nachtgewandes. »Du mußt sie für mich aufbewahren«, flüsterte sie.

Zum ersten Mal sprach Eowen Cerise. »Du warst sehr tapfer, Wren.« Ihre Stimme war tief und zwingend. »Die meisten wären nicht in der Lage gewesen, solche Hindernisse zu überwinden. Du bist in der Tat das Kind deiner Mutter.«

»Ich sehe so vieles von Alleyne in ihr«, stimmte die Königin Eowen zu, und ihre Augen schweiften einen Moment in die Ferne. Dann straffte sie sich und richtete ihren Blick erneut auf Wren. »Und du bist tatsächlich tapfer gewesen. Allanon hat recht daran getan, dich auszuwählen. Aber es war vorherbestimmt, daß du kommst. Daher vermute ich, daß er lediglich Eowens Verheißung erfüllt hat.«

Sie sah die Verwirrung in Wrens Augen und lächelte. »Ich weiß, Kind. Ich spreche in Rätseln. Du hast große Geduld mit mir bewiesen, und das war nicht leicht für dich. Du möchtest von deiner Mutter hören und erfahren, warum du hier bist. Nun gut.«

Das Lächeln wurde weicher. »Drei Generationen, bevor ich selbst geboren wurde, beschlossen mehrere Mitglieder der Ohmsfordfamilie, direkte Abkommen von Jair Ohmsford, nach Arborlon auszuwandern. Die Elfen lebten damals ja noch im Westland. Ihre Entscheidung wurde durch den Übergriff der Föderation auf Südlanddörfer wie Shady Vale und den Beginn der Hexenjagd gegen die Magie beeinflußt, jedenfalls sehe ich das so. Es gab drei dieser Ohmsfords, und sie brachten die Elfensteine mit sich. Einer starb kinderlos. Zwei heirateten, aber als die Elfen auszuwandern beschlossen, zog nur einer von ihnen mit ihnen. Der andere, so sagte man mir, ein Mann, kehrte mit seiner Frau nach Shady Vale zurück. Das also waren Par und Coll, Ohmsfords Großeltern. Die Ohmsford, die übrigblieb, war eine Frau, und sie behielt die Elfensteine bei sich.«

Ellenroh hielt inne. »Wie du weißt, wurden die Elfensteine ganz am Anfang von Elfenmagie geformt und konnten nur von jenen benutzt werden, die Elfenblut besaßen. Das Elfenblut war aber in den Jahren seit dem Tode von Brin und Jair bei den Ohmsfords kaum noch spürbar, so daß die Steine keinen besonderen Nutzen für die Ohmsfords besaßen, die sie in ihrer Obhut hatten. Daher beschlossen sie irgendwann und in beiderseitigem Einverständnis, daß die Steine denjenigen wieder zurückgegeben werden sollten, die sie gestaltet hatten – oder deren Nachkommen, wie ich eher vermute. Als also die drei, die aus Shady Vale gekommen waren, heirateten und ihr neues Leben begannen, war es für sie nur natürlich, daß sie beschlossen, daß die Elfensteine, die eine Pflegschaft der Ohmsfordfamilie seit den Tagen ihres Vorfahren Shea waren, bei den Elfen bleiben sollten, egal was aus ihnen selbst wurde.«

»Auf jeden Fall verschwanden die Elfensteine zusammen mit den Elfen, und ich sollte wohl auch darüber ein oder zwei Worte verlieren.« Sie schüttelte bei der Erinnerung den Kopf. »Unsere Leute waren schon seit Jahren immer weiter in die Westlandwälder zurückgewichen. Sie waren von den anderen Rassen immer mehr isoliert worden, als sich die Föderation immer mehr nach Norden ausbreitete. Einiges davon geschah durch ihr eigenes Dazutun, aber es war auch in gleichem Maße das Ergebnis der Auffassung, daß die Elfen anders seien und daß es nicht gut sei, anders zu sein. Das Koalitionskonzil der Föderation hatte diese Meinung gefördert, und sie hatte sich ausgebreitet. Die Elfen waren immerhin die Nachkommen der Feen und nicht wirklich Menschen. Die Elfen wußten mit der Magie umzugehen, die die Welt seit der Zusammenkunft des Ersten Konzils in Paranor gestaltet hatte, und niemand hatte jemals der Magie oder denen, die sie benutzten, sonderlich getraut. Als die Wesen, die du

Schattenwesen nennst – wobei es damals noch keinen Namen für sie gab –, auftauchten, war die Föderation schnell bereit, die Schuld dafür, daß das Land zu kränkeln begann, den Elfen zuzuschreiben. Immerhin war dort die Magie entstanden, und war es nicht die Magie, die all diese Probleme verursacht hatte? Wenn nicht, warum waren dann die Elfen und ihre Heimat nicht auch davon betroffen? Es summierte sich alles immer mehr, wie solche Dinge das nun einmal tun, bis unsere Leute schließlich genug hatten. Die Entscheidung war einfach. Es gab nur die Alternative, sich der Föderation entgegenzustellen, was bedeutet hätte, ihnen den Krieg zu gewähren, den sie so bewußt suchten, oder einen Weg zu finden, dem allen völlig auszuweichen. Krieg war keine erstrebenswerte Perspektive. Die Elfen hätten dem stärksten Heer der Vier Länder vollkommen allein gegenübergestanden. Callahorn war bereits vereinnahmt und das Freicorps aufgelöst worden, die Trolle waren als Stamm so schwer einzuschätzen wie eh und je, und die Zwerge zögerten, sich auf sie einzulassen.

Also beschlossen die Elfen einfach, das alles hinter sich zu lassen, in ein neues Gebiet auszuwandern, sich neu anzusiedeln und die Föderation auflaufen zu lassen. Diese Entscheidung dafür fiel nicht so schnell. Viele wollten bleiben und kämpfen, genauso viele hielten es für besser, erst einmal abzuwarten. Immerhin war es ihre Heimat, die sie verlassen sollten, der Geburtsort aller Elfen nach den verheerenden Umwälzungen der Großen Kriege. Aber nach langen Auseinandersetzungen stimmten alle zu, daß es am besten sei, zu gehen. Die Elfen hatten schon mehrfach einen ähnlichen Aufbruch überlebt. Sie hatten immer wieder eine neue Heimat gefunden. Sie hatten die Kunst, scheinbar zu verschwinden, perfektioniert, während sie tatsächlich immer noch da waren.«

Sie seufzte. »Das war vor langer Zeit, Wren, und ich war nicht dabei. Ich kann nicht mit Sicherheit sagen, was ihre Gründe waren. Der Aufbruch fand statt. Er begann als ein langsames Zusammenziehen von Elfen aus allen Winkeln des Westlandes, so daß viele Dörfer einfach aufhörten zu existieren. In der Zwischenzeit hatten die Flugreiter diese Insel gefunden, die den Bedürfnissen der Elfen vollkommen entsprach. Morrowindl. Als beschlossen war, daß sie hierher ziehen würden, setzten sie den Zeitpunkt fest und verschwanden einfach.«

Sie schien zu überlegen, ob sie weitere Erklärungen abgeben sollte, schüttelte dann aber den Kopf. »Genug davon, wie wir hierher gekommen sind. Wie ich bereits gesagt habe, blieb eine der Ohmsfords bei ihnen. Zwei Generationen vergingen, in denen Kinder geboren wurden, und dann heiratete meine Mutter den König der Elessedils, und die Ohmsford- und Elessedilfamilien verschmolzen. Erst wurde ich geboren und später mein Bruder Asheron. Mein Bruder sollte König werden, aber er wurde von den Dämonen getötet – er war einer der ersten, die sterben mußten. Statt dessen wurde ich dann Königin. Ich heiratete, und deine Mutter wurde geboren, Alleyne, mein einziges Kind. Schließlich töteten die Dämonen auch meinen Mann. Alleyne war alles, was mir geblieben war.«

»Meine Mutter«, echote Wren. »Wie war sie?«

Die Königin lächelte erneut. »Sie war außergewöhnlich. Sie war klug, eigenwillig und hübsch. Sie glaubte alles tun zu können – ein Teil von ihr wollte das zumindest versuchen.« Sie verschränkte die Hände ineinander, und das Lächeln verschwand. »Sie traf einen Flugreiter und erwählte ihn zum Mann. Ich hielt das für keine gute Idee – die Himmelselfen hatten sich niemals richtig mit uns verbunden –, aber was ich dachte, spielte natürlich keine so große Rolle. Das war vor ungefähr zwanzig Jahren, und es war eine gefährliche Zeit. Die Dämonen waren überall, und ihre Macht nahm zu. Wir waren gezwungen, uns in die Stadt zurückzuziehen. Der Kontakt zur Außenwelt wurde schwierig.«

»Kurz nachdem sie geheiratet hatte, wurde Alleyne mit dir schwanger. Zu jener Zeit erzählte mir Eowen von ihrer Vision.« Sie sah die andere Frau an, die mit großen und unermeßlich tiefen grünen Augen gleichmütig beobachtend dasaß. »Eowen ist eine

Seherin, Wren, vielleicht die beste, die es jemals gab. Sie war meine Spielgefährtin und Vertraute, als ich ein Kind war. Wenig später erfuhr sie, daß sie die Macht hatte. Sie ist seitdem immer bei mir geblieben, hat mich beraten und geführt. Ich habe dir gesagt, daß ich es ihr verdanke, daß du hier bist. Als Alleyne schwanger wurde, warnte mich Eowen, daß meine Tochter Morrowindl vor deiner Geburt verlassen müßte, sonst würdet ihr beide sterben müssen. Sie hatte es in einer Vision erfahren. Sie erzählte mir auch, daß Alleyne niemals zurückkehren könnte, aber daß du es eines Tages tun müßtest und dein Kommen die Elfen retten würde.«

Sie atmete tief ein. »Ich verstehe dich. Damals fühlte ich mich, wie du dich jetzt fühlen mußt. Wie kann das wahr sein? Ich wollte nicht, daß Alleyne ging. Aber ich wußte, daß die Visionen von Eowen niemals falsch waren. Also rief ich Alleyne zu mir und ließ Eowen wiederholen, was sie mir erzählt hatte. Alleyne zögerte nicht, obwohl ich wußte, daß sie es nur widerstrebend tat. Sie erklärte, sie würde gehen und dafür sorgen, daß das Baby in Sicherheit war. Sie sprach nicht von sich selbst. So war deine Mutter nun mal. Ich besaß die Elfensteine noch immer. Sie waren durch die Verbindung meiner Eltern an mich weitergegeben worden. Ich gab sie Alleyne, damit sie sie beschützten. Zuvor hatte ich sie jedoch ein wenig mit meiner eigenen Magie verändert, um sicherzustellen, daß sie nicht sofort erkannt würden oder einen Wert zu haben schienen.

Alleyne sollte mit ihrem Mann ins Westland zurückkehren. Sie sollte von dort nach Shady Vale reisen und den Kontakt mit den Nachkommen der Ohmsfords wiederherstellen, die zurückgegangen waren, als die Elfen nach Morrowindl gezogen waren. Ich habe niemals erfahren, ob sie es tat. Sie verschwand fast drei Jahre lang aus meinem Leben. Eowen konnte mir nur sagen, daß ihr beide in Sicherheit wart.

Vor jetzt kaum mehr als fünfzehn Jahren beschloß Alleyne jedoch, hierher zurückzukehren. Ich weiß nicht, was diese Entscheidung ausgelöst hat, ich weiß nur, daß sie kam. Sie gab dir den Lederbeutel mit den Elfensteinen, ließ dich in der Obhut der Ohmsfords in Shady Vale und flog mit ihrem Mann zu uns zurück.«

Sie schüttelte langsam den Kopf, als sei der Gedanke an die Rückkehr ihrer Tochter sogar jetzt noch unfaßbar. »Zu dem Zeitpunkt hatten die Dämonen Morrowindl bereits überschwemmt. Die Stadt war alles, was uns geblieben war. Der Keel war damals zwar schon von unserer Magie geformt worden, um uns zu schützen, aber da draußen waren die Dämonen überall. Flugreiter kamen immer seltener herein. Der Rock, auf dem Alleyne und ihr Mann kamen, stieß durch den Vog herab und wurde von einer Art Geschoß getroffen. Er landete in der Nähe der Stadttore. Die Dämonen...«

Sie hielt inne und konnte nicht mehr fortfahren. Tränen glänzten in ihren Augen. »Wir konnten sie nicht retten«, schloß sie.

Wren spürte eine große Leere in sich. In Gedanken sah sie ihre Mutter sterben. Impulsiv beugte sie sich vor und legte die Arme um ihre Großmutter und drückte sie. Sie war die letzte ihrer Familie, das einzige Band, das sie noch mit ihrer Mutter und ihrem Vater verband. Sie spürte, wie sich der Kopf der Königin auf ihre Schulter senkte und die schlanken Arme auch sie umarmten. Sie saßen lange Zeit schweigend da und hielten sich einfach gegenseitig fest, ohne etwas zu sagen. Wren versuchte, im Geiste ein Bild vom Gesicht ihrer Mutter heraufzubeschwören, aber es gelang ihr nicht. Alles, was sie jetzt sehen konnte, war das Gesicht ihrer Großmutter. Sie war sich der Tatsache bewußt, daß ihr eigener Verlust, wie schwer auch immer er war, niemals an den der Königin heranreichte.

Schließlich lösten sie sich voneinander, und die Königin lächelte erneut strahlend und allumfassend. »Ich bin so froh, daß du gekommen bist, Wren«, wiederholte sie. »Ich habe so lange darauf gewartet, dich kennenzulernen.«

»Großmutter«, sagte Wren, und das Wort klang seltsam, als sie es aussprach. »Ich verstehe aber immer noch nicht, warum ich gesandt wurde. Allanon hat mir gesagt, daß ich die Elfen finden sollte, weil die Länder nicht gesunden könnten, wenn sie nicht zurückkehrten. Und jetzt sagst du mir, daß Eowen vorhergesagt hat, mein Kommen würde die Elfen retten. Welchen Unterschied macht meine Anwesenheit denn hier? Sicherlich wäret ihr schon vor langer Zeit zurückgekehrt, wenn ihr es gekonnt hättet.«

Das Lächeln verschwand langsam. »Es ist ein wenig komplizierter, fürchte ich.«

»Wie kann es komplizierter sein? Könnt ihr denn nicht fortgehen, wenn ihr es wollt?«

»Ja, Kind, wir könnten fortgehen.«

»Aber warum tut ihr es dann nicht? Was hält euch? Bleibt ihr, weil ihr bleiben müßt? Sind diese Dämonen aus dem Schrecklichen gekommen? Hat der Ellcrys erneut versagt?«

»Nein, dem Ellcrys geht es gut.« Sie hielt zögernd inne.

»Wo sind diese Dämonen denn dann hergekommen?«

Das glatte Gesicht der Königin verhärtete sich kaum merklich. »Wir sind nicht sicher, Wren.«

Sie log. Wren wußte es instinktiv. Sie hörte es an der Stimme ihrer Großmutter und sah es, als Eowen plötzlich ihre grünen Augen niederschlug. Entsetzt, verletzt und auch ärgerlich starrte sie die Königin ungläubig an. *Keine Geheimnisse mehr zwischen uns?* dachte sie und wiederholte die Worte der Königin. *Was verheimlichst du mir?*

Ellenroh Elessedil schien die Qual ihrer Enkelin nicht zu bemerken. Sie streckte erneut die Arme aus und umarmte sie warm. Obwohl sie eigentlich das Bedürfnis hatte, stieß Wren sie nicht von sich, denn sie dachte, daß es einen Grund für diese Heimlichkeit geben mußte und daß er beizeiten erklärt werden würde. Und sie dachte auch, daß sie von zu weither gekommen war, um die Wahrheit über ihre Familie zu erfahren, daß sie jetzt nicht aufgeben konnte, nur weil sich ein Teil davon nur langsam herauskristallisierte. Sie schob ihre Gefühle beiseite. Sie war eine Fahrende, und Garth hatte sie gut ausgebildet. Sie konnte geduldig sein. Sie konnte warten.

»Zeit genug, auch morgen noch darüber zu sprechen, Kind«, flüsterte ihr die Königin ins Ohr. »Du brauchst jetzt Schlaf. Und ich brauche Zeit zum Nachdenken.«

Sie zog sich zurück. Ihr Lächeln war jetzt so traurig, daß es Wren fast die Tränen in die Augen trieb. »Eowen wird dir dein Zimmer zeigen. Dein Freund Garth wird nebenan schlafen. Ruh dich aus, Kind. Wir haben lange Zeit darauf gewartet, uns zu finden, und wir brauchen das Kennenlernen nicht zu übereilen.«

Sie stand auf und zog Wren mit sich. Neben ihnen erhob sich auch Eowen Cerise. Die Königin umarmte ihre Enkelin noch einmal. Wren umarmte auch sie und unterdrückte die Zweifel, die in ihr aufkamen. Sie war jetzt müde. Ihre Augenlider wurden schwer, und ihre Kräfte versiegten. Sie fühlte sich arm und getröstet und brauchte Ruhe.

»Ich bin froh, daß ich hier bin, Großmutter«, sagte sie leise und meinte es auch so.

Aber ich werde die Wahrheit erfahren, fügte sie im stillen hinzu. *Ich werde alles erfahren.*

Sie ließ sich von Eowen Cerise aus dem Schlafzimmer und in einen dunklen Gang führen.

11

Als Wren am nächsten Morgen erwachte, fand sie sich in einem Raum mit weiß getünchten Wänden wieder. Die baumwollene Bettwäsche war an den Kanten mit winzigen Blümchen verziert und gewebte Wandteppiche aus hell pastellfarbenen Fäden schimmerten in einem Strom strahlenden Lichts, der durch einen Spalt der Spitzenvorhänge floß, die in reichen Falten vor den bodentiefen Fenstern hingen.

Sonnenlicht, wunderte sie sich, in einem Land, in dem jenseits der Stadtmauern und der Macht der Elfenmagie nur Dunkelheit herrschte.

Sie lehnte sich verschlafen und entspannt zurück und ließ sich Zeit, ihre Gedanken zu sammeln. Sie hatte in der Nacht zuvor nicht viel von dem Raum gesehen. Es war dunkel gewesen, und Eowen hatte sie nur mit Hilfe eines Kerzenlichts hierher geführt. Sie war in das weiche Bett gefallen und fast augenblicklich eingeschlafen.

Sie schloß für einen Moment die Augen und versuchte das, was sie sah, mit ihren Erinnerungen in Zusammenhang zu bringen, diese traumähnliche, durchscheinende Gegenwart in Zusammenhang zu bringen mit der rauhen, gefährlichen Vergangenheit. War das alles real gewesen – die Suche nach dem Aufenthaltsort der Elfen, die Flucht nach Morrowindl, ihr Marsch durch den In Ju, das Besteigen des Blackledge, ihr Durchkämpfen zum Rowen und dann nach Arborlon? So, wie sie jetzt von Sonnenlicht und weichen Laken umhüllt dalag, fiel es ihr schwer, das alles zu glauben. Ihre Erinnerung an das, was jenseits der Stadtmauern lag – die Dunkelheit und das Feuer und der Dunst, die Monster, die von überall her herandrängten und nur die Zerstörung kannten – das alles schien verschwommen und weit entfernt zu sein.

Sie öffnete heftig blinzelnd die Augen und zwang sich, diese Erinnerungen herbeizurufen. Die Ereignisse erschienen vor ihrem inneren Auge wieder lebhaft und grell. Sie sah Garth, wie er am Rande der Klippen über der Blauen Spalte mit ihr zusammen gegen das Schattenwesen gekämpft hatte. Sie rief sich wieder in Erinnerung, wie es in jener ersten Nacht am Strand gewesen war, als Tiger Ty und Spirit sie verlassen hatten. Sie dachte an Stresa und Faun, zwang sich dazu, sich daran zu erinnern, wie sie aussahen, wie sie sprachen und handelten, und daran, was sie auf sich genommen hatten, um ihr zu helfen, durch diese schreckliche Welt zu reisen. Sie waren Freunde und hatten ihr geholfen. Und sie waren zurückgelassen worden.

Die Gedanken an den Stachelkater und den Baumschreier waren es, die sie schließlich aufschreckten. Sie setzte sich auf und sah sich in Ruhe um. Sie war hier in Arborlon, versicherte sie sich selbst, im Palast der Elfenkönigin, im Heim von Ellenroh Elessedil, die ihre Großmutter war. Sie atmete tief ein. Sie konzentrierte sich auf den Gedanken und kämpfte darum, ihn Realität werden zu lassen. Es war natürlich die Realität – und doch schien es ihr gleichzeitig nicht so zu sein. Es war alles zu neu, vermutete sie. Sie war gekommen, um die Wahrheit über ihre Eltern herauszufinden. Sie hatte nicht ahnen können, daß die Wahrheit so erschreckend sein würde.

Sie erinnerte sich daran, was sie zu sich selbst gesagt hatte, als Cogline sie das erste Mal auf ihre Träume angesprochen hatte: Wenn sie sich einverstanden erklärte, zum Hadeshorn zu reisen, um mit Allanon zu sprechen, würde sie etwas lernen, das ihr Leben grundlegend verändern könnte.

Sie hatte sich nicht vorstellen können, wie sehr.

Es faszinierte und erschreckte sie gleichzeitig. Da war so vieles geschehen, das sie schließlich nach Morrowindl und zu den Elfen brachte, und nun sah sie sich einer Welt und einem Volk gegenüber, das sie weder wirklich kannte noch wirklich verstand. Sie hatte letzte Nacht feststellen müssen, wie schwierig sich die Dinge vielleicht erweisen würden. Wenn sogar ihre eigene Großmutter beschlossen hatte, sie zu belügen, wieviel Vertrauen konnte sie dann den anderen entgegenbringen? Es schmerzte sie noch immer, daß ihr Geheimnisse vorenthalten wurden. Sie war zu einem bestimmten Zweck zu den Elfen gesandt worden, aber sie wußte noch immer nicht, was es war. Ellenroh teilte ihn ihr nicht mit, falls sie ihn überhaupt kannte – zumindest jetzt noch nicht. Und sie sagte auch nichts über die Dämonen. Ihre einzige Erklärung war, daß sie nicht durch das Schreckliche gekommen seien und der Ellcrys nicht versagt habe. Aber sie mußten von irgendwoher gekommen sein, und die Königin wußte, woher, dessen war sich Wren sicher. Sie wußte vieles, was sie nicht preisgab.

Geheimnisse – da war dieses Wort wieder.

Geheimnisse.

Sie ließ ihre Grübeleien mit einem Kopfschütteln auf sich

beruhen. Die Königin war ihre Großmutter, die letzte aus ihrer Familie, und sie hatte ihrer Mutter das Leben geschenkt. Sie war eine vollkommene, schöne, verantwortungsbewußte und liebevolle Frau. Wren schüttelte den Kopf. Sie konnte sich nicht dazu durchringen, schlecht von Ellenroh Elessedil zu denken. Sie konnte sie nicht vor sich selbst herabsetzen. Sie war vielleicht zu ähnlich – in ihrem Aussehen, ihren Gefühlen und in Worten und Gedanken und Taten. Sie hatte es letzte Nacht selbst bemerkt. Sie hatte es bei ihrem Gespräch, durch die Blicke, die sie gewechselt hatten, gespürt und durch die Art, wie sie aufeinander reagiert hatten.

Sie seufzte. Am besten tat sie, was sie sich vorgenommen hatte, nämlich abzuwarten und dann weiterzusehen.

Nach einiger Zeit erhob sie sich und ging zu der Tür, die in den angrenzenden Raum führte. Beinahe im selben Augenblick öffnete sich die Tür, und Garth war da. Er trug kein Hemd. Seine muskulösen Arme und sein Körper waren verbunden, und sein dunkles, bärtiges Gesicht war mit Schnitten und Prellungen übersät. Aber trotz der beeindruckenden Anzahl von Verletzungen wirkte der große Fahrende ausgeruht und einsatzbereit. Als sie ihn hereinwinkte, griff er nach einer Tunika und zog sie hastig über. Die Kleidung, die man ihm gegeben hatte, war ihm zu klein und ließ ihn außergewöhnlich groß aussehen. Sie verbarg ein Lächeln, als sie sich auf einer Bank in der Nähe des Fensters mit den Spitzenvorhängen niederließen, denn sie war einfach glücklich, ihn wiederzusehen, und gewann Trost aus seiner vertrauten Gegenwart.

Was hast du erfahren, signalisierte er.

Jetzt ließ sie ihn ihr Lächeln sehen. Guter, alter, verläßlicher Garth – immer genau zum richtigen Zeitpunkt. Sie wiederholte das Gespräch, das sie in der vorangegangenen Nacht mit der Königin geführt hatte, und berichtete, was ihr von der Geschichte der Elessedils und der Ohmsfords und von ihrer Mutter und ihrem Vater erzählt worden war. Sie verschwieg ihren Verdacht, daß Ellenroh die Wahrheit über die Dämonen verschleierte. Sie wollte dies zunächst für sich behalten, weil sie hoffte, daß sich ihre Großmutter nach einiger Zeit vielleicht noch entschließen würde, sich ihr anzuvertrauen.

Dennoch war ihr Garths Meinung über die Königin wichtig.

»Ist dir an meiner Großmutter etwas aufgefallen, was ich nicht bemerkt habe?« fragte sie ihn, und ihre Hände übersetzten ihre Worte.

Garth lächelte leicht bei der Vorstellung, daß ihr etwas entgangen sein könnte. Seine Antwort kam schnell. *Sie hat Angst.*

»Angst?« Das war Wren tatsächlich entgangen. »Was, glaubst du, ängstigt sie denn?«

Das ist schwer zu sagen. Etwas, wovon sie weiß und wir nicht, vermute ich. Sie ist sehr vorsichtig mit dem, was sie sagt und wie sie es sagt. Das hast du ja auch bemerkt.

Er hielt inne. *Sie hat vielleicht Angst um dich, Wren.*

»Weil meine Mutter getötet wurde, als sie hierher zurückkam und mir diese Gefahr jetzt ebenfalls droht? Aber es war mir vorherbestimmt, zurückzukehren. Was hältst du überhaupt von dieser Vision? Wie soll ich denn die Elfen retten, Garth? Erscheint dir das nicht seltsam? Schließlich war das einzige, was wir erreicht haben, lange genug am Leben zu bleiben, um in die Stadt zu gelangen. Ich kann nicht verstehen, welchen Unterschied meine Anwesenheit hier eigentlich macht.«

Garth zuckte die Achseln. *Halte deine Augen und Ohren offen, Fahrende. So erfährst du mehr.*

Er lächelte, und Wren lächelte zurück.

Dann ließ er sie allein, damit sie sich anziehen konnte. Als er die Tür, die ihre Räume trennte, zuzog, sah sie einen Moment gedankenverloren hinter ihm her. Plötzlich fiel ihr auf, daß es große Widersprüche zwischen der Geschichte ihrer Großmutter über ihre Eltern und dem gab, was Garth über sie erzählt hatte. Allerdings stammte Garths Version aus zweiter Hand, während die der Königin vollständig auf Ereignissen beruhte, die vor dem Weggehen ihrer Mutter von Arborlon stattgefunden hatten, so daß Widersprüche vielleicht zu erwarten waren. Dennoch hatte keiner von beiden etwas zu dem gesagt, was ihm an der Geschichte des anderen als offensichtlich falsch aufgefallen sein mußte. Garth hatte niemals die Flugreiter erwähnt, und die Königin hatte niemals von den Fahrenden gesprochen. Keiner von beiden hatte etwas darüber gesagt, warum ihre Eltern nicht zuerst nach Shady Vale und zu den Ohmsfords gereist, sondern statt dessen ins Westland gezogen waren.

Sie fragte sich, ob sie mit Garth darüber sprechen sollte. Aber als sie daran dachte, wie wichtig ihre anderen Sorgen waren, fragte sie sich auch, ob dies wirklich nötig sei.

Sie fand die Kleidungsstücke, die für sie zurechtgelegt worden waren und die besser paßten als die von Garth – eine Hose, eine Tunika, Strümpfe, einen Gürtel und ein Paar sorgfältig gearbeiteter, knöchelhoher Stiefel. Sie zog die Kleider an und ging dabei im Geiste immer wieder die Enthüllungen der vergangenen Nacht durch und dachte über alles nach, was sie erfahren hatte. Die Königin schien sich der Bedeutung von Wrens Ankunft in Arborlon sicher zu sein. Zumindest war sie sich im stillen sicher, daß sich Eowens Vision als richtig erweisen würde. Auch Aurin Striate hatte erwähnt, daß sie auf sie gewartet hätten. Und doch hatte niemand gesagt, warum das so war, obwohl es scheinbar jeder wußte. In dem Traum hatte es keinerlei Hinweis darauf gegeben, was Wrens Anwesenheit denn eigentlich bewirken sollte. Vielleicht war eine weitere Vision notwendig, um das zu erfahren.

Sie grinste über ihre eigene Respektlosigkeit. Doch als sie ihre Stiefel anzog, verschwand das Grinsen abrupt aus ihrem Gesicht.

Was, wenn die Bedeutung ihrer Rückkehr darauf beruhte, daß sie die Elfensteine bei sich trug? Was, wenn man von ihr erwartete, daß sie die Steine als Waffe gegen die Dämonen einsetzte?

Ihr wurde kalt bei dem Gedanken, denn sie erinnerte sich an die beiden Male, wo sie gezwungen gewesen war, sie gegen ihren Willen zu gebrauchen, und sie erinnerte sich auch an das Gefühl der Macht, als die Magie wie flüssiges Feuer durch sie hindurchfloß, das gleichzeitig brannte und anregte. Sie war sich der berauschenden Wirkung der Magie bewußt, der Bindung, die sich jedesmal aufbaute, wenn sie im Spiel war, und wie sie ein Teil ihrer selbst zu sein schien. Sie hatte sich wiederholt gesagt, daß sie sie nicht benutzen wollte, fand sich dann aber doch dazu gezwungen. Oder auch überzeugt. Sie schüttelte den Kopf. Wie sie es nannte, war unwichtig, denn das Ergebnis war dasselbe. Jedes Mal, wenn sie die Magie benutzte, entfernte sie sich ein wenig mehr zu jemandem, den sie nicht kannte. Sie verlor die Macht über sich selbst, indem sie die Macht der Magie benutzte.

Sie stieß ihre Füße in die Stiefel und stand auf. Wahrscheinlich irrte sie sich. Es konnten nicht die Elfensteine sein, die wichtig waren. Warum hätte Ellenroh sie sonst nicht einfach hierbehalten, anstatt sie Alleyne zu geben? Wenn die Steine wirklich etwas ändern konnten, warum waren sie dann nicht schon vor langer Zeit gegen die Dämonen benutzt worden?

Sie zögerte, griff dann nach ihrem Nachthemd und zog die Elfensteine aus der Tasche, in die sie sie in der vorigen Nacht versenkt hatte. Sie lagen glitzernd in ihrer Hand. Ihre Magie schlief, war harmlos und unsichtbar. Sie betrachtete sie intensiv, wunderte sich erneut über die Umstände, die sie in ihre Obhut gegeben hatten, und wünschte sich, daß sich Ellenroh letzte Nacht einverstanden erklärt hätte, sie zurückzunehmen.

Dann schob sie die bedrückenden Gedanken über die Elfensteine beiseite und versenkte die lästigen Talismane tief in die Tasche ihrer Tunika. Nachdem sie schließlich noch ein langes Messer in ihren Gürtel geschoben hatte, richtete sie sich zuversichtlich auf und verließ den Raum.

Ein Elfenjäger war vor ihrer Tür postiert worden, und nachdem er Garth gerufen hatte, begleitete der Wachposten sie die Treppe hinunter in den Eßraum und zum Frühstück. Sie aßen allein an einem langen, polierten Eichentisch, der mit weißem Leinen gedeckt und mit Blumen geschmückt war und in einem höhlenartigen Raum mit einer gewölbten Decke und bemalten Glasfenstern stand, die das Sonnenlicht in allen Regenbogenfarben filterten. Ein Dienstmädchen wartete bereits auf sie, wodurch die bescheidene Wren sich jedoch äußerst unbehaglich fühlte. Sie aß schweigend wie Garth ihr gegenüber und fragte sich, was man wohl von ihr erwartete, wenn sie ihr Frühstück beendet hatte.

Von der Königin war nichts zu sehen.

Trotzdem erschien die Eule, als sie die Mahlzeit kaum beendet hatten. Aurin Striate sah auch jetzt so hager und blaß aus wie schon in den Schatten und der Dunkelheit der Lavafelder außerhalb. Sein kantiger Körper wirkte schlaksig und unkoordiniert, und wenn er sich bewegte, war es nicht so, wie es sollte. Er trug frische Kleidung, und seine Zipfelmütze war verschwunden, aber er schaffte es noch immer, irgendwie zerknittert und zerzaust auszusehen – das schien bei ihm normal zu sein. Er trat an den Eßtisch heran, setzte sich und lehnte sich bequem vor.

»Du siehst bedeutend besser aus als letzte Nacht«, wagte er sich mit halbherzigem Lächeln vor. »Saubere Kleidung und ein Bad machen dich wirklich zu einem hübschen Mädchen, Wren. Du hast dich gut erholt, nicht wahr?«

Sie lächelte zurück. Sie mochte die Eule. »Gut genug, danke. Und danke auch noch mal dafür, daß du uns sicher hereingebracht hast. Ohne dich hätten wir es nicht geschafft.«

Die Eule schürzte die Lippen, warf Garth einen bedeutungsvollen Blick zu und zuckte die Achseln. »Vielleicht ist es so. Aber wir wissen beide, daß du diejenige warst, die uns wirklich gerettet hat.« Er hielt inne, verkniff es sich, die Elfensteine zu erwähnen, und lehnte sich in seinem Stuhl zurück. Seine alternden Elfenzüge verzogen sich wie bei einem Kobold. »Willst du dich ein wenig umschauen, wenn du fertig bist? Ein bißchen von dem sehen, was es dort draußen gibt? Deine Großmutter hat mich dir für einige Zeit zugeteilt.«

Wenige Minuten später verließen sie das Palastgelände durch die Vordertore und gingen hinunter in die Stadt. Der Palast lag tief in den beschützenden Wäldern auf einem Hügel im Zentrum von Arborlon, und die Hütten und Geschäfte der Stadt umschlossen ihn. Bei Tage war die Stadt sehr lebendig. Die Elfen waren eifrig bei der Arbeit, und in den Straßen herrschte geschäftiges Treiben. Als die drei sich ihren Weg durch die Menge bahnten, wurden von allen Seiten Blicke auf sie geworfen – nicht auf die Eule oder auf Wren, sondern auf Garth, der viel größer war als die Elfen und eindeutig nicht zu ihnen gehörte. Garth schien es, wie es für ihn typisch war, gar nicht zu bemerken. Wren reckte ihren Hals, um alles zu sehen. Sonnenlicht beleuchtete das Grün der Bäume und des Grases und die Farben der Gebäude und Blumen, die die Gehwege säumten. Es war, als würden der Dunst und das Feuer außerhalb der Mauern nicht existieren. Es lag eine Spur von Asche und Schwefel in der Luft, und der Schatten von Killeshan war ein dunkler Fleck vor dem östlichen Himmel, wo die Stadt an die Berge stieß, aber die Magie hielt die Welt hier drinnen geborgen und geschützt. Die Elfen gingen ihren Geschäften nach, als gäbe es keinerlei Bedrohung und als sei das Morrowindl außerhalb der Stadt dasselbe wie innerhalb.

Nach einiger Zeit traten sie aus dem Schutz des Waldes heraus und konnten jetzt auch die äußere Mauer erkennen. Bei Tageslicht sah sie ganz anders aus. Das Glühen der Magie war zu einem schwachen Schimmern verblaßt, das die Welt jenseits davon mit sanften, verschwommenen, ihres Glanzes beraubten, durchscheinenden Farben belegte. Morrowindl war mit seinen Bergen, Killeshans Krater, dem Gemisch aus Lavagestein und verkümmerten Wäldern, den Rissen in der Erde mit ihren Geysiren aus Asche und Dampf fast bis zur Unsichtbarkeit in Nebel gehüllt. Elfenkrieger patrouillierten auf den Festungsmauern, obwohl jetzt keine Kämpfe stattfanden, da die Dämonen davongeschlichen waren, um sich bis zum Einbruch der Nacht auszuruhen. Die Welt außerhalb der Mauer war düster und leer geworden, und nur die Stimmen und die Bewegungen der Menschen hier drinnen waren zu hören.

Als sie sich dem nächstgelegenen Brückenkopf näherten, wandte sich Wren an die Eule und fragte: »Wofür ist der Graben an der Innenseite der Mauer gedacht?«

Die Eule sah sie an und dann wieder von ihr fort. »Er trennt die Stadt vom Keel. Weißt du etwas über den Keel?«

Er zeigte auf die Mauer. Wren erinnerte sich jetzt an den Namen. Stresa hatte ihn zuvor genannt, als er gesagt hatte, daß die Elfen in Schwierigkeiten gerieten, weil seine Magie nachlasse.

»Er stammt aus der Magie der Zeit von Ellenrohs Vater, als die Dämonen erstmals zum Leben erweckt wurden. Er beschützt uns vor ihnen und hält die Stadt in dem Zustand, in dem sie schon immer war. Alles ist genauso, wie es war, als Arborlon vor mehr als hundert Jahren nach Morrowindl gebracht wurde.«

Wren grübelte noch immer darüber nach, was Stresa über die schwächer werdende Magie gesagt hatte. Sie wollte Aurin Striate fragen, ob das wahr sei, als sie erkannte, was er gerade gesagt hatte.

»Eule, hast du gesagt: als Arborlon nach Morrowindl gebracht wurde? Du meinst doch: als es gebaut wurde, nicht wahr?«

»Ich meine, was ich gesagt habe.«

»Daß die Gebäude hierher gebracht worden sind? Oder redest du vom Ellcrys? Der Ellcrys ist doch hier, nicht wahr, innerhalb der Stadt?«

»Dort hinten.« Er deutete vage in eine Richtung, und sein zerfurchtes Gesicht war umwölkt. »Hinter dem Palast.«

»Also willst du sagen…«

Die Eule unterbrach sie. »Die Stadt, Wren. Die ganze Stadt und alle Elfen, die darin leben. Das meine ich.«

Wren sah ihn an. »Aber… Sie wurde neu aufgebaut, meinst du, aus Holz, das die Elfen hierher überführt haben…«

Die Eule schüttelte den Kopf. »Wren, hat dir niemand vom Loden erzählt? Hat die Königin dir denn nicht erzählt, wie die Elfen nach Morrowindl gekommen sind?«

Er trat jetzt nahe an sie heran, und seine scharfen Augen fixierten sie. Sie zögerte und erklärte schließlich: »Sie sagte, es sei beschlossen worden, aus dem Westland auszuwandern, weil die Föderation…«

»Nein«, unterbrach er sie wieder. »Das meine ich nicht.«

Er wandte seinen Blick einen Moment ab, nahm sie dann am Arm und führte sie zu einem Steinpfeiler am Fuße der Brücke.

Dort konnten sie sich hinsetzen. Garth folgte ihnen. Sein dunkles Gesicht war ausdruckslos, als er sich ihnen gegenüber niederließ, so daß er sehen konnte, was sie sagten.

»Ich habe nicht gedacht, daß ich dir das alles erzählen müßte, Mädchen«, begann die Eule, als sie es sich bequem gemacht hatten. »Andere könnten das wirklich besser. Aber es gibt nicht vieles, worüber wir reden können, wenn ich dir das nicht erklärte. Und außerdem hast du ein Recht, es zu wissen, wenn du Ellenroh Elessedils Enkelin bist und diejenige, auf die sie gewartet hat, die aus Eowen Cerises Vision.«

Er verschränkte seine kantigen Arme. »Aber du wirst es nicht glauben. Ich bin mir nicht einmal sicher, ob ich selbst es glaube.«

Wren lächelte und fühlte sich ein wenig unbehaglich bei dieser Einleitung. »Erzähle es mir trotzdem, Eule.«

Aurin Striate nickte. »Hier ist also das, was man mir erzählt hat – nicht das, was ich unbedingt selber weiß. Die Elfen erlangten vor mehr als hundert Jahren einen Teil ihrer Elfenmagie wieder. Das war vor Morrowindl, als sie noch im Westland lebten. Ich weiß nicht, wie sie es geschafft haben. Es interessiert mich eigentlich auch nicht. Man sollte jedoch wissen, daß sie, als sie sich entschlossen auszuwandern, vermutlich alles, was an Magie noch vorhanden war, in einen Elfenstein namens Loden fließen ließen. Den Loden hat es, glaube ich, schon immer gegeben. Er war verborgen und wurde bis zu der Zeit, wo er gebraucht würde, geheimgehalten. Diese Zeit kam Hunderte von Jahren nicht – während der ganzen Zeit nicht, die seit den Großen Kriegen vergangen war. Die Elessedils hatten ihn wohl verborgen gehalten, oder sie fanden ihn wieder oder so ähnlich, und als die Entscheidung fiel, auszuwandern, nahmen sie ihn in Gebrauch.«

Die Eule atmete tief durch und preßte die Lippen zusammen. »Dieser Elfenstein zieht wie sie alle seine Kraft aus dem Benutzer, wie man mir sagte. Außer daß es in diesem Falle keinen einzelnen Benutzer gab, sondern eine ganze Rasse. Alle Kraft des Elfenvolkes strömte in den Loden, um seine Magie herbeizurufen.« Er räusperte sich. »Als es vollbracht war, wurde ganz

Arborlon hochgehoben wie... wie eine Schaufel Erde, zusammengeschrumpft zu nichts und in dem Stein versiegelt. Das meinte ich, als ich sagte, Arborlon sei nach Morrowindl gebracht worden. Es wurde zusammen mit den meisten seiner Einwohner im Loden eingeschlossen und von nur wenigen Verantwortlichen auf diese Insel gebracht. Als erst einmal ein Platz für die Stadt gefunden war, wurde der Vorgang umgekehrt und Arborlon wiederhergestellt. Männer, Frauen, Kinder, Hunde, Katzen, Vögel, Häuser und Geschäfte, Bäume, Blumen, Gras – alles. Auch der Ellcrys. Alles.«

Er lehnte sich zurück, und seine scharfen Augen verengten sich. »Was sagst du nun dazu?«

Wren war bestürzt. »Ich nehme an, daß du recht hast, Eule. Aber ich kann es nicht. Ich kann nicht verstehen, daß die Elfen so schnell etwas wiederentdecken konnten, was Tausende von Jahren verloren gewesen war. Woher kam es? Sie hatten zu Zeiten von Brin und Jair Ohmsford überhaupt keine Magie – nur ihre Heilkräfte!«

Die Eule zuckte die Achseln. »Ich behaupte nicht, daß ich weiß, wie sie irgend etwas davon tun konnten, Wren. Das alles geschah lange vor meiner Zeit. Die Königin könnte es wissen – aber sie spricht mir gegenüber niemals davon. Ich weiß nur, was man mir erzählt hat, und ich bin nicht sicher, ob ich es glauben soll. Die Stadt und ihre Bewohner wurden im Loden hierher gebracht. So wird es erzählt. Und so entstand auch der Keel. Er wurde tatsächlich in Handarbeit aus Stein erbaut, aber die Magie, die ihn beschützt, kam aus dem Loden. Damals war ich ein Junge, aber ich erinnere mich noch daran, wie der alte König den Ruhkstab gebrauchte. Der Ruhkstab birgt den Loden und leitet die Magie.«

»Hast du das gesehen?« fragte Wren zweifelnd.

»Ich habe den Stab und seinen Stein viele Male gesehen«, antwortete die Eule. »Aber ich habe nur ein einziges Mal gesehen, daß sie gebraucht wurden.«

»Was ist mit den Dämonen?« fuhr Wren fort, denn sie wollte

mehr erfahren und einen Sinn in dem allen finden, was sie hörte. »Was ist mit ihnen? Könnten der Loden und der Ruhkstab nicht gegen sie benutzt werden?«

Das Gesicht der Eule verdunkelte sich, und sein Gesichtsausdruck veränderte sich so schnell, daß Wren überrascht war. »Nein«, antwortete er ruhig. »Die Magie ist gegen die Dämonen wirkungslos.«

»Aber warum ist das so?« drängte sie. »Die Magie der Elfensteine, die ich bei mir trage, kann sie zerstören. Warum kann die Magie des Loden das nicht?«

Er schüttelte den Kopf. »Es ist eine andere Art Magie, denke ich.«

Er klang nicht allzu überzeugt. Schnell hakte Wren nach: »Kannst du mir erzählen, wo die Dämonen herkamen, Eule?«

Aurin Striate sah aus, als fühle er sich unbehaglich. »Warum fragst du mich, Wren Elessedil?«

»Ohmsford«, verbesserte sie ihn sofort.

»Das glaube ich nicht.«

Es herrschte angespanntes Schweigen, während sie sich ansahen und ihre Blicke sich trafen. »Sie kamen auch aus dieser Magie, nicht wahr?« fragte Wren schließlich, denn sie wollte nicht aufgeben.

Der scharfe Blick der Eule blieb ruhig. »Frage die Königin, Wren. Sprich mit ihr.«

Er erhob sich abrupt. »Nachdem du nun weißt, wie die Stadt hierher gekommen ist, zumindest der Legende nach, laß uns unseren Rundgang beenden. Es gibt drei Gruppen von Toren im Keel, eine Hauptgruppe und zwei kleinere. Schau dort hinüber…«

Er marschierte los, redete und erklärte, was sie sahen, und führte die Unterhaltung von Fragen fort, die anscheinend niemand beantworten wollte. Wren hörte halbherzig zu, denn seine Erklärung, wie die Elfen nach Morrowindl gekommen waren, interessierte sie mehr. Es erforderte so ungeheure Magie, eine ganze Stadt aufzunehmen, sie auf die Größe eines Elfensteins zu reduzieren und sie für eine Reise über ein Meer darin zu versiegeln! Sie konnte es sich noch immer nicht vorstellen. Elfenmagie, die aus der Feenzeit wiedergewonnen worden war, aus einer Zeit, an die man sich kaum erinnern konnte – es war unglaublich. All diese Macht und doch keine Möglichkeit, sich von den Dämonen zu befreien, keine Möglichkeit, sie zu zerstören! Ihr Mund verschloß sich gegen ein Dutzend von Einwänden. Sie wußte wirklich nicht, was sie glauben sollte.

Sie verbrachten den Morgen und den frühen Nachmittag damit, durch die Stadt zu spazieren. Sie kletterten auf die Festungsmauern und schauten über das jenseitige Land, das dumpf und verschleiert, bar jeder Bewegung dalag, außer dort, wo der Dampf von Killeshan hervorbrach und der Vog umherwirbelte. Sie sahen Phaeton wieder, der von der Stadt zum Keel hinüberging, ohne sie zu bemerken. Sein markantes Gesicht unter dem sonnengebleichten Haar war rauh und voller Narben. Die Eule beobachtete ihn mit steinernem Gesicht und wandte sich gerade um, um ihren Spaziergang fortzusetzen, als Wren ihn bat, ihr von Phaeton zu erzählen. Der Feldkommandant der Königin, antwortete Aurin Striate, sei befehlsmäßig nur noch Barsimmon Oridio untergeben und sei bestrebt, dessen Nachfolger zu werden.

»Warum magst du ihn nicht?« fragte Wren direkt.

Die Eule hob eine Augenbraue. »Das ist schwer zu erklären. Es gibt einen grundlegenden Unterschied zwischen uns, denke ich. Ich verbringe den größten Teil der Zeit außerhalb der Mauern, streife auf der Suche nach Dämonen umher und beobachte, wo sie sind und was sie vorhaben. Ich lebe meistenteils nicht anders als sie, und wenn man das tut, lernt man sie kennen. Ich kenne die Arten und ihre Gewohnheiten und weiß mehr über sie als sonst jemand. Aber Phaeton denkt ganz anders. Für ihn sind die Dämonen einfach Feinde, die zerstört werden müssen. Er möchte mit der Elfenarmee ausschwärmen und sie auslöschen. Er bearbeitet Barsimmon Oridio und die Königin seit Monaten, ihn das tun zu lassen. Seine Männer lieben ihn und denken, er habe recht. Sie wollen einfach glauben, er wüßte etwas, was sie nicht verstehen. Wir sind hier seit fast zehn Jahren hinter dem Keel eingeschlossen. Das Leben geht weiter, und man kann nichts beurteilen, wenn man nur schaut oder nur mit Leuten spricht, die alle im Herzen krank sind. Sie erinnern sich daran, wie sie früher gelebt haben, und so wollen sie wieder leben.«

Wren überlegte kurz, ob sie das Thema, wie die Dämonen dorthin gekommen waren und warum sie nicht einfach wieder zurückgeschickt werden konnten, noch einmal anschneiden sollte, entschied sich aber dagegen. Statt dessen sagte sie: »Ich vermute, du denkst, daß es dort draußen keinerlei Hoffnung auf einen Sieg des Heeres gibt.«

Die Eule sah sie mit starrem Blick an. »Du warst mit mir dort draußen, Wren – und das ist mehr, als Phaeton von sich sagen kann. Du bist vom Strand zu uns herauf gereist. Du hast den Dämonen immer wieder gegenübergestanden. Meinst du nicht auch, daß sie anders sind als wir? Es gibt hundert verschiedene Arten, und jede von ihnen ist auf andere Weise gefährlich. Einige kann man mit einer Eisenklinge töten und andere nicht. Unten am Rowen entlang gibt es die Zurückgekehrten, die nur aus Zähnen und Klauen und Muskeln zu bestehen scheinen. Es sind Tiere. Oben auf dem Blackledge gibt es die Draculs – das sind Geister, die dir das Leben aussaugen. Doch sie sind wie Rauch, sind nichts, was man bekämpfen kann, nichts, in das man ein Schwert stoßen kann. Und das sind nur zwei Arten, Wren.« Er schüttelte den Kopf. »Nein, ich glaube nicht, daß wir dort draußen siegen könnten. Ich glaube, wir haben schon Glück, wenn wir hier drinnen überleben können.«

Sie gingen ein Stück weiter. Dann sagte Wren: »Der Stachelkater hat mir erzählt, daß die Magie, die die Stadt jetzt noch schützt, allmählich schwächer wird.«

Sie formulierte es als Feststellung, nicht als Frage, und wartete auf eine Antwort. Lange Zeit reagierte die Eule nicht, sondern hielt den Kopf geneigt und die Augen auf den Boden vor ihnen gerichtet.

Schließlich schaute er einen kurzen Moment lang zu ihr hinüber und sagte: »Der Stachelkater hat recht.«

Sie stiegen wieder zur Stadt hinab, wanderten durch die Geschäfte und betrachteten aufmerksam die Karren auf dem Marktplatz. Sie begutachteten die Waren und beobachteten die Leute, die hier kauften und verkauften. Arborlon war eine Stadt, die bis auf einen einzigen Punkt jeder anderen Stadt vollkommen glich. Wren schaute in die Elfengesichter rundherum und fand ihr eigenes Aussehen in denen der anderen widergespiegelt. Es war das erste Mal, daß sie diese Erfahrung machte, und sie freute sich darüber und über den Gedanken, daß sie seit mehr als hundert Jahren der erste Mensch war, der das konnte. Die Elfen lebten, die Elfen existierten. Es war eine wunderbare Entdeckung, und es begeisterte sie noch immer, daß sie diejenige gewesen war, die sie gemacht hatte.

Auf dem Marktplatz nahmen sie eine kurze Mahlzeit ein – ein dünn gebackenes Brot, das um getrocknetes Fleisch und Gemüse gewickelt war, ein Stück frisches birnenähnliches Obst und einen Becher Ale – und schlenderten dann weiter. Die Eule führte sie hinter dem Palast in die Gärten des Lebens. Sie spazierten schweigend die Wege entlang, verloren sich im Wohlgeruch der Blumenbeete und in den Düften von Hunderten farbenprächtiger Blüten, die inmitten der Pflanzen und Büsche und Bäume verstreut wuchsen. Sie kamen zu einem weiß gekleideten Auserwählten, einem der Hüter des Ellcrys, der ihnen zunickte und vorbeiging. Wren stellte fest, daß sie an Par Ohmsfords Geschichte vom Elfenmädchen Amberle, der berühmtesten Auserwählten von allen, dachte. Sie kletterten auf die Spitze des Hügels, auf dem die Gärten angelegt waren, und standen vor dem Ellcrys. Die scharlachroten Blätter und silbernen Zweige des Baumes zitterten im Sonnenlicht und waren so außergewöhnlich, daß sie ihnen unwirklich vorkamen. Wren verspürte das Bedürfnis, den Baum zu berühren, ihm etwas zuzuflüstern und ihm vielleicht zu sagen, daß sie wußte und verstand, wen und was er überdauert hatte. Sie tat es jedoch nicht. Sie stand einfach da. Der Ellcrys sprach niemals zu jemandem, doch er wußte bereits, wie sie sich fühlte. Also sah sie ihn einfach an und dachte, wie furchtbar es wäre, wenn der Keel vollständig versagen würde und die Dämonen die Elfen und ihre Stadt überrennen könnten. Der Ellcrys würde natürlich zerstört werden, und wenn dies geschah, würden all die Monster, die im Schrecklichen gefangen waren, die Wesen aus der Feenzeit, die all die Jahre ausgeschlossen gewesen waren, erneut in die Welt der Sterblichen entlassen werden. Dann würde Allanons Vision von der zukünftigen Welt wahr werden. Es war ein düsterer Gedanke.

Schließlich gingen sie zurück zum Palast, um sich bis zum Abendessen auszuruhen. Die Eule verließ sie hinter dem Haupteingang und sagte, er habe sich um Geschäfte zu kümmern. Mehr erwähnte er nicht.

»Ich weiß, daß du mehr Fragen stellen möchtest, als du verarbeiten kannst, Wren«, sagte er beim Fortgehen, und ein hageres Gesicht legte sich in ernste Falten. »Versuche, geduldig zu sein. Die Antworten werden nur zu bald kommen, fürchte ich.« Er ging den Weg zurück und aus den Toren hinaus. Wren stand neben Garth, schaute hinter ihm her und sagte nichts. Der große Fahrende wandte sich nach einem Moment zu ihr um und signalisierte etwas. Er war wieder hungrig und wollte in den Speisesaal gehen, um etwas zu essen aufzutreiben. Wren nickte abwesend. Sie dachte noch immer über die Elfen und ihre Magie nach, und dabei fiel ihr auch ein, daß die Eule nie ihre Frage beantwortet hatte, warum innerhalb des Keels ein Graben war. Garth verschwand den Gang hinunter, und seine Schritte hallten in der Stille wider. Kurz darauf wandte sie sich um und ging zu ihrem Zimmer. Sie war nicht sicher, ob sie etwas anderes tun wollte, als über alles nachzudenken, wenn sie erst einmal dort war, aber vielleicht war das ja genug. Sie stieg die Haupttreppe hinauf, lauschte gedankenverloren in die Stille und wollte gerade einen Gang hinuntergehen, als Gavilan Elessedil vor ihr auftauchte.

»Na, hallo, Cousine Wren«, begrüßte er sie strahlend. Er trug ein gelb und blau über kreuz schraffiertes Gewand mit einem silbernen Kettengürtel. »Du hast dir die Stadt angesehen, habe ich gehört. Wie geht es dir heute?«

»Danke, gut«, antwortete Wren und blieb stehen, als er sie erreichte.

Er griff nach ihrer Hand, hob sie an seine Lippen und küßte sie sanft. »Also erzähle. Bist du denn nun froh, daß du gekommen bist, oder wünschst du dir, du wärest zu Hause geblieben?«

Wren lächelte und errötete, obwohl sie sich vorgenommen hatte, daß ihr das nicht geschehen sollte. »Ein wenig von beidem, denke ich.« Sie entzog ihm ihre Hand.

Gavilans Augen zwinkerten. »Das klingt so, wie es sein sollte. Ein bißchen sauer und ein bißchen süß. Du bist einen langen Weg gegangen, um uns zu finden, nicht wahr? Es muß eine sehr dringliche Suche gewesen sein, Wren. Hast du hier erfahren, was du herausfinden wolltest?«

»Einen Teil davon.«

Das hübsche Gesicht wurde ernst. »Deine Mutter Alleyne war jemand, den du sehr gemocht hättest. Ich weiß, daß die Königin dir von ihr erzählt hat, aber ich möchte dir auch etwas sagen. Sie hat mich in meiner Kindheit wie eine Schwester umsorgt. Wir standen uns sehr nahe. Sie war ein starkes und entschlossenes Mädchen, Wren – und das finde ich in dir wieder.«

Sie lächelte erneut. »Danke, Gavilan.«

»Es ist die Wahrheit.« Er stockte kurz. »Ich hoffe, du wirst an mich eher wie an einen Freund als wie an einen Cousin denken. Ich möchte dich wissen lassen, daß du gern zu mir kommen kannst, wenn du jemals etwas brauchen solltest oder etwas wissen willst. Ich werde glücklich sein, dir zu helfen, wenn ich kann.«

Wren zögerte. »Gavilan, könntest du meine Mutter für mich beschreiben? Könntest du mir sagen, wie sie aussah?«

Ihr Cousin zuckte die Achseln. »Das ist einfach. Alleyne war genauso klein wie du. Ihr Haar hatte die gleiche Farbe. Und ihre Stimme...« Er brach ab. »Schwer zu beschreiben. Sie war melodisch. Sie war intelligent, und sie lachte viel. Aber ich glaube, ich erinnere mich am besten an ihre Augen. Sie waren genau wie deine. Wenn sie dich ansah, hattest du das Gefühl, als gäbe es niemanden und nichts Wichtigeres auf der Welt.«

Wren dachte an den Traum, in dem sich ihre Mutter, die fast genauso ausgesehen hatte, wie Gavilan sie beschrieb, weit zu ihr hinübergebeugt und gesagt hatte: *Erinnere dich an mich. Erinnere dich an mich.* Jetzt schien es ihr kein Traum mehr zu sein. Sie spürte, daß es einmal, vor langer Zeit, so gewesen war.

»Wren?«

Sie merkte, daß sie vor sich hin starrte. Sie sah erneut Gavilan an und fragte sich plötzlich, ob sie ihn nach den Elfensteinen und nach den Dämonen fragen sollte. Er schien außerordentlich bereitwillig zu sein, mit ihr zu reden, und sie fühlte sich merkwürdig zu ihm hingezogen, was sie verwunderte. Aber sie kannte ihn noch nicht wirklich, und ihre Ausbildung als Fahrende machte sie vorsichtig.

»Dies sind schwierige Zeiten für Elfen«, sagte Gavilan plötzlich und beugte sich zu ihr. Wren sah, daß er seine Hände hob, um sie auf ihre Schultern zu legen. »Es gibt Geheimnisse der Magie, die...«

»Guten Tag, Wren«, begrüßte sie Eowen Cerise, die gerade die Treppe hochgeschritten kam. Gavilan wurde still. »Hat dir dein Spaziergang durch die Stadt gefallen?«

Wren wandte sich um und spürte, daß Gavilans Hand von ihr abglitt. »Ja. Die Eule war ein vorzüglicher Führer.«

Eowen kam näher, und ihre grünen Augen schweiften ab, um an Gavilan hängenzubleiben. »Wie gefällt dir deine Cousine, Gavilan?«

Der Elf lächelte. »Bezaubernd, willensstark – die Tochter ihrer Mutter.« Er sah Wren an. »Ich muß gehen. Ich habe vor dem Abendessen noch viel zu tun. Wir können uns dann unterhalten.«

Er nickte kurz und ging locker und zuversichtlich davon. Vielleicht ein wenig sorglos. Wren sah ihm nach und dachte, daß er mit seiner unbekümmerten Haltung eine Menge verbarg, daß aber das, was darunter lag, wahrscheinlich eher angenehm war.

Eowen begegnete ihrem Blick, als sie sich wieder umwandte. »Gavilan schafft es, daß wir uns alle immer wieder wie junge Mädchen fühlen.« Ihr flammend rotes Haar war mit einem Netz umhüllt, und sie trug jetzt ein anderes weites, blumenbesticktes Gewand. Ihr Lächeln war warm, aber ihre Augen schienen unverändert kühl und distanziert. »Ich glaube, wir lieben ihn alle.«

Wren errötete. »Ich kenne ihn noch nicht einmal.«

Eowen nickte. »Dann erzähl mir mal von deinem Spaziergang. Was hast du über die Stadt erfahren, Wren? Was hat Aurin Striate dir darüber erzählt?«

Sie gingen den Gang entlang auf Wrens Schlafzimmer zu und Wren erzählte Eowen, was die Eule gesagt hatte. Sie hoffte insgeheim, die Seherin würde im Gegenzug etwas ausplaudern. Aber Eowen hörte nur zu, nickte ermutigend und sagte nichts. Sie schien mit anderen Dingen beschäftigt zu sein, obwohl sie sehr genau darauf achtete, was Wren sagte, damit sie nicht den Faden verlor. Wren beendete ihren Bericht, als sie die Tür ihres Schlafraumes erreichten, und wandte sich um, so daß sie sich gegenüberstanden.

Ein Lächeln erschien auf Eowens ernstem Gesicht. »Du hast schon viel erfahren für jemanden, der noch keinen ganzen Tag in der Stadt ist, Wren.«

Nicht annähernd so viel, wie ich gern erfahren würde, dachte Wren. »Eowen, warum will mir niemand erzählen, wo die Dämonen hergekommen sind?« fragte sie und schlug alle Vorsicht in den Wind.

Das Lächeln verschwand und wurde von fast greifbarer Traurigkeit verdrängt. »Die Elfen denken nicht gern über die Dämonen nach, und noch weniger mögen sie über sie sprechen«, sagte sie. »Die Dämonen kamen aus der Magie, Wren – aus Mißverständnissen und Mißbrauch. Sie sind eine Angst und eine Schande und ein Versprechen.« Sie hielt inne, als sie die Enttäuschung und Niedergeschlagenheit in Wrens Augen sah, und griff nach ihren Händen. »Die Königin hat es mir verboten, Wren«, flüsterte sie. »Und vielleicht hat sie recht. Aber ich verspreche dir soviel: Eines Tages werde ich dir alles erzählen, wenn du es dann immer noch willst. Und zwar bald.«

Wren erwiderte ihren Blick, sah die Ehrlichkeit, die sich in Eowens Augen widerspiegelte und nickte. »Ich werde dich daran erinnern, Eowen. Aber es wäre mir lieber, wenn sich meine Großmutter entschließen könnte, es mir als erste zu erzählen.«

»Ja, Wren. Das wäre mir auch lieber.« Eowen zögerte. »Wir sind seit langer Zeit zusammen, sie und ich. In der Kinderzeit, zur Zeit unserer ersten Liebe, mit unseren Ehemännern und unseren Kindern. Sie alle sind fort. Alleynes Tod traf uns beide am härtesten. Ich habe deiner Großmutter das niemals erzählt – obwohl ich glaube, daß sie es vermutet hat –, aber ich habe in meiner Vision bereits gesehen, daß Alleyne versuchen würde, nach Arborlon zurückzukehren, und wir unfähig sein würden, sie davon abzuhalten. Eine Seherin ist gesegnet und verflucht mit dem, was sie sieht. Ich weiß, was geschehen wird. Und ich kann nichts tun, um es zu ändern.«

Wren nickte verständnisvoll. »Das ist Magie, Eowen. Wie die der Elfensteine. Ich wünschte, ich könnte davon befreit werden. Ich mißtraue dem, was sie mit mir machen. Ist das bei dir anders?«

Eowen festigte ihren Griff. Ihre grünen Augen blieben auf Wrens Gesicht geheftet. »Wir alle bekommen unser Schicksal von etwas zugewiesen, das wir weder verstehen noch kontrollieren können, und es bindet uns an unsere Zukunft so sicher wie jede Magie.«

Sie ließ Wrens Hand los und trat zurück. »Während wir uns hier unterhalten, entscheidet die Königin über das Schicksal der Elfen, Wren. Deine Ankunft hat alles beschleunigt. Du wolltest wissen, welchen Unterschied deine Anwesenheit hier schon macht? Heute abend, denke ich, wirst du es wissen.«

Wren fuhr auf, als sie es plötzlich erkannte. »Du hattest eine Vision, nicht wahr, Eowen? Du hast gesehen, was sein wird.«

Die Seherin hob ihre Hände, als wüßte sie nicht, ob sie die Unterstellung abwehren oder sie eingestehen sollte. »Immer, Kind«, flüsterte sie. »Immer.« Ihr Gesichtsausdruck war gequält. »Die Visionen hören niemals auf.«

Dann wandte sie sich um, ging den Gang hinunter und verschwand wieder. Wren stand da und schaute hinter ihr her, wie sie auch hinter der Eule hergeschaut hatte. Sie waren Propheten, die auf eine unsichere Zukunft zugingen, selbst Visionen dessen, was den Elfen vorherbestimmt war.

Das Abendessen an diesem Abend war eine langwierige, quälende Angelegenheit mit langen Perioden des Schweigens. Wren und Garth waren in der Dämmerung gerufen worden und zu Eowen und der Eule hinuntergegangen, die bereits warteten. Gavilan hatte sich einige Minuten später zu ihnen gesellt. Jetzt saßen sie nahe beieinander an einem Ende des langen Eichentisches. Eine eindrucksvolle Auswahl an Speisen war vor ihnen aufgebaut, Bedienstete standen zu ihrer Verfügung, und der Speisesaal war gegen die hereinbrechende Nacht hell erleuchtet. Sie sprachen wenig, und wenn sie sprachen, taten sie sich schwer damit, nicht auf jene Gebiete abzuschweifen, deren Untergrund sich schon früher als trügerisch erwiesen hatte. Sogar Gavilan, der letztlich den größten Teil der Unterhaltung bestritt, wählte seine Themen sehr sorgfältig. Wren hätte nicht sagen können, ob ihr Cousin durch die Gegenwart von Eowen und der Eule eingeschüchtert war oder ob ihn etwas anderes störte. Er war genau so fröhlich und heiter wie zuvor, aber ihm fehlte jegliches wahre Interesse an der Mahlzeit, und er schien mit seinen Gedanken woanders zu sein. Wenn sie sprachen, so drehte sich ihr Gespräch überwiegend um Wrens Kindheit bei den Fahrenden und Gavilans Erinnerungen an Alleyne. Die Mahlzeit verstrich nur langsam, und es machte sich unübersehbar ein Gefühl der Erleichterung breit, als sie schließlich beendet war.

Obwohl alle nach ihr Ausschau gehalten hatten, war Ellenroh Elessedil nicht erschienen.

Die fünf erhoben sich und wollten ihrer Wege gehen, als ein eifriger Bote in den Raum platzte und hektisch einige Worte mit der Eule wechselte.

Der entließ den Mann mit einem Stirnrunzeln und wandte sich dann an die anderen. »Die Dämonen haben einen Angriff gegen die Nordmauer geführt. Offensichtlich ist es ihnen gelungen, dort durchzubrechen.«

Nun strebten sie schnell auseinander. Eowen, um die Königin zu suchen, Gavilan, um sich zu bewaffnen, die Eule, Wren und Garth, um selber herauszufinden, was vor sich ging. Die Eule führte sie eilig durch die Vordertore aus dem Palast und in die Stadt hinunter. Wren sah den Boden unter ihren Füßen vorbeifliegen, während sie lief. Die Dämmerung war zu Abenddunkel geworden, und das Licht des Keel flackerte wild durch die Wand aus Bäumen. Sie liefen eine Reihe von Nebenstraßen hinab, durch die Elfen in verschiedene Richtungen rannten und schrien und Warnrufe riefen, während die ganze Stadt aufgrund der Nachricht über den Angriff in Alarmbereitschaft geriet. Die Eule umging die Elfenansammlungen, die sich bereits bildeten, und führte sie am Stadtkern entlang, dann eilte er ostwärts an dessen Rückseite vorbei, bis sich die Bäume teilten und der Keel vor ihnen aufragte. Die Mauer war dicht von Elfenkriegern besetzt, und Hunderte kamen über die Brücken, um sich ihnen anzuschließen. Sie alle eilten auf eine Stelle in dem Glühen zu, an der der Lichtschein beinahe ganz verblaßt war und eine massive Ansammlung von Kriegern in fast völliger Dunkelheit kämpfte.

Wren und ihre Begleiter gingen weiter, bis sie weniger als zweihundert Meter von der Mauer entfernt waren. Dort mußten sie anhalten, da eine Reihe Krieger vor ihnen vorwärts drängte.

Wren packte entsetzt Garths Arm. Wo der Keel gebrochen war, schien die Magie vollständig versagt zu haben, und die Steine der Mauer waren in Schutt verwandelt worden. Hunderte von dunklen, gesichtslosen Körpern zwängten sich in die Lücke und kämpften sich hindurch, während die Elfen auf sie einschlugen, um sie hinauszudrängen. Der Kampf war chaotisch. Körper drehten und wanden sich im Todeskampf, wenn sie von jenen zerschmettert wurden, die nachdrängten. Rufe und Schreie erfüllten die Luft, und die Geräusche des Kampfes zwischen Elfen und Dämonen wurden in dieser Nacht durch nichts gedämpft. Schwerter schlugen aufeinander und Klauen schlugen zu, und die Toten und Verwundeten lagen überall um die Bruchstelle in der Mauer herum. Eine Weile schienen die Dämonen überlegen zu sein, denn ihre Zahl war so groß, daß jene, die in der vordersten Reihe standen, tatsächlich innerhalb der Stadt waren. Aber die Elfen führten wilde Gegenangriffe und trieben sie wieder zurück. Hin und her wogte der Kampf durch die Bruchstelle, und keine Seite konnte einen Vorteil erringen.

Auf einmal erscholl der Ruf: »Phaeton, Phaeton«, und der weißblonde Kopf des Elfenanführers erschien an der Spitze eines weiteren Trupps von Kriegern. Den Schwertarm hoch erhoben, führte er einen Angriff gegen die Mauer an. Die Dämonen wurden zurückgedrängt. Sie schrien und heulten, als die Elfen in sie hineinschlugen. Phaeton stand bei dem Angriff in erster Reihe. Er blieb auf wundersame Weise unversehrt, während seine Männer um ihn herum fielen. Die Elfen auf den Festungsmauern schlossen sich dem Gegenangriff an, und schlugen von oben zu, so daß Speere und Pfeile hinabregneten. Der Lichtschein des Keels wurde heller und schloß sich kurzzeitig über der Lücke in der beschädigten Mauer wieder.

Darauf führten die Dämonen noch einen weiteren Angriff. Es waren ungeheuer viele, die bei jedem Vorstoß durch die Mauerlücke krochen. Die Elfen hielten kurze Zeit stand und begannen dann erneut zurückzufallen. Phaeton sprang mit erhobenem Schwert vor sie. Die Fronten änderten sich wenig, als die Kämpfenden auf jeder Seite jetzt versuchten, die Kontrolle zu erlangen. Wren beobachtete erschrocken, daß das Gemetzel sich ausweitete, daß überall Tote und Sterbende und Verletzte lagen und der Kampf so heftig wurde, daß niemand zu ihnen gelangen konnte. Ein kleiner Trupp von Elfen hatte sich um Wren und ihre Begleiter herum gesammelt. Es waren alte Leute, Frauen und Kinder, die alle nicht als Krieger im Elfenheer waren. Eine neugierige Stille schwebte über ihnen, während sie zusahen. Ihre Stimmen zum Schweigen gebracht durch das, was sie sahen.

Aber was ist, wenn die Dämonen durchbrechen? fragte sich Wren plötzlich. *Niemand wird eine Chance haben. Dieses Volk kann nirgendwo hinlaufen. Alle werden getötet werden.*

Sie schaute wild um sich. Wo war nur die Königin?

Und plötzlich war sie da, umringt von einem Dutzend Mitgliedern ihrer Leibgarde. Die Menge teilte sich vor ihr. Wren sah Triss, der mit hartem, grimmigem Gesicht seine Elfenjäger anführte. Die Königin trat direkt und aufrecht in ihre Mitte. Sie schien unberührt von dem Tumult, der um sie herum tobte. Ihr glattes Gesicht war ruhig, und sie hielt die Augen nach vorn gerichtet. Dann ging sie am Rande der Menge entlang auf die nächstgelegene Brücke zu, die den Graben überspannte. In ihrer Hand trug sie den Ruhkstab, an dessen Spitze der Loden weiß und heiß schimmerte.

Was wird sie tun? fragte sich Wren und hatte plötzlich Angst um sie.

Die Königin ging zur Mitte der Brücke, wo sie sich über das Wasser des Grabens beugte, und blieb dort stehen, wo sie von allen gesehen werden konnte. Rufe erschollen, und die Krieger an der Mauer begannen, ihren Namen zu rufen und sich damit Mut zu machen. Die Elfen, die mit Phaeton an der Bruchstelle kämpften, verstärkten ihre Bemühungen. Sie sammelten alle Kraft für einen Gegenangriff und drängten vorwärts. Wieder wurden die Dämonen zurückgeschlagen. Das Klirren und Schaben eiserner Waffen erklang und gleichzeitig die Schreie der Sterbenden.

Dann ging Phaeton plötzlich zu Boden. Es war unmöglich zu erkennen, was geschehen war, denn in einem Moment war er da, führte seine Leute an, und im nächsten Moment war er fort. Die Elfen schrien auf und drängten vorwärts, um ihn zu beschützen. Die Dämonen gaben widerwillig den Weg frei. Sie wurden von dem Ansturm zurückgeschlagen. Der Kampf verlagerte sich erneut in die Bruchstelle und dieses Mal auch darüber hinaus, als die Dämonen an der anderen Seite hinunter und durch das Licht zurückgestoßen wurden. Wieder ballte sich die Magie, die den Keel beschützte, zusammen, und ihre Linien begannen sich miteinander zu verweben.

Doch dann griffen die Dämonen ein drittes Mal an. Die Elfen waren erschöpft und wichen zurück.

Ellenroh Elessedil erhob den Ruhkstab und wies damit auf die Bruchstelle. Der Loden flackerte sofort auf. Warnrufe erschollen, und die Elfen drängten durch die Bruchstelle zurück. Licht trat explosionsartig aus dem Loden hervor und schoß auf den Keel zu, während die Magie des Elfensteins Kraft sammelte. Sie erreichte die Mauer, als sich die letzten Elfenkrieger gerade hindurchwarfen. Gesteinsbrocken wurden Stück für Stück hochgehoben, schleifend und kratzend bei jeder Bewegung, und die Mauer begann sich selbst wieder aufzubauen. Die Dämonen wurden in einem Wirbelwind gefangen und begraben. Steine legten sich aufeinander, und Mörtel füllte die Lücken. Die Magie arbeitete und führte sie, und die Macht des Loden dehnte sich aus. Wren hielt ungläubig den Atem an. Die Mauer wuchs, schloß das schwarze Loch, das in sie geschlagen worden war, und bildete sich neu, bis sie wieder vollständig war.

Innerhalb von Sekunden hatte die Magie ihr Werk vollendet, und die Dämonen waren erneut ausgeschlossen.

Die Königin stand bewegungslos mitten auf der Brücke, während weitere Trupps von Elfenkriegern an ihr vorbeieilten, um die Festungsmauern zu bemannen. Sie wartete, bis der Bote, den sie ausgesandt hatte, vom Schlachtfeld zurückkehrte. Der Bote kniete sich kurz hin und erhob sich dann wieder, um zu berichten. Wren beobachtete, wie die Königin kurz nickte, sich umwandte und über die Brücke zurückkam. Die Leibgarde bahnte ihr erneut den Weg, aber dieses Mal kam sie direkt auf Wren zu, nachdem sie es irgendwie geschafft hatte, sie in der Menge ausfindig zu machen. Die Fahrende erschrak vor dem, was sie auf dem Gesicht ihrer Großmutter erkannte.

Ellenroh Elessedil fegte zu ihr heran. Ihre Gewänder flatterten um sie wie ein Banner, das aus dem Ruhkstab geflossen war, den sie an ihren Körper gepreßt hielt und auf dem der Loden noch immer in bösem, weißem Licht glühte.

»Aurin Striate«, rief die Königin, als sie sie erreicht hatte, und ihre Augen hefteten sich flüchtig auf die Eule. »Geht voraus, wenn Ihr wollt. Ruft Bar und Eton aus ihren Räumen herbei – wenn sie noch dort sind. Sagt ihnen...« Ihr Atem schien in ihrer Kehle steckenzubleiben, und ihre Hand faßte den Ruhkstab fester. »Sagt ihnen, daß Phaeton bei dem Angriff umgekommen ist, daß es ein Unfall war und daß er durch den Pfeil eines seiner eigenen Bogenschützen getötet wurde. Sagt ihnen, daß ich sofort ein Treffen in den Räumen des Hohen Konzils wünsche. Geht jetzt, schnell.«

Die Eule verschmolz mit der Menge und war fort. Die Königin wandte sich Wren zu. Sie hob einen Arm, um ihn um die schmalen Schultern des Mädchens zu legen, mit der anderen deutete sie mit dem Stab in Richtung Stadt. Sie gingen los. Garth einen Schritt hinter ihnen und die Leibgarde überall um sie herum.

»Wren«, flüsterte die Elfenkönigin und beugte sich nahe zu ihr herüber. »Dies ist für uns der Anfang vom Ende. Wir werden jetzt entscheiden, ob es eine Rettung für uns gibt. Bleib nahe bei mir, ja? Sei Augen und Ohren und ein zuverlässiger rechter Arm für mich. Darum bist du zu mir gekommen.«

Ohne weitere Worte preßte sie Wren an sich und eilte weiter.

12

Die Räume des Hohen Konzils der Elfen lagen nicht weit vom Palast inmitten eines uralten Hains aus weißen Eichen. Das Gebäude bestand aus Fachwerk mit Mauern aus Stein. Der Raum des Konzils selbst, der den größten Teil des Gebäudes einnahm, war ein höhlenartiger, achteckiger

Raum. Seine Decke wurde von Balken gestützt, die sich von den Mauern wie ein beschützender Stern zu einem Mittelpunkt erhoben. Schwere Holztüren öffneten sich an einer Wand, die einem dreistufigen Podium gegenüberlagen, auf dem der Thron der Elfenkönige und -königinnen stand. Flankiert wurde der Thron von Standarten und den Standern mit den persönlichen Insignien der regierenden Häuser. Vor den restlichen Wänden standen zu beiden Seiten Reihen von Bänken. Es gab auch eine Galerie für Zuschauer und Teilnehmer öffentlicher Treffen. In der Mitte des Raumes wurde ein weiter Bereich des Fußbodens von einem runden Tisch mit einundzwanzig Stühlen eingenommen. Wenn das Hohe Konzil tagte, saßen seine Mitglieder an diesem Tisch, und der König oder die Königin führte den Vorsitz.

Ellenroh Elessedil betrat schwungvoll den Raum. Ihre Gewänder rauschten hinter ihr her, und sie hielt den Ruhkstab vor sich. Wren, Garth, Triss und eine Handvoll Mitglieder der Leibgarde folgten ihr. Gavilan Elessedil saß bereits am Tisch des Konzils und erhob sich eiligst, als die Königin erschien. Er trug einen Kettenpanzer, und sein Breitschwert hing an der Rückenlehne seines Stuhls. Die Königin ging zu ihm hinüber, umarmte ihn herzlich und trat an den Kopf des Tisches.

»Wren«, sagte sie. »Setz dich neben mich.«

Wren tat, wie ihr geheißen. Garth schlenderte zu einer Wand des Raumes und machte es sich auf der Galerie bequem. Die Türen des Raumes schlossen sich wieder, und zwei Mitglieder der Leibgarde stellten sich zu beiden Seiten des Eingangs in Positur. Triss trat zum Tisch und setzte sich neben Gavilan. Sein hageres, hartes Gesicht wirkte merkwürdig abwesend. Gavilan richtete sich auf seinem Stuhl auf, lächelte Wren unbehaglich zu, glättete nervös seine Tunikaärmel und schaute fort. Ellenroh faltete die Hände vor sich und schwieg. Es war deutlich, daß sie auf jemanden warteten. Wer auch immer das sein mochte, er sollte noch kommen. Wren überschaute den Raum und spähte in dunkle Ecken, die das Lampenlicht nicht erreichte. Poliertes Holz schimmerte schwach in der Dunkelheit hinter Garth.

Durch die Flammen der Lampe entstanden Bilder und tanzten am Rande des Lichts. Hinter ihr hingen die Stander schlaff und unbeweglich herab, ihre Insignien in schweren Falten verborgen. Der Raum war ruhig, und nur das sanfte Schaben von Stiefeln und das Rascheln von Kleidern störten die Stille.

Dann sah sie Eowen, die in den Schatten fast unsichtbar weit hinten auf der Galerie gegenüber von Garth saß.

Wrens Augen richteten sich sofort auf die Königin, aber Ellenroh ließ sich nicht anmerken, daß sie wußte, daß die Seherin da war. Ihr Blick war auf die Türen des Konzilraumes gerichtet. Wren schaute noch einmal kurz hinüber zu Eowen und starrte dann wieder in die Schatten. Sie konnte die Spannung in der Luft spüren. Jeder, der in diesem Raum saß, wußte, daß etwas geschehen würde, aber nur die Königin wußte, was es war. Wren atmete tief durch. Für diesen Augenblick, hatte die Königin gesagt, war sie nach Arborlon gekommen.

Sei Augen und Ohren und ein zuverlässiger rechter Arm für mich.

Warum?

Die Türen zum Konzilraum öffneten sich, und Aurin Striate betrat den Raum zusammen mit zwei anderen Männern. Der eine war alt und korpulent, mit ergrauendem Haar und Bart und langsamen, schwerfälligen Bewegungen, die vermuten ließen, daß er kein Mann war, der sich von irgend etwas aufhalten lassen würde. Der zweite war von durchschnittlicher Größe und glatt rasiert. Seine Augen waren fast verdeckt, aber wachsam, und seine Bewegungen anmutig und leicht. Er lächelte, als er eintrat, während der erste die Stirn runzelte.

»Barsimmon Oridio«, begrüßte die Königin den ersten, »Eton Shart. Danke, daß Ihr gekommen seid. Aurin Striate, bitte bleib.«

Die drei Männer setzten sich. Ihre Augen waren auf die Königin gerichtet. Alle sahen sie jetzt an und warteten.

»Cort, Dal«, sprach sie die Wachen an der Tür an. »Bitte wartet draußen.«

Die Elfenjäger schlüpften durch die Tür und waren fort. Die Türen schlossen sich sanft.

»Meine Freunde.« Ellenroh Elessedil saß aufrecht auf ihrem Stuhl, und ihre Stimme durchschnitt die Stille mühelos, während sie sprach. »Wir dürfen uns nichts mehr vormachen. Wir dürfen uns nicht mehr selbst täuschen. Wir dürfen uns nicht belügen. Was wir mehr als zehn Jahre lang verzweifelt abzuwenden versucht haben, hat uns jetzt getroffen.«

»Hoheit«, begann Barsimmon Oridio, aber sie brachte ihn mit einem Blick zum Schweigen.

»Heute nacht haben die Dämonen den Keel durchbrochen. Die Magie wird nun schon seit Monaten schwächer – wahrscheinlich schon seit Jahren –, und die Wesen dort draußen haben seine Kraft für sich selbst gestohlen. Heute nacht hatte sich das Gleichgewicht ausreichend verlagert, um es ihnen zu ermöglichen, einen Durchbruch zu schaffen. Unsere Jäger haben tapfer gekämpft, dies zu verhindern, und alles getan, was in ihrer Macht stand, um den Angriff zurückzuschlagen. Es ist ihnen nicht gelungen. Phaeton wurde getötet. Schließlich war ich gezwungen, den Ruhkstab zu benutzen. Wenn ich dies nicht getan hätte, wäre die Stadt gefallen.«

»Hoheit, so ist das nicht!« Barsimmon Oridio konnte nicht länger ruhig bleiben. »Das Heer hätte sich erneut gesammelt. Es hätte obsiegt. Phaeton hat sich zuviel zugetraut, sonst wäre er noch am Leben!«

»Er hat sich zuviel zugetraut, um uns zu retten!« Ellenrohs Gesicht war wie versteinert. »Sprecht nicht abfällig von ihm, Kommandant. Ich verbiete es Euch.« Das Stirnrunzeln des großen Mannes vertiefte sich. »Bar!« Die Königin sprach freundlich mit ihm, und die Wärme in ihrer Stimme war offenkundig. »Ich war dort. Ich habe gesehen, wie es geschehen ist.«

Sie wartete, bis sich seine wilden Augen senkten, und wandte ihren Blick dann wieder dem gesamten Tisch zu. »Der Keel wird uns nicht sehr viel länger beschützen. Ich habe den Ruhkstab gebraucht, um seine Kraft zu stärken, aber das kann ich nicht wieder tun, weil wir es dann riskieren würden, dessen Macht ganz zu verlieren. Und das, meine Freunde, kann ich nicht zulassen. Ich habe Euch daher zusammengerufen, um Euch zu sagen, daß ich mich für einen anderen Weg entschieden habe.«

Sie wandte sich zu Wren um. »Dies ist meine Enkelin Wren, das Kind von Alleyne. Sie wurde aus der Alten Welt zu uns gesandt, wie Eowen Cerise es vorausgesehen hat. Sie kommt, so verspricht es die Vorhersage, um die Elfen zu retten. Ich habe viele Jahre lang auf ihre Ankunft gewartet, aber nicht wirklich geglaubt, daß sie kommen würde oder daß sie, wenn sie kommen würde, etwas für uns tun könnte. Ich wollte in Wahrheit gar nicht, daß sie kommt, weil ich Angst hatte, daß ich sie verlieren würde, wie ich Alleyne verloren habe.«

Sie streckte die Hand aus und berührte mit ihren Fingern sanft Wrens Wange. »Ich habe noch immer Angst. Aber Wren ist trotz meiner Ängste hier. Sie hat die große Weite der Blauen Spalte überquert und den Schrecken der Dämonen getrotzt und sitzt jetzt hier bei uns. Ich kann nicht länger daran zweifeln, daß es ihr bestimmt ist, uns zu retten, genau wie Eowen es vorausgesagt hat.« Sie hielt inne. »Wren kann dies im Moment weder glauben noch verstehen.« Ellenrohs Augen leuchteten warm, als sie Wrens Blick begegneten. »Sie hatte ihre eigenen Gründe, nach Arborlon zu kommen. Der Schatten Allanons hat sie berufen und sie gesandt, uns zu finden. Die Vier Länder sind offenbar von eigenen Dämonen belagert, von Kreaturen, die dort Schattenwesen genannt werden. Wir werden gebraucht, wie der Schatten Allanons beteuert, wenn die Vier Länder gerettet werden sollen.«

»Was in den Vier Ländern geschieht, ist nicht unser Problem, Hoheit«, erinnerte Eton Shart ruhig.

Sie wandte sich um und sah ihn an. »Ja, Erster Minister, das ist genau das, was wir mehr als hundert Jahre lang erklärt haben, nicht wahr? Aber was ist, wenn wir uns irren? Was, wenn unser Problem mit ihrem zusammenhängt? Was, wenn die Schicksale aller, anders als wir geglaubt haben, miteinander verbunden sind und das Überleben davon abhängt, ob wir einen gemeinschaftlichen Bund schließen? Wren, erzähle den Versammelten, wie es dazu kam, daß du mich schließlich gefunden hast. Erzähle ihnen, was dir von dem Schatten des Druiden und von dem alten Mann aufgetragen wurde. Erzähle ihnen auch von den Elfensteinen. Das ist jetzt in Ordnung. Es ist an der Zeit, daß sie es erfahren.«

Also erzählte Wren einmal mehr die Geschichte, wie sie und Garth nach Arborlon gekommen waren, wobei sie mit ihren Träumen begann und mit ihrer Entdeckung, wer sie war, endete. Sie sprach nur zögernd von den Elfensteinen, da sie noch immer unsicher war, ob sie von ihrer Existenz erzählen sollte. Aber die Königin nickte ihr ermutigend zu, als sie ansetzte, und so ließ sie nichts aus. Als sie geendet hatte, herrschte Schweigen. Diejenigen, die um den Tisch saßen, tauschten unsichere Blicke aus. Gavilan sah sie an, als sähe er sie zum ersten Mal.

»Versteht Ihr jetzt, warum ich es für unmöglich halte, noch länger zu leugnen, was jenseits von Morrowindl geschieht?« fragte die Königin leise.

»Hoheit, ich glaube, wir verstehen Euch«, sagte die Eule, »aber jetzt sollten wir uns anhören, was Ihr zu tun vorschlagt.«

Ellenroh nickte. »Ja, Aurin Striate, das solltet Ihr.« Wieder breitete sich Schweigen im Raume aus. »Es bleibt uns hier auf Morrowindl nichts mehr zu tun übrig«, sagte sie dann. »Daher ist es an der Zeit, zu gehen und in die Alte Welt zurückzukehren. Wir sollten wieder ein Teil von ihr werden. Die Tage, wo wir verschwunden waren und in der Abgeschiedenheit lebten, sind vorbei. Es ist an der Zeit, den Loden wieder zu gebrauchen.«

Gavilan stand ruckartig auf. »Tante Ell, nein! Wir können doch nicht einfach aufgeben! Woher sollen wir wissen, ob der Loden nach all dieser Zeit überhaupt noch wirkt? Er ist nur eine Legende! Und was ist mit der Magie des Keel? Wenn wir fortgehen, ist sie verloren! Das können wir doch nicht tun!«

Wren hörte Barsimmon Oridio zustimmend murmeln.

»Gavilan!« Ellenroh war wütend. »Wir sind in der Beratung. Ihr werdet mich angemessen ansprechen!«

Gavilan errötete. »Ich entschuldige mich, Hoheit.«

»Nun setzt Euch wieder hin!« bellte die Königin. Gavilan setzte sich. »Es scheint mir, daß wir unsere gegenwärtige Lage unserer Unentschlossenheit verdanken. Wir haben es zu lange versäumt zu handeln. Wir haben dem Schicksal erlaubt, die Wahl für uns zu treffen. Wir haben sogar noch um die Magie gekämpft, als es für uns alle längst offensichtlich war, daß wir uns nicht mehr auf sie verlassen konnten.«

»Hoheit!« Ein bleicher Eton Shart beruhigte sich jedoch schleunigst wieder.

»Ja, ich weiß«, erwiderte Ellenroh. Sie sah Wren nicht direkt an, aber in ihren Augen war ein plötzliches Aufflackern zu sehen, das dem Mädchen sagte, die Warnung sei ihretwegen erfolgt.

»Hoheit, Ihr fordert also, daß wir die Magie vollständig aufgeben sollen?«

Die Königin nickte kurz. »Sie erfüllt doch nicht länger ihren Zweck, oder etwa nicht, Erster Minister?«

»Aber wie der junge Gavilan sagt, können wir doch nicht wissen, ob der Loden das vollbringen wird, was wir von ihm erwarten.«

»Wenn er versagt, haben wir nichts verloren. Außer vielleicht jegliche Möglichkeit zur Flucht.«

»Aber Flucht, Eure Hoheit, ist doch nicht notwendigerweise die Antwort, nach der wir suchen. Vielleicht Hilfe aus einer anderen Quelle...«

»Eton.« Die Königin unterbrach ihn. »Denkt doch erst einmal darüber nach, was Ihr da vorschlagt. Welche andere Möglichkeit gibt es denn? Schlagt Ihr etwa vor, noch mehr Magie anzurufen? Sollen wir die Magie, die wir zur Verfügung haben, vielleicht auf andere Weise nutzen und sie zu weiteren Schrecknissen umwandeln? Oder sollen wir bei jenen Menschen Hilfe suchen, die wir vor Jahren der Föderation überlassen haben?«

»Wir haben das Heer, Hoheit«, erklärte Barsimmon Oridio eifrig.

»Ja, Bar, das stimmt. Für den Moment. Aber wir können jene

Leben nicht zurückholen, die wir verloren haben. Diese Magie fehlt uns. Jeder neue Angriff nimmt uns weitere Jäger. Die Dämonen materialisieren sich aus der Luft, wie es scheint. Wenn wir bleiben, werden wir bald kein Heer mehr haben.«

Sie schüttelte langsam den Kopf und lächelte ironisch. »Ich weiß, was ich verlange. Wenn wir Arborlon und die Elfen wieder in die Welt der Menschen, in die Vier Länder mit ihren verschiedenen Rassen verlagern, wird die Magie verloren sein. Wir werden sein, wie wir in den alten Zeiten waren. Aber vielleicht ist das genug. Vielleicht soll es so sein.«

Alle, die um den Tisch saßen, betrachteten sie schweigend. Ihre Gesichter spiegelten eine Mischung aus Unwillen, Zweifel und Verwunderung.

»Ich verstehe nicht viel von der Magie«, sagte Wren schließlich, die einfach nicht mehr nur dasitzen konnte, während sich immer mehr Fragen in ihr auftürmten. »Was meint Ihr eigentlich, wenn Ihr sagt, daß die Magie verloren sein wird, wenn Ihr Morrowindl verlaßt?«

Ellenroh wandte sich ihr zu und sah sie an. »Ich vergesse immer wieder, Wren, daß du im Elfenwissen noch nicht sehr versiert bist und die Ursprünge der Magie noch nicht richtig kennst. Ich werde versuchen, es dir vereinfacht zu erklären. Wenn ich den Loden anrufe, wie ich es beabsichtige, werden Arborlon und die Elfen für die Rückreise ins Westland in dem Elfenstein versammelt werden. Wenn dies geschieht, wird die Magie, die die Stadt jetzt schützt, nutzlos. Die einzige Magie, die dann noch bleibt, ist die, die dem Loden innewohnt und die beschützt, was in ihm getragen wird. Wenn Arborlon wiederhergestellt ist, wird auch diese Magie nutzlos. Der Loden hat, wie du siehst, nur einen Zweck, und wenn er einmal für diesen Zweck gebraucht wurde, läßt seine Magie nach.«

Wren schüttelte verwirrt den Kopf. »Aber wie läßt sich dann erklären, daß der Loden den Keel wiederhergestellt hat, nachdem die Dämonen durchgebrochen waren? Was ist damit?«

»Das ist wahr. Ich habe mir einen kleinen Teil der gleichen

Magie, die erforderlich ist, um die Stadt und ihre Einwohner zu transportieren, zunutze gemacht. Kurz gesagt, ich habe ihm ein wenig Macht gestohlen. Wenn man diese Macht gebraucht, um den Keel zu unterstützen, zehrt man also auf, was für den vorrangigen Gebrauch des Elfensteins notwendig ist.« Ellenroh hielt inne. »Wren, du weißt also jetzt, daß die Elfen einen Teil der Magie, die sie einst in der Feenzeit zur Verfügung hatten, wiedererlangt haben. Das gelang ihnen, nachdem sie entdeckt hatten, daß die Magie ihren Ursprung in der Erde und ihren Elementen hat. Kurz bevor wir nach Morrowindl kamen, lange vor meiner Zeit, wurde die Entscheidung getroffen, daß die Elfen versuchen sollten, sie zurückzugewinnen.« Sie hielt inne. »Dieser Versuch war nicht allzu erfolgreich. Schließlich wurde er vollständig aufgegeben. Was an Magie übriggeblieben war, wurde in den Bau des Keel eingebracht. Aber die Magie existiert nur so lange, wie sie gebraucht wird. Wenn die Stadt erst einmal fort ist, wird auch die Magie nicht mehr gebraucht. Wenn es soweit ist, verschwindet sie.«

»Und sie kann wirklich nicht wiederhergestellt werden, wenn Ihr erst einmal wieder im Westland seid?«

Ellenrohs Gesicht versteinerte. »Nein, Wren. Niemals wieder.«

»Ihr nehmt an…« begann Gavilan.

»Niemals«, schnappte Ellenroh, und Gavilan wurde still.

»Hoheit.« Eton Shart zog sanft ihre Aufmerksamkeit auf sich. »Selbst wenn wir tun würden, was Ihr vorschlagt, und die Macht des Loden anrufen würden, welche Chance hätten wir überhaupt, ins Westland zurückzukehren? Die Dämonen sind überall um uns herum. Wie Ihr bereits sagtet, hatten wir Mühe, uns innerhalb der Mauern der Stadt zu behaupten. Was geschieht, wenn diese Mauern fort sind? Würde allein unser Heer genügen, uns an den Strand zu bringen? Und was geschieht dann mit uns? Wir haben dann weder Boote noch einen Führer.«

»Das Heer kann den Strand nicht lange halten, Hoheit«, wandte auch Barsimmon Oridio ein.

»Nein, Bar, das kann es nicht«, sagte die Königin. »Aber ich möchte auch nicht vorschlagen, das Heer einzusetzen. Ich glaube, die beste Möglichkeit ist es, Morrowindl so zu verlassen, wie wir hergekommen sind – indem nur eine Handvoll von uns den Loden trägt, während die anderen sicher in ihm eingeschlossen sind.«

Es herrschte verblüfftes Schweigen.

»Eine Handvoll, Hoheit?« Barsimmon Oridio war entsetzt. »Sie hätten keine Chance!«

»Nun, diese Einschätzung muß nicht unbedingt stimmen«, sann Aurin Striate leise.

Die Königin lächelte. »Nein, Aurin, das muß sie nicht. Immerhin ist meine Enkelin ein Beweis dafür. Sie kam durch die Reihen der Dämonen einzig und allein mit der Hilfe ihres Freundes Garth. Der Punkt bei diesem Vorhaben ist, daß ein kleiner Trupp eine weitaus größere Chance hat, zum Strand durchzukommen, als ein ganzes Heer. Ein kleiner Trupp kann schnell und ohne gesehen zu werden, vorwärts gehen. Es ist sicher eine gefährliche Reise, aber sie ist machbar. Bezüglich dessen, was geschehen könnte, wenn diese Gesellschaft erst den Strand erreicht hat, so hat Wren bereits gewisse Vereinbarungen für uns getroffen. Der Flugreiter Tiger Ty wird mit seinem Rock da sein und kann zumindest einen von uns und den Loden in Sicherheit bringen. Weitere Flugreiter könnten die anderen in ihre Obhut nehmen. Ich habe dies sorgfältig durchdacht, und ich glaube, daß es eine Antwort auf unser Problem ist. Ich glaube sogar, meine Freunde, daß es die einzig mögliche Antwort ist.«

Gavilan schüttelte den Kopf. Er war jetzt ruhig, und sein hübsches Gesicht blieb gelassen. »Hoheit, ich weiß, wie verzweifelt die Lage geworden ist. Aber wenn dieses Wagnis, das ihr da vorschlagt, mißlingt, wird das Elfenvolk verloren sein. Wenn die Mitglieder des Trupps, der den Loden mit sich führt, getötet werden, kann die Macht des Elfensteines nie wieder angerufen werden, und die Stadt und ihre Einwohner werden darin gefangen sein. Ich glaube nicht, daß wir dieses Risiko eingehen sollten.«

»Nein, Gavilan?« fragte die Königin sanft.

»Ein vertretbares Risiko wäre es, noch mehr Magie der Erde herbeizurufen«, erwiderte er. Seine Hände hoben sich, um ihren Protest abzuwehren. »Ich kenne die Gefahren. Aber dieses Mal könnten wir damit Erfolg haben. Dieses Mal könnte die Magie stark genug sein, um uns innerhalb des Keels Sicherheit zu verschaffen und die dunklen Wesen ausgeschlossen zu halten.«

»Für wie lange, Gavilan? Für ein Jahr? Oder zwei? Soll unser Volk denn noch länger in der Stadt eingeschlossen bleiben?«

»Besser, als wenn es ausgelöscht würde. Ein Jahr könnte uns die Zeit verschaffen, die wir brauchen, um einen Weg zu finden, die Erdmagie zu kontrollieren. Es muß einen Weg geben, Hoheit. Wir müssen ihn nur entdecken.«

Die Königin schüttelte traurig den Kopf. »Das haben wir uns mehr als hundert Jahre lang gesagt. Und bis jetzt hat niemand die Antwort gefunden. Schaut doch, was wir uns selbst angetan haben. Haben wir denn nichts gelernt?«

Wren verstand nicht ganz, was gesagt wurde, aber sie verstand genug, um zu erkennen, daß die Elfen irgendwo auf ihrem Weg auf Probleme mit der Magie, die sie angerufen hatten, gestoßen waren. Ellenroh hatte entschieden, daß sie zukünftig nichts mehr damit zu tun haben sollten. Gavilan beharrte darauf, daß sie weiterhin versuchen müßten, sie zu beherrschen. Ohne daß es gesagt worden wäre, wußte Wren, daß die Dämonen der Kernpunkt des Streits waren.

»Eule.« Die Königin sprach plötzlich Aurin Striate an. »Was haltet Ihr von meinem Plan?«

Die Eule zuckte die Achseln. »Ich denke, er ist durchführbar, Hoheit. Ich habe Jahre außerhalb der Stadtmauern verbracht. Ich weiß, daß es für einen einzelnen Mann möglich ist, sich dort zu bewegen, ohne von den Dämonen entdeckt zu werden, sogar unter ihnen zu reisen. Ich glaube, eine Handvoll Männer könnte das gleiche tun. Wie Ihr bereits sagtet, kamen Wren und Garth vom Strand herauf. Ich denke, sie können genausogut auch wieder hinuntergehen.«

»Wollt Ihr damit sagen, daß Ihr den Loden diesem Mädchen und ihrem Freund anvertrauen wollt?« stieß Barsimmon Oridio ungläubig hervor.

»Eine gute Wahl, denkt Ihr nicht?« erwiderte Ellenroh ruhig. Sie schaute Wren an, die fand, daß sie der letzte Mensch sei, den die Königin in Erwägung ziehen sollte. »Aber wir müßten sie natürlich erst fragen«, fuhr Ellenroh fort, als könne sie ihre Gedanken lesen. »Auf jeden Fall glaube ich, daß mehr als zwei Menschen gebraucht werden.«

»Und wie viele?« fragte der Elfenkommandant.

»Ja, wie viele?« echote Eton Shart.

Die Königin lächelte, und Wren wußte, was sie dachte. Sie ließ sie den Vorschlag erst einmal überdenken, anstatt einfach dagegen zu argumentieren. Sie hatten noch keineswegs zugestimmt, aber sie erwogen zumindest die wesentlichen Punkte.

»Neun«, sagte die Königin. »Die Glückszahl der Elfen. Außerdem genug, um sicherzugehen, daß die Angelegenheit erfolgreich erledigt wird.«

»Wer würde gehen?« fragte Barsimmon Oridio ruhig.

»Ihr nicht, Bar«, antwortete die Königin. »Ihr auch nicht, Eton. Dies ist eine Reise für junge Männer. Ich möchte, daß Ihr bei der Stadt und bei unserem Volk bleibt. Dies wird für alle sehr neu sein. Der Loden ist schließlich nur eine Geschichte. Jemand muß in meiner Abwesenheit für Ordnung sorgen, und Ihr seid am besten dafür geeignet.«

»Dann wollt Ihr also eine Teilnehmerin der Reise sein?« fragte Eton Shart. »Dieser Reise für junge Männer?«

»Schaut nicht so vorwurfsvoll, Erster Minister«, neckte ihn Ellenroh. »Natürlich muß ich mitgehen. Der Ruhkstab ist mir anvertraut worden, und mir obliegt es, die Macht des Loden anzurufen. Um auf den Punkt zu kommen: Ich bin die Königin. Mir obliegt es, dafür zu sorgen, daß mein Volk und meine Stadt sichere ins Westland zurückgebracht werden. Außerdem habe ich diesen Plan geschmiedet. Ich kann wohl kaum für ihn eintreten, um es dann jemand anderem zu überlassen, ihn auszuführen.«

»Hoheit, ich glaube nicht…« begann Aurin Striate zweifelnd.

»Eule, bitte sagt das nicht.« Ellenrohs Stirnrunzeln ließ die anderen schweigen. »Ich bin sicher, daß ich Wort für Wort jeden Einwand wiederholen kann, den Ihr gerade machen wolltet, also macht Euch nicht die Mühe. Wenn Ihr es für nötig haltet, könnt Ihr mir Eure Bedenken mitteilen, während wir fortziehen, denn ich erwarte auch von Euch, daß Ihr die Reise mitmacht.«

»Ich möchte es gar nicht anders haben.« Das hagere Gesicht der Eule war von Zweifeln umwölkt.

»Es gibt niemanden, der eher dazu in der Lage wäre, außerhalb der Mauern zu überleben, als Ihr, Aurin Striate. Ihr werdet für uns dort draußen Augen und Ohren sein, mein Freund.«

Die Eule nickte wortlos ihre Zustimmung.

Ellenroh sah sich um. »Triss, ich werde Euch und Cort und Dal brauchen, um den Loden und damit alle anderen zu beschützen. Das macht fünf. Eowen wird mitgehen. Wir werden ihre Visionen vielleicht brauchen, wenn wir überleben wollen. Gavilan.« Sie sah ihren Neffen voller Hoffnung an. »Ich möchte, daß auch du mitgehst.«

Gavilan Elessedil überraschte alle mit einem strahlenden Lächeln. »Das würde ich auch gern, Hoheit.«

Ellenroh strahlte. »Du kannst mich nach heute abend wieder ›Tante Ell‹ nennen, Gavilan.«

Schließlich wandte sie sich an Wren. »Und du, Kind? Wirst auch du uns begleiten? Du und dein Freund Garth? Wir brauchen deine Hilfe. Du hast diese Reise vom Strand herauf gemacht, und du hast sie überlebt. Du kennst dich dort draußen ein wenig aus, und dieses Wissen ist wertvoll. Und du bist diejenige, der der Flugreiter versprochen hat, daß er zurückkommt. Fordere ich zuviel?«

Wren blieb einen Moment still. Sie machte sich nicht die Mühe, zu Garth hinüberzusehen. Sie wußte, daß er mitmachen würde, was auch immer sie beschloß. Sie wußte auch, daß sie nicht den ganzen Weg nach Arborlon gekommen war, um sich jetzt auszuschließen, und daß Allanon sie nicht hierher geschickt hatte, damit sie sich versteckte, und daß man ihr die Elfensteine nicht anvertraut hatte, damit sie jeglichen Gebrauch vermied. Die Realität war hart und fordernd. Sie war nicht nur als Bote gesandt worden und sollte nicht nur etwas darüber erfahren, wer sie war und woher sie gekommen war. Ihren Anteil an dieser Angelegenheit – ob es ihr gefiel oder nicht – hatte sie bisher kaum erfüllt.

»Garth und ich gehen mit«, erklärte sie.

Sie dachte, daß ihre Großmutter sich daraufhin herüberbeugen und sie umarmen würde, aber die Königin blieb aufrecht auf ihrem Stuhl sitzen und lächelte statt dessen nur. Was Wren in ihren Augen sah, war jedoch mehr wert als eine Umarmung.

»Sind wir uns also wirklich einig, daß wir es tun wollen?« fragte Eton Shart plötzlich vom anderen Ende des Tisches herüber.

Im Raum wurde es still, als sich Ellenroh Elessedil erhob. Sie stand vor ihnen. Stolz und Zuversicht spiegelten sich in ihren feingeschnittenen Zügen, in der Art, wie sie sich hielt und in dem Glanz ihrer Augen. Wren fand ihre Großmutter in diesem Moment wunderschön, wie die Locken ihres flachsfarbenen Haares auf ihre Schultern fielen, wie ihre Gewänder ihre Füße umspielten und wie die Linien ihres Gesichts und ihres Körpers im Wechselspiel von Schatten und Licht glatt und weich wirkten.

»Das sind wir, Eton«, erwiderte sie sanft. »Ich habe Euch hierhergebeten, damit Ihr hört, was ich beschlossen habe. Wenn ich Euch nicht überzeugen würde, sagte ich mir, würde ich nicht weitermachen. Aber ich glaube, ich hätte in jedem Fall weitergemacht – nicht aus Arroganz, nicht aus einem Gefühl der Sicherheit heraus bezüglich meiner eigenen Vision davon, was sein muß, sondern aus Liebe zu meinem Volk und aus der Angst heraus, daß der Fehler bei mir läge, wenn wir alle verloren wären. Wir haben eine Chance, uns zu retten. Eowen hat in ihrer Vision vorausgesehen, daß es so sein würde. Wren hat mit ihrem Kommen gezeigt, daß es jetzt soweit ist. Alles, was wir sind und jemals sein werden, ist in Gefahr, egal, welche Wahl wir treffen.

Aber mir wäre es lieber, wir würden das Risiko darin suchen, etwas zu tun, als darin, nichts zu tun. Die Elfen werden überleben, meine Freunde. Ich bin mir dessen sicher. Das gelingt den Elfen immer.«

Sie schaute einen nach dem anderen mit strahlendem Lächeln an. »Steht Ihr in dieser Angelegenheit hinter mir?«

Darauf erhoben sie sich, einer nach dem anderen, Aurin Striate als erster, Triss, Gavilan, Eton Shart und Barsimmon Oridio nach kurzem Zögern und mit offensichtlichen Zweifeln. Wren stand als letzte auf. Sie war so gefangen in dem, was sie erlebte, daß sie einen Moment lang vergessen hatte, daß sie Teil davon war.

Die Königin nickte. »Ich könnte mir keine besseren Freunde wünschen. Ich liebe Euch alle.« Sie ergriff den Ruhkstab, der vor ihr lag. »Wir werden nicht mehr zögern. Ein Tag muß genügen, um unser Volk einzuweisen, uns selbst vorzubereiten und uns zu rüsten für das, was vor uns liegt. Geht jetzt schlafen. Bald kommt ein neuer Tag.«

Damit wandte sie sich von ihnen ab und verließ den Raum. Schweigend schauten sie ihr nach.

Wren stand vor den Türen des Hohen Konzils, schaute abwesend auf einen Ausschnitt des hellen, sternenerfüllten Himmels und dachte gerade, daß sie sich kaum mehr an ihr Leben vor Beginn ihrer Suche nach den Elfen erinnern konnte, als Gavilan auf sie zukam. Die anderen waren bereits gegangen, alle außer Garth, der in einiger Entfernung an einem Baum lehnte und auf die Stadt hinausschaute. In der Hoffnung, mit ihr sprechen zu können, hatte Wren Eowen gesucht, aber die Seherin war verschwunden. Jetzt wandte sie sich um, als Gavilan näher kam. Sie hatte vor, statt dessen mit ihm zu sprechen und ihm die Fragen zu stellen, auf die sie immer noch eine Antwort bekommen wollte.

Das bereitwillige Lächeln erschien sofort. »Kleine Wren«, grüßte er sie ironisch und ein wenig nachdenklich. »Siehst du auch unsere Zukunft, wie Eowen Cerise sie sieht?«

Sie schüttelte den Kopf. »Ich bin auch nicht sicher, daß ich sie gerade jetzt sehen will.«

»Hmmm, ja, vielleicht hast du recht. Sie wird kaum so weich und zärtlich sein wie diese Nacht, nicht wahr?« Er verschränkte lässig seine Arme und schaute ihr in die Augen. »Was werden wir sehen, wenn wir erst einmal außerhalb dieser Mauern sind? Kannst du mir das sagen? Ich bin noch nie dort draußen gewesen, weißt du.«

Wren schürzte die Lippen. »Dämonen. Vog, Feuer, Asche und Lavagestein, bis man die Klippen erreicht, dann Sumpf und Dschungel und danach vor allem wieder Vog. Gavilan, du hättest besser nicht zustimmen sollen, daß du mitkommst.«

Er lachte. »Aber du? Nein, Wren, ich möchte als richtiger Mann sterben, der weiß, was geschehen ist, und sich nicht hinter dem magischen Schild des Loden danach fragen muß. Wenn es überhaupt funktioniert. Das frage ich mich nämlich. Niemand weiß es genau, nicht einmal die Königin. Vielleicht wird sie ihn anrufen, und es wird gar nichts geschehen.«

»Das glaubst du doch nicht wirklich, nicht wahr?«

»Nein. Die Magie funktioniert für Ellenroh immer. Zumindest fast immer.« Seine Hände fielen erschöpft herab.

»Erzählt mir von der Magie, Gavilan«, bat sie impulsiv. »Was ist mit der Magie, die nicht funktioniert? Warum will niemand darüber reden?«

Gavilan schob die Hände in die Taschen seines Umhangs und schien dabei in sich zusammenzukriechen. »Weißt du, Wren, wie es für die Elfen sein wird, wenn Tante Ell die Magie des Loden anruft? Keiner von uns hat damals schon gelebt, als Arborlon aus dem Westland gebracht wurde. Keiner von uns hat jemals die Vier Länder gesehen. Nur wenige erinnern sich noch daran, wie es war, als Morrowindl sicher und frei von Dämonen war. Die Stadt ist alles, was die Elfen kennen. Stell dir vor, wie es für sie sein wird, wenn sie von der Insel fort ins Westland zurückgebracht werden. Stell dir vor, was sie empfinden werden. Alles wird sie ängstigen.«

»Vielleicht nicht«, wagte sie zu sagen.

Er schien sie nicht zu hören. »Wir werden alles verlieren, was uns lieb ist, wenn das geschieht. Die Magie hat uns unser ganzes Leben lang zur Verfügung gestanden. Sie reinigt die Luft, schützt uns vor dem Wetter, hält unsere Felder fruchtbar, nährt die Pflanzen und Tiere des Waldes und versorgt uns mit Wasser. Alles. Was wird, wenn diese Dinge verloren sind?«

Auf einmal erkannte sie die Wahrheit. Er hatte Angst. Er konnte sich ein Leben jenseits des Keels nicht vorstellen, er hatte keine Vorstellung von einer Welt ohne Dämonen, wo die Natur alles das herbeischaffte, wofür sich die Elfen jetzt der Magie bedienten.

»Gavilan, es wird alles gut werden«, sagte sie ruhig. »Alles, was dich jetzt erfreut, war auch schon vorher da. Die Magie versorgt euch nur mit dem, was ohnehin wieder da sein wird, wenn das Gleichgewicht der Natur wiederhergestellt ist. Ellenroh hat recht. Die Elfen werden nicht überleben, wenn sie auf Morrowindl bleiben. Früher oder später wird der Keel versagen. Und umgekehrt kann es sein, daß die Vier Länder nicht ohne die Elfen überleben können. Vielleicht ist das Schicksal der Rassen irgendwie miteinander verbunden, genau wie Ellenroh es vermutet. Vielleicht sah Allanon das, als er mich aussandte, damit ich euch finde.«

Seine Blicke trafen die ihren. Die Angst war fort, aber er war trotzdem immer noch angespannt und beunruhigt. »Ich verstehe die Magie, Wren. Tante Ell denkt, sie sei zu gefährlich und nicht vorhersagbar. Aber ich verstehe sie, und ich glaube, ich könnte eine Möglichkeit finden, sie zu beherrschen.«

»Kannst du mir nicht erzählen, warum sie sie fürchtet?« drängte Wren. »Was veranlaßt sie dazu, zu denken, sie sei gefährlich?«

Gavilan zögerte, und einen Moment lang schien er antworten zu wollen. Dann schüttelte er den Kopf. »Nein, Wren. Ich kann es dir nicht sagen. Ich habe geschworen, es nicht zu tun. Du bist ein Elf, aber... Es ist besser, wenn du es niemals herausfindest.

Er hob die Hände, als wolle er die Angelegenheit enttäuscht und ungeduldig beiseite schieben. Dann wechselte seine Stimmung abrupt, und er wirkte plötzlich heiter. »Frage mich etwas anderes, und ich werde antworten. Frage mich alles.«

Wren verschränkte ärgerlich die Arme. »Ich möchte dich nichts anderes fragen. Nur das möchte ich wissen.«

Die dunklen Augen tanzten. Er amüsierte sich. Er trat so nahe an sie heran, daß sie sich fast berührten. »Du bist Alleynes Kind, Wren. Ich gestehe es ein. Fest entschlossen bis zuletzt.«

»Dann erzähle es mir.«

»Du gibst nicht auf, nicht wahr?«

»Gavilan.«

»Du bist so sehr darauf aus, eine Antwort zu erhalten, daß du nicht einmal siehst, was direkt vor deinem Gesicht geschieht.«

Sie zögerte verwirrt.

»Sieh mich an«, sagte er.

Ihre Blicke trafen sich. Sie sahen einander schweigend an und maßen sich auf eine Art, die bloße Worte überstieg. Wren konnte die Wärme seines Atems spüren und sehen, wie seine Brust sich hob und senkte.

»Erzähle es mir«, wiederholte sie eigensinnig.

Sie spürte, wie seine Hände sich auf ihre Arme legten. Sein Griff war leicht, aber fest. Dann näherte sich sein Gesicht dem ihren, und er küßte sie.

»Nein«, flüsterte er mit einem schnellen, unsicheren Lächeln und verschwand in der Nacht.

13

Bis zum Mittag des folgenden Tages erfuhr jedermann in Arborlon von Ellenroh Elessedils Entscheidung, die Macht des Loden anzurufen, um die Elfen und ihre Heimatstadt ins Westland zurückzubringen. Die Königin hatte die Nachricht beim ersten Morgengrauen verbreiten lassen, indem sie ausgewählte Boten in jeden Winkel ihres bedrängten Königreiches sandte – Barsimmon Oridio zu den Offizieren und Soldaten des Heeres, Triss zu den Elfenjägern der Leibgarde, Eton Shart zu den restlichen Mitgliedern des Hohen Konzils und von dort zu den Angehörigen des Hofstaates, die in den Verwaltungsbüros der Regierung dienten, und Gavilan zum Marktbezirk, um die Führer des Handels und der Bauerngemeinschaften zu versammeln. Zu dieser Stunde war Wren längst aufgewacht. Sie hatte sich angezogen und gefrühstückt und war in die Stadt gegangen, in der von nichts anderem gesprochen wurde.

Sie fand die Reaktion der Elfen bemerkenswert. Es gab keine Panik, kein Gefühl der Verzweiflung und keine Drohungen oder Anklagen gegen die Königin wegen ihrer Entscheidung. Natürlich war Unsicherheit zu spüren und ein gesundes Maß an Zweifeln. Keiner der Elfen hatte schon gelebt, als Arborlon aus dem Westland fortgetragen worden war, und obwohl alle die Geschichte der Auswanderung nach Morrowindl gehört hatten, hatten nur wenige wirklich daran gedacht, erneut auszuwandern. Selbst als die Stadt von Dämonen umringt wurde und das Leben sich im Vergleich zu den Zeiten von Ellenrohs Vater drastisch verändert hatte, hatten ihre Sorgen um die Zukunft sie nie die Möglichkeit überdenken lassen, die Magie des Loden erneut einzusetzen. Daher sprachen die Leute von dem Gedanken, fortzugehen, wie von etwas völlig Neuem, von einem neuen Argument, und bei den Unterhaltungen, die Wren mitbekam, wurde größtenteils gesagt, daß es sicher so sein mußte, wenn Ellenroh Elessedil es für das beste hielt. Hier wurde dem Vertrauen, das die Elfen ihrer Königin entgegenbrachten, Tribut gezollt, indem sie ihren Vorschlag so bereitwillig annahmen – besonders, wo er so weitgehend war wie dieser.

»Es wird schön sein, wieder aus der Stadt hinausgehen zu können«, sagte mehr als einer. »Wir haben schon zu lange hinter Mauern gelebt.«

»Wir werden die Straßen bereisen können und die Welt

sehen«, stimmten andere zu. »Ich liebe mein Zuhause, aber ich vermisse auch, was jenseits liegt.«

Mehr als einmal wurde ein Leben ohne die beständige Bedrohung durch die Dämonen erwähnt, eine Welt, in der die dunklen Wesen nur noch eine Erinnerung sein würden und die Jungen aufwachsen könnten, ohne akzeptieren zu müssen, daß sie nur durch den Keel überleben konnten und daß es für sie niemals irgendeine Art von Leben jenseits des Keels geben konnte. Einige drückten Besorgnis darüber aus, wie die Magie funktionieren würde und ob sie überhaupt funktionieren würde, aber die meisten schienen mit der Versicherung der Königin zufrieden zu sein, daß das Leben in der Stadt während der Reise weitergehen würde wie immer, daß die Magie sie beschützen und gegen alles, was auch immer außerhalb geschehen würde, abschirmen würde. Sie gingen davon aus, daß es wie bisher sein würde, außer daß anstelle des Keels eine Dunkelheit herrschen würde, die niemand würde durchdringen können, bis die Magie des Loden erneut angerufen würde.

Auf dem Marktplatz traf Wren Aurin Striate. Die Eule war bereits seit der Dämmerung auf den Beinen und stellte zusammen, was die Neunergruppe auf ihrer Reise über die Hänge des Killeshan zum Strand hinab benötigen würde. Seine Aufgabe wurde vor allem durch die Entschlossenheit der Königin erschwert, nur das mitzunehmen, was sie auf ihren Rücken tragen konnten, weil List und Schnelligkeit ihnen am ehesten ermöglichen würden, den Dämonen auszuweichen.

»Soweit ich es verstehe, funktioniert die Magie folgendermaßen«, erklärte er, während sie zum Palast zurückgingen. »Sie hüllt uns ein und trägt uns davon, wenn sie angerufen wird. Wenn sie erst einmal an ihrem Platz ist, schützt sie gegen das Eindringen von außen wie eine Schale. Gleichzeitig bringt sie uns – die Stadt und alles – an einen anderen Ort und hält uns dort, bis der Zauber entlassen wird. Dabei gibt es so etwas wie ein Aussetzen der Zeit. Dadurch spüren wir auch nichts von dem, was während der Reise geschieht. Wir verspüren keine Bewegung.«

»Also geht alles einfach so weiter wie zuvor?« fragte Wren und versuchte sich vorzustellen, wie das wohl sein würde.

»Weitgehend. Es gibt weder Tag noch Nacht, nur eine Düsterkeit, als wäre der Himmel bewölkt, sagte mir die Königin. Es gibt Luft und Wasser und alles andere, was man zum Überleben braucht. Alles wird sorgfältig in diese Art Kokon eingehüllt sein.«

»Und was geschieht, wenn ihr erst dort ankommt, wo ihr hinwollt?«

»Die Königin entläßt den Zauber, und die Stadt ist wiederhergestellt.«

Wrens Augen suchten die der Eule. »Vorausgesetzt natürlich, daß das, was man Ellenroh über die Magie erzählt hat, tatsächlich wahr ist.«

Die Eule seufzte. »So jung und schon so skeptisch.« Er schüttelte den Kopf. »Wenn das nicht wahr ist, Wren, welche Rolle spielt das denn schon? Sind wir nicht auf Morrowindl hoffnungslos gefangen? Einige könnten sich vielleicht retten, indem sie an den dunklen Wesen vorbeischlüpfen, aber die meisten würden umkommen. Wir müssen einfach glauben, daß die Magie uns rettet, Mädchen, denn die Magie ist alles, was wir haben.«

Sie verließ ihn, als sie sich den Palasttoren näherten, und ließ ihn allein weitergehen. Er hatte müde Augen und zog die Schultern nach vorn, und sein dünner, verzerrter Schatten auf dem Boden war ein Spiegel seiner selbst. Sie mochte Aurin Striate. Wie in alter Kleidung, die zur zweiten Haut geworden ist, fühlte sie sich in seiner Nähe angenehm entspannt. Sie traute ihm. Wenn jemand ihnen bei dieser Reise, die da vor ihnen lag, wirklich beistehen konnte, dann war das die Eule.

Sie wandte sich vom Palast ab und schlenderte gedankenverloren auf die Gärten des Lebens zu. Sie hatte nicht nach Garth geschaut, als sie aufgestanden war, sondern war aus ihrem Raum geschlüpft, um die Königin aufzusuchen. Aber Ellenroh war erneut nirgendwo zu finden gewesen, und so hatte sie beschlossen, allein in die Stadt zu gehen. Jetzt, wo ihr Spaziergang beendet war, stellte sie fest, daß sie noch immer allein sein wollte. Sie ließ ihre Gedanken schweifen, während sie die einsamen Gärten betrat, und stieg den leichten Abhang zum Ellcrys hinauf. Von dem Moment an, in dem sie aufgewacht war, wurden ihre Gedanken an diesem Morgen hartnäckig von Gavilan Elessedil angezogen. Sie blieb kurz stehen und sah ihn vor sich. Als sie die Augen schloß, konnte sie spüren, wie er sie küßte. Sie atmete tief ein und langsam wieder aus. Sie war in ihrem Leben erst ein- oder zweimal geküßt worden, denn sie hatte immer zu viel mit ihrer Ausbildung zu tun gehabt und war zu sehr allein, unnahbar und mit anderen Dingen befaßt gewesen, um sich um junge Männer zu kümmern. Es war keine Zeit gewesen für eine Beziehung zu irgend jemand. Sie hatte kein Interesse daran gehabt. Warum war das so? fragte sie sich plötzlich. Aber sie wußte, daß sie genausogut hätte fragen können, warum der Himmel blau war, wie danach, warum sie so geworden war.

Sie öffnete die Augen wieder und ging weiter.

Als sie zum Ellcrys kam, betrachtete sie ihn eine Weile, bevor sie sich in seinen Schatten setzte. Gavilan Elessedil. Sie mochte ihn. Vielleicht zu sehr. Es schien instinktiv so zu sein, und sie mißtraute der plötzlichen Stärke ihrer Gefühle. Sie kannte ihn kaum und dachte bereits mehr an ihn, als sie sollte. Er hatte sie geküßt, und es hatte ihr gefallen. Dennoch ärgerte es sie, daß er verschwieg, was er über die Magie und die Dämonen wußte. Es gab da eine Wahrheit, die er nicht mit ihr teilen wollte, ein Geheimnis, das so viele Elfen verbargen – nicht nur Ellenroh, Eowen und die Eule. Aber Gavilans Verschlossenheit beunruhigte sie mehr, weil er angeblich als Freund zu ihr gekommen war. Er hatte versprochen, ihr alle Fragen zu beantworten, die sie stellen würde, er hatte sie geküßt, und sie hatte es zugelassen, und trotzdem hatte er sein Wort nicht gehalten. Sie glühte innerlich wegen dieses Verrats und bemerkte dennoch, daß sie bemüht war, ihm zu vergeben. Sie suchte Entschuldigungen für ihn zu finden und ihm eine Chance zu geben, es ihr dann zu sagen, wenn er es für richtig hielt.

Aber war es mit Gavilan denn anders, als es mit ihrer Großmutter gewesen war, fragte sie sich plötzlich. Waren nicht bei beiden die gleichen Gedanken in ihr hochgekommen?

Vielleicht waren ihre Gefühle für beide nicht sehr unterschiedlich.

Der Gedanke beunruhigte sie stärker, als sie zugeben wollte, und sie schob ihn hastig beiseite.

Es war still innerhalb der Gärten, in denen man zwischen Bäumen und Blumenbeeten allein sein konnte und unter dem lieblichen Schutz des Ellcrys Kühle und Zurückgezogenheit genießen konnte. Sie ließ ihre Augen über die Decke aus Farben schweifen, als die die Gärten angelegt waren, und beobachtete, daß die Erde wie mit Pinselstrichen überzogen wirkte, einige kurz und breit, andere dünn und gebogen, und daß es Ränder aus Helligkeit gab, die im Licht schimmerten. Über ihr schien die Sonne aus einem wolkenlosen, blauen Himmel herab. Die Luft war warm und duftete süß. Sie sog sie langsam tief in sich hinein und war sich währenddessen bewußt, daß dies am selben Abend alles vorbei sein würde und daß sie einmal mehr in das wilde Dunkel von Morrowindl hinausgestoßen werden würde, wenn der Loden angerufen wurde. Sie hatte für eine Weile den Schrecken vergessen können, der jenseits des Keels lag, hatte ihre Erinnerung an den Schwefelgestank, an die dampfenden Risse in der Kruste aus Lavagestein, an die Hitze aus der Glut von Killeshan, wie sie der Erde entstieg, die Dunkelheit und den Vog und das Keuchen und Knurren der Dämonen auf der Jagd verdrängen können. Sie zitterte und preßte die Arme an ihren Körper. Sie wollte nicht wieder dort hinaus gehen. Sie spürte, daß es wartete wie ein geduldig zusammengekauertes Lebewesen. Entschlossen, sie zu bekommen, sicher, daß sie kommen würde.

Sie schloß die Augen wieder, wartete darauf, daß die negativen Gefühle abflauten und sammelte nach und nach wieder all ihre Entschlossenheit. Sie beruhigte sich, indem sie sich sagte, daß sie nicht allein sein werde, daß andere bei ihr sein würden, daß sie sich alle gegenseitig beschützen würden, und daß die Reise von den Bergen herab schnell vorbei sein werde und daß sie dann sicher sein würden. Sie war doch unbeschadet nach Arborlon heraufgestiegen. Sicherlich würde sie auch wieder hinabsteigen können.

Und doch blieben ihre Zweifel und flüsterten bohrend Warnungen, in denen die Warnung der Addershag von Grimpen Ward widerhallte: *Hüte dich, Elfenmädchen. Ich sehe Gefahren auf dich zukommen, harte Zeiten und Verrat und Böses jenseits aller Vorstellungen.*

Traue niemandem.

Aber wenn sie dem Rat der Addershag folgte, wenn sie sich auf sich selbst verließ und niemand anderem Beachtung schenkte, würde sie ohnmächtig sein. Sie würde von allen anderen abgeschnitten sein. Würde sie das überleben können? Sie glaubte es nicht.

Wieviel von ihrer Zukunft hatte die Addershag überhaupt gesehen, fragte sie sich grimmig. Wieviel hatte sie gar nicht entdecken können?

Sie erhob sich, schaute ein letztes Mal auf den Ellcrys und wandte sich ab. Langsam stieg sie die Gärten des Lebens hinab und nahm dabei schwache Erinnerungen an ihren Trost und ihre Ruhe mit, um sie für eine Zeit wegzustecken, wo sie sie brauchen würde. Für die Zeit, wo Dunkelheit sie umgeben und sie allein sein würde. Sie wollte glauben, daß das nicht eintrat. Sie hoffte, daß sich die Addershag geirrt hatte.

Aber sie wußte, daß sie sich dessen nicht sicher sein konnte.

Garth traf sie kurz darauf, und sie blieb den Rest des Tages mit ihm zusammen. Sie sprachen ausführlich über das, was vor ihnen lag, listeten die Gefahren auf, denen sie bereits begegnet waren, und überlegten gemeinsam, was sie brauchen würden, um ihre Reise zurück durch den Wahnsinn, der dort draußen lag, zu überstehen. Garth schien entspannt und zuversichtlich, aber das schien er eigentlich immer zu sein. Sie vereinbarten, daß sie nahe beieinander bleiben würden, was auch immer geschehen mochte.

Sie sah Gavilan nur einmal und nur für einen Moment. Es war am Spätnachmittag, und er verließ den Palast zu einem weiteren Botengang, als sie über den Rasen kam. Er lächelte ihr zu und winkte, als sei alles, wie es sein sollte, als sei die ganze Welt noch im Gleichgewicht. Trotz ihrer Verwirrung über seine sorglose Art lächelte sie und winkte zurück. Sie hätte gern mit ihm gesprochen, wenn es möglich gewesen wäre, aber Garth war da und auch mehrere Begleiter von Gavilan, und es gab keine Gelegenheit. Er tauchte danach nicht wieder auf, obwohl sie eifrig nach ihm Ausschau hielt. Als die Dämmerung hereinbrach, war sie wieder allein in ihrem Raum, schaute aus den Fenstern auf das ersterbende Licht, dachte, daß sie etwas tun sollte. Ein Gefühl, als sei sie gefangen, machte sich in ihr breit, und sie fragte sich, ob sie darum kämpfen sollte, davon freizukommen. Garth hatte sich wieder in den angrenzenden Raum zurückgezogen. Sie wollte gerade zu ihm gehen, als sich die Tür öffnete und die Königin erschien.

»Großmutter«, begrüßte sie sie und konnte die Erleichterung in ihrer Stimme nicht völlig verbergen.

Ellenroh eilte wortlos durch den Raum, nahm sie in die Arme und drückte sie an sich. »Wren«, flüsterte sie, und ihre Arme legten sich fester um das Mädchen, als hätte sie Angst, Wren könne fliehen.

Schließlich trat sie zurück, lächelte, nachdem zuvor noch ein Schatten von Traurigkeit ihr Gesicht überzogen hatte, nahm dann Wrens Hand und führte sie zum Bett, wo sie sich setzten. »Ich habe dich den ganzen Tag beschämend vernachlässigt. Bitte entschuldige das. Es schien, als sei mir jedes Mal, wenn ich mich umwandte, etwas anderes eingefallen, das zuerst getan werden mußte. Es waren zwar nur kleine Aufgaben, die ich vergessen hatte, sie mußten aber noch vor heute abend erledigt werden.« Sie hielt inne. »Wren, es tut mir leid, daß ich dich in diese Angelegenheit hineingezogen habe. Die Probleme, die wir uns selbst geschaffen haben, sollten nicht auch deine werden. Aber es hilft nichts. Ich brauche dich, Kind. Vergibst du mir?«

Wren schüttelte verwirrt den Kopf. »Es gibt nichts zu vergeben, Großmutter. Als ich mich entschloß, Allanons Botschaft zu euch zu bringen, beschloß ich auch, mich darauf einzulassen. Ich wußte, daß ich mit euch kommen würde, wenn ihr dieser Botschaft folgen würdet. Ich habe noch nie anders darüber gedacht.«

»Wren, du gibst mir soviel Hoffnung! Ich wünschte, Alleyne wäre hier und könnte dich sehen. Sie würde stolz sein. Du hast ihre Kraft und ihre Entschlossenheit.« Die glatten Brauen zogen sich zusammen. »Ich vermisse sie so sehr. Es ist Jahre her, daß sie fortgegangen ist, und noch immer scheint es mir, als sei es nur für einen Moment. Manchmal ertappe ich mich auch jetzt noch dabei, daß ich nach ihr Ausschau halte.«

»Großmutter«, sagte Wren ruhig und wartete, bis sie sie ansah. »Erzähle mir von der Magie. Was ist es, worüber du Bescheid weißt und Gavilan und Eowen und die Eule und jeder andere auch, nur ich nicht? Warum ängstigt es jedermann so?«

Einen Moment lang antwortete Ellenroh Elessedil nicht. Ihre Augen wurden hart, und ihr Körper versteifte sich. Wren konnte in diesem Augenblick die eiserne Entschlossenheit erkennen, auf die ihre Großmutter immer dann zurückgriff, wenn sie sie brauchte, eine Entschlossenheit, die das jugendliche Gesicht und die schlanke Gestalt Lügen strafte. Schweigen breitete sich zwischen ihnen aus. Wren hielt ihrem Blick stand. Sie wollte nicht wegsehen, denn sie wollte die Geheimnisse zwischen ihnen unbedingt beenden.

Das Lächeln der Königin kam unerwartet und bitter. »Wie gesagt, du bist wie Alleyne.« Sie ließ Wrens Hände los. Es schien, als habe sie Angst, es könne eine Schranke zwischen ihnen errichtet werden. »Es gibt einige Dinge, die ich dir gern erzählen würde, die ich dir aber nicht erzählen kann, Wren. Jedenfalls jetzt noch nicht. Ich habe meine Gründe, und du wirst es akzeptieren müssen. Aber ich kann dir versichern, daß es gute Gründe sind. Also werde ich dir nur erzählen, was ich dir heute erzählen kann, und dabei muß es bleiben.«

Sie seufzte und verdrängte die Bitterkeit aus ihrem Lächeln.

»Die Magie ist unberechenbar, Wren. So war es am Anfang, und so ist es bis heute geblieben. Aus Erzählungen über das Schwert von Shannara und die Elfensteine weißt du selbst, daß die Magie nicht immer gleich bleibt, daß sie nicht immer tut, was man von ihr erwartet, daß sie sich auf überraschende Weise offenbaren kann und sich nach längerer Zeit und häufigerem Gebrauch entfaltet. Dies ist eine Wahrheit, die uns scheinbar immer wieder entgeht und die immer wieder neu gelernt werden muß. Als die Elfen nach Morrowindl kamen, beschlossen sie, die Magie neu zu erschließen, die alte Art wieder zu entdecken und sich selbst nach dem Bild der Vorväter zu formen. Das Problem war natürlich, daß es das Vorbild schon lange nicht mehr gab und niemand die Entwürfe aufbewahrt hatte. Die Rückgewinnung der Magie wurde dann jedoch leichter erreicht, als sie erwartet hatten. Sie dann auch zu beherrschen, als man sie erst einmal bei der Hand hatte, war jedoch wieder etwas anderes. Viele Versuche wurden unternommen, und viele davon schlugen fehl. Jenen Versuchen verdanken die Dämonen ihre Existenz. Es geschah ohne Absicht, und es war ein Unglück, aber es ist trotzdem eine Tatsache. Als sie erst einmal da waren, konnten sie nicht wieder fortgeschickt werden. Sie gediehen und vermehrten sich und überlebten alle Versuche, sie wieder zu zerstören.«

Sie schüttelte den Kopf, als sehe sie diese Versuche vor ihren Augen vorbeiziehen. »Du willst mich fragen, warum man sie nicht wieder dahin zurückschicken kann, von wo auch immer sie gekommen sind, nicht wahr? Aber die Magie funktioniert nicht so. Sie erlaubt keine so einfache Lösung. Gavilan und einige andere glauben, daß weitere Experimente mit der Magie bessere Ergebnisse bringen könnten und daß uns Versuche und Irrtümer zufällig einen Weg weisen könnten, die Wesen zu besiegen. Ich halte das für falsch. Ich verstehe die Magie, Wren, denn ich habe sie benutzt, und ich kenne ihre Macht. Ich habe Angst vor dem, was sie bewerkstelligen kann. Es gibt tatsächlich keine Grenzen. Sie macht uns zu nichts anderem als sterblichen Wesen. Ihr fehlen die Schranken, die uns unser Menschsein auferlegt. Sie ist großartiger als wir. Sie wird überleben, wenn wir alle längst tot sind. Ich habe kein Vertrauen in sie, abgesehen von dem Teil, der aus Erfahrung bekannt ist und den die Notwendigkeit erfordert. Ich glaube, daß wir neuen Schrecken in unser Leben lassen, wenn wir sie weiter erproben, wenn wir weiterhin glauben, daß sie die Lösung für all unsere Probleme in sich birgt. Dann werden wir eines Tages vielleicht wünschen, daß wir es nur mit den Dämonen zu tun haben.«

»Was ist mit den Elfensteinen?« fragte Wren ruhig.

Ellenroh nickte, lächelte und schaute fort. »Ja, Kind, was ist mit den Elfensteinen? Was ist mit ihrer Magie? Wir wissen, was sie tun können, wir haben es ja bereits erfahren. Wenn das Elfenblut fehlschlägt, wenn es nicht stark genug ist, wie es bei Will Ohmsford war, schafft die Magie unerwartete Ergebnisse. Der Wunschgesang. Er ist gut und schlecht, beides.« Ihr Blick kehrte zurück. »Aber die Magie der Elfensteine ist bekannt, und sie ist eingeschlossen. Niemand glaubt oder vermutet, daß sie für einen anderen Zweck mißbraucht werden könnte. Dasselbe gilt für den Loden. Wir wissen einiges über diese magischen Kräfte und werden sie einsetzen, weil wir das tun müssen, wenn wir überleben wollen. Aber noch viel größere Magie wartet darauf, erst noch entdeckt zu werden, Kind. Magie, die unter der Erde lebt, die in der Luft zu finden ist und die nach Erkennen schreit. Das ist die Magie, die Gavilan heranziehen möchte. Es ist die gleiche Magie, die ein Druide namens Brona vor mehr als tausend Jahren nutzbar zu machen versuchte – die gleiche Magie, die ihn dazu trieb, Herr aller Zauberer zu werden, und die ihn dann zerstörte.«

Wren verstand die Angst ihrer Großmutter vor der Magie. Sie sah die Gefahren, wie sie sie sah, und konnte die Gefühle, die die Beschwörung der Magie bei ihr hervorrief – die der Elfensteine und des Loden – nachempfinden wie niemand sonst. Sie kannte die Macht, die überwältigen konnte, die zerstören und jemanden besitzen konnte, bis er verloren war.

»Du hast gesagt, daß die Elfen wieder zu der Lebensweise zurückkehren sollen, die sie bevorzugt haben, bevor sie die

Magie zurückgewannen«, sagte sie und dachte dabei an die vergangene Nacht, als Ellenroh das Hohe Konzil einberufen hatte. »Ist das so einfach? Werden nicht einige unter den Elfen das alles wiederhaben wollen und es vielleicht auf andere Weise finden?«

»Nein.« Ellenrohs Augen wurden plötzlich starr. »Nicht noch einmal. Niemals wieder.«

Sie verschwieg etwas. Wren spürte es sofort – und spürte auch, daß Ellenroh darüber nicht reden wollte. »Und was ist mit der Magie, die du bereits beschworen hast, die Magie, die die Stadt beschützt?«

»Sie wird verschwinden, wenn wir erst einmal fortziehen – alle Magie außer der, die benötigt wird, um den Gebrauch des Loden zu sichern und die Elfen und Arborlon ins Westland zurückzubringen. Alle außer dieser.«

»Und die Elfensteine?«

Die Königin lächelte. »Es gibt nichts Absolutes, Wren. Die Elfensteine sind schon lange Zeit in unserem Besitz.«

»Ich könnte sie wegwerfen, wenn wir erst einmal in Sicherheit sind.«

»Ja, Kind, das kannst du tun, falls du dich dazu entschließt.«

Wren spürte, daß da noch etwas zwischen ihnen war, aber es blieb unausgesprochen, und sie konnte seine Bedeutung nicht erkennen. »Wird die Magie des Loden wirklich das tun, was du glaubst, Großmutter? Wird sie die Elfen sicher von Morrowindl fortbringen?«

Auf dem glatten Gesicht der Königin erschien ganz kurz ein Schatten von Zweifel und mehr, ja sogar Hoffnungslosigkeit. »Oh, die Magie ist da. Das ist sicher. Ich habe sie gespürt, als ich den Stab gebrauchte. Ich habe ihre Geheimnisse kennengelernt, und ich weiß, daß sie vorhanden ist.« Ihr Gesicht erhellte sich abrupt. »Aber wir sind es, Wren, wir müssen sie fortbringen. Wir sind es, die dafür sorgen müssen, daß alle, die durch den Zauber des Loden versammelt werden, daß unser Volk der Welt wieder zurückgegeben wird, daß allen eine neue Chance im Leben gegeben wird. Die Magie allein ist nicht genug. Sie ist niemals genug.

Unser Leben, und besonders das Leben all derjenigen, die von uns abhängig sind, liegt für immer in unserer Verantwortung. Die Magie ist nur ein Werkzeug. Verstehst du das?«

Wren nickte schwermütig. »Ich werde alles tun, was ich kann, um zu helfen«, sagte sie weich. »Aber ich sage dir auch, daß ich wünschte, die Magie wäre tot und gestorben, alle Magie, jedes kleine bißchen, alles, von den Schattenwesen über die Dämonen bis hin zum Loden und den Elfensteinen. Ich möchte das alles vernichtet sehen.«

Die Königin erhob sich. »Und wenn sie vernichtet wären, Wren, was würde dann an ihre Stelle treten? Würden die Wissenschaften der Alten Welt wiederbelebt werden? Oder eine noch größere Macht? Irgend etwas würde es sein, weißt du. Es wird immer etwas geben.«

Sie streckte die Hand aus und zog Wren mit sich hoch. »Rufe jetzt Garth, wir wollen zusammen essen. Und lächele. Was auch immer sich aus dem allen ergeben wird, wir haben einander gefunden. Ich bin sehr froh, daß du hier bist.«

Sie umarmte Wren noch einmal und drückte sie. Wren erwiderte die Umarmung und sagte: »Ich bin auch froh, Großmutter.«

Alle Mitglieder des inneren Kreises des Hohen Konzils nahmen an diesem Abend am Abendessen teil – Eton Shart, Barsimmon Oridio, Aurin Striate, Triss, Gavilan und die Königin, außerdem Wren, Garth und Eowen Cerise. Sie alle waren dabeigewesen, als die Entscheidung fiel, die Macht des Loden zu beschwören und Morrowindl aufzugeben. Sogar Cort und Dal waren da und hielten in den Gängen außerhalb des Raumes Wache. Sie hinderten jeden am Eintreten, sogar die Diener, nachdem erst einmal das Essen auf dem Tisch stand. So blieben sie ungestört und konnten die Aufgaben für den nächsten Tag besprechen. Ein lebhaftes Gespräch war im Gange, und die Diskussion über Ausrüstung, Vorräte und vorgeschlagene Routen bestimmten die Unterhaltung. Nachdem sie sich mit der Eule beraten hatte, hatte Ellenroh entschieden, daß die beste Zeit für einen Fluchtversuch unmittelbar vor Tagesanbruch sei, wenn die Dämonen vom Umherstreifen in der Nacht träge waren und nach Schlaf verlangten und sie für ihre Reise das Licht eines ganzen Tages vor sich hatten. Die Nacht war die gefährlichste Zeit dort draußen, weil die Dämonen immer dann auf Jagd gingen. Die Neuner-Gruppe würde etwas mehr als eine Woche Zeit benötigen, um den Strand zu erreichen, wenn alles reibungslos lief. Daran wollte zwar niemand wirklich glauben, aber zumindest behielten sie ihre Zweifel für sich.

Gavilan saß Wren schräg gegenüber und lächelte sie häufig an. Sie war sich seiner Aufmerksamkeit bewußt und erkannte sie höflich an, richtete aber ihre Worte und ihre Aufmerksamkeit auf ihre Großmutter und die Eule und auf Garth. Sie aß etwas, konnte sich hinterher jedoch nicht mehr erinnern, was es war, hörte den Gesprächen der anderen zu und schaute häufig zu Gavilan hinüber, als würde das Geheimnis seiner Anziehungskraft auf irgendeine Weise enthüllt, wenn sie ihn beobachtete. Verwirrt dachte sie darüber nach, was die Königin ihr zuvor erzählt hatte.

Oder, besser gesagt, sie grübelte, was sie ihr nicht erzählt hatte.

Die Enthüllungen der Königin waren alles in allem ein wenig dürftig gewesen. Es war ja schön und gut, daß sie gesagt hatte, daß die Magie zurückgewonnen war, aber woher war sie zurückgewonnen worden? Es war schön und gut, daß sie eingestand, daß dabei auf irgendeine Weise die Dämonen freigelassen worden waren, die sie jetzt belagerten, aber was war mit der Magie, die sie befreit hatte? Und woher befreit hatte? Wren hatte noch immer nicht erfahren, wie es bei dem Gebrauch der Magie zu Mißverständnissen gekommen war oder warum keinerlei Magie verfügbar war, die das rückgängig machen könnte. Was ihre Großmutter ihr gegeben hatte, war wie eine Skizze ohne Schattierungen oder Farben oder Hintergrund irgendeiner Art. Es genügte ihr nicht annähernd.

Und doch hatte Ellenroh darauf bestanden, daß es so sein sollte.

Wren saß da, und ihre Gedanken summten in ihr wie Mücken. Die Gespräche erhoben sich hitzig um sie herum, während sich die Gesichter hierhin und dorthin wandten. Das Licht draußen wurde schwächer, als sich die Dunkelheit herabsenkte, und die Zeit machte sich mit leisen Schritten davon. Es war ein Rückzug von der Vergangenheit und eine verstohlene Annäherung an eine Zukunft, die sie alle für immer verändern konnte. Sie fühlte sich von dem allen rundherum losgelöst, als wäre sie völlig unerwartet auf diesem Platz am Tisch abgesetzt worden, ein ungeladener Gast, der das Leben rundherum belauschte. Sogar Garths vertraute Gegenwart konnte sie nicht trösten. Daher sprach sie auch mit ihm kaum.

Als das Abendessen beendet war, ging sie sofort in ihren Raum, um sich schlafen zu legen, zog sich aus, schlüpfte unter die Bettdecke und lag dann wartend in der Dunkelheit. Sie wartete darauf, daß sich alles wieder rückverwandelte. Doch nichts dergleichen geschah. Ihr Atem verlangsamte und ihre Gedanken zerstreuten sich, und schließlich schlief sie ein.

Allerdings war sie schon wieder wach und angezogen, als das Klopfen an der Tür erklang, das sie wecken sollte. Gavilan stand davor. Er trug eine graubraune Jagdkleidung mit vielen Waffen. Sie vermißte das vertraute Grinsen an ihm. Auf einmal sah er wie jemand völlig anderes aus.

»Ich dachte, du würdest vielleicht gern mit mir zur Mauer hinuntergehen«, sagte er einfach.

Ihr Lächeln, mit dem sie ihm antwortete, brachte auch eine Spur des seinen zurück. »Das würde ich gern«, stimmte sie zu.

Mit Garth im Schlepptau verließen sie den Palast und gingen durch die dunklen, verlassenen Straßen der Stadt. Wren hatte gedacht, die Menschen würden wach und aufmerksam sein und beobachten wollen, was geschehen würde, wenn die Magie des Loden beschworen würde. Aber die Häuser der Elfen waren dunkel und ruhig, und jene Elfen, die beobachteten, taten dies aus den Schatten heraus. Vielleicht hatte Ellenroh ihnen gar nicht gesagt, wann die Verwandlung stattfinden würde, überlegte sie. Sie bemerkte, daß ihnen jemand folgte und schaute zurück. Ein Dutzend Schritte hinter ihnen entdeckte sie Cort. Triss hatte ihn wohl geschickt, um sicherzugehen, daß sie den Versammlungsort rechtzeitig erreichten. Triss ging wohl mit der Königin dorthin. Oder mit Eowen Cerise oder mit Aurin Striate. Vielleicht hatte das auch Dal übernommen. Sie alle scharten sich unten am Keel an jener Tür zusammen, die in die jenseitige Trostlosigkeit hinausführte, in die rauhe und karge Leere, die sie durchqueren mußten, um zu überleben.

Sie gelangten ohne Zwischenfall dorthin. Die Dunkelheit war noch ungebrochen, das Licht der Dämmerung noch unter dem Horizont verborgen. Alle waren versammelt – die Königin, Eowen, die Eule, Triss, Dal und jetzt sie vier. Nur neun, dachte Wren. Plötzlich wurde sie sich der Tatsache bewußt, wie wenige sie waren und daß das Schicksal von vielen von ihnen abhing. Sie tauschten Umarmungen und verstohlene Worte der Ermutigung aus und waren nicht mehr als eine Handvoll Schatten, die geflüsterte Worte in die Nacht schickten. Sie alle trugen Jagdkleidung, die bequem und robust war, die Schutz bot vor dem Wetter und vielleicht auch ein wenig gegen die Gefahren, die sie draußen erwarteten. Sie alle trugen Waffen, außer Eowen und der Königin. Ellenroh trug den Ruhkstab, dessen dunkles Holz schwach schimmerte. Auch in der fast vollständigen Schwärze blinkte und schimmerte der Loden noch in unzähligen Farben. Auf dem Keel lag die Magie als beständiges Glühen, das die Festungsmauern erhellte und himmelwärts strebte. Elfenjäger patrouillierten in Sechsergruppen an den Mauern, und weitere Wachen waren auf ihren Türmen postiert. Das Grollen und Zischen von außerhalb drang nur selten aus der Ferne zu ihnen, als seien die Wesen, die es verursachten, uninteressiert und wollten eher schlafen.

»Wir werden ihnen eine Überraschung bereiten, bevor diese Nacht vorüber ist, nicht wahr?« flüsterte Gavilan Wren ins Ohr. Ein zögerndes Lächeln lag auf seinem Gesicht.

»Wenn wirklich sie diejenigen sind, die am Ende überrascht sein werden«, flüsterte sie zurück.

Sie sah Aurin Striate an der Tür, die in die Tunnel hinunterführte, und trat neben ihn. Seine zerknitterte Gestalt bewegte sich in der Dunkelheit. Er sah sie an und nickte ihr zu.

»Augen und Ohren geschärft, Wren?«

»Ich glaube schon.«

»Die Elfensteine bereit?«

Sie preßte die Lippen zusammen. Die Elfensteine lagen in einem neuen Lederbeutel, der um ihren Hals hing – sie konnte ihr Gewicht auf ihrer Brust ruhen spüren. Es war ihr bis jetzt gelungen, nicht an sie zu denken. »Denkt Ihr denn, ich werde sie brauchen?«

Er zuckte die Achseln. »Du hast sie das letzte Mal doch auch gebraucht.«

Sie war einen Augenblick ruhig und überdachte, was da auf sie zukam. Irgendwie hatte sie geglaubt, sie könne Morrowindl entkommen, ohne die Magie erneut beschwören zu müssen.

»Es scheint dort draußen ruhig zu sein«, sann sie hoffnungsvoll.

Er nickte. Seine schlanke Gestalt lehnte gegen die Mauer. »Sie werden uns nicht erwarten. Wir werden unsere Chance bekommen.«

Sie rückte neben ihn, so daß sich ihre Schultern berührten. »Wie groß wird die Chance sein, Eule?«

Er lachte tonlos. »Welchen Unterschied macht das schon? Es ist unsere einzige Chance!«

Barsimmon Oridio tauchte aus der Dunkelheit auf. Er ging direkt zur Königin, sprach ein paar Minuten lang gedämpft mit ihr und verschwand dann wieder. Er wirkte abgezehrt und erschöpft, aber sein Schritt zeigte Entschlossenheit.

»Wie lange geht Ihr schon dort hinaus?« fragte Wren die Eule plötzlich, ohne ihn dabei anzusehen. »Zu denen da hinaus.«

Er zögerte. Er wußte, was sie meinte. Sie konnte spüren, daß er sie prüfend ansah. »Ich weiß es nicht mehr.«

»Was ich wohl am meisten wissen will, ist, was Euch dazu gebracht hat, daß Ihr es überhaupt getan habt. Ich kann mich kaum dazu überwinden, auch nur dieses eine Mal dort hinauszugehen, weil ich weiß, was dort draußen ist.« Sie schluckte, als sie dieses Geständnis machte. »Ich glaube, ich kann es tun, weil es die einzige Möglichkeit ist und weil ich es nicht wieder tun muß. Aber Ihr hattet jedes Mal die Wahl. Bis auf heute. Ihr müßt mehr als einmal gründlich darüber nachgedacht haben. Ihr wart nicht gezwungen, dort hinauszugehen.«

»Wren.« Sie wandte sich ihm zu, als er ihren Namen nannte, und sah ihn an. »Laß mich dir etwas sagen, was du noch nicht gelernt hast. Du wirst es erst lernen, wenn du länger gelebt hast. Wenn du älter wirst, merkst du, daß dich das Leben langsam ermüdet. Es spielt keine Rolle, wer du bist oder was du tust, es geschieht einfach. Erfahrung, Zeit, Ereignisse – sie alle sind gegen dich verschworen, um deine Energie zu stehlen, dein Vertrauen zu zersetzen, dich dazu zu bringen, die Fragen über Dinge zu stellen, an die du keinen zweiten Gedanken verschwendet hast, als du jung warst. Es geschieht allmählich. Es ist ein Abbröckeln, daß du zuerst nicht einmal bemerkst, und dann ist es eines Tages da. Du wachst auf, und du hast ganz einfach das Feuer nicht mehr.«

Er lächelte schwach. »Dann mußt du dich entscheiden. Du kannst entweder deinem Gefühl nachgeben und einfach sagen ›In Ordnung, genug ist genug‹, und dann bist du damit durch, oder du kannst es bekämpfen. Du kannst akzeptieren, daß du jeden Tag, den du lebst, dagegen angehen mußt. Dann mußt du zu dir selbst sagen, daß es dir egal ist, was du fühlst, daß es egal ist, was mit dir geschieht, denn früher oder später geschieht es ohnehin. Dann wirst du tun, was du tun mußt, weil du sonst besiegt werden wirst und das Leben keinen wahren Sinn mehr hat. Wenn du soweit bist, kleine Wren, wenn du die Ermüdung und die Zersetzung akzeptieren kannst, dann kannst du alles. Wie ich es geschafft habe, nachts immer wieder hinauszugehen? Ich habe mir einfach gesagt, es sei nicht so wichtig und die Menschen hier drinnen seien wichtiger. Weißt du was? Es ist in Wirklichkeit gar nicht so schwer. Du mußt nur an der Angst vorbeikommen.«

Sie dachte einen Moment darüber nach und nickte dann. »Ich finde, bei Euch klingt es viel leichter, als es ist.«

Die Eule stieß sich von der Mauer ab. »Ist das so?« fragte er. Dann lächelte er erneut und ging davon.

Wren schlenderte zurück zu Garth. Der große Fahrende deutete auf die Festungsmauern des Keels. Von seiner Höhe kamen verstohlene, leise Gestalten herab. Elfenjäger, die sich aus dem Licht lösten und in die Schatten hinabstiegen. Wren schaute ostwärts und sah die erste schwache Färbung der Dämmerung vor der Dunkelheit.

»Es ist Zeit«, sagte Ellenroh plötzlich und drängte sie zur Mauer.

Sie bewegten sich schnell. Aurin Striate führte sie. Sie zogen die Tür auf, die hinunter in die Tunnel führte, und blieben dann am Eingang stehen, um zur Königin zurückzusehen. Ellenroh war von der Mauer zu einem Brückenkopf hinübergegangen und kurz vor seinem Aufgang stehengeblieben. Dort steckte sie das untere Ende des Ruhkstabes fest in die Erde. Von irgendwoher aus Arborlon läutete eine Glocke. Sie war ein Signal, und jene wenigen Elfenjäger, die auf dem Keel geblieben waren, glitten jetzt schnell davon. Innerhalb von Sekunden lag die Mauer verlassen da.

Ellenroh Elessedil schaute zurück zu den acht, die auf dem Sprung waren, und wandte sich dann der Stadt zu. Ihre Hände umklammerten den polierten Schaft des Ruhk, und sie senkte den Kopf.

Sofort begann der Loden zu glühen. Seine Helligkeit wuchs rasch zu einem weißen Feuer an, das ausströmte, bis die Königin darin eingehüllt war. Das Licht breitete sich ständig weiter aus, erhob sich vor der Dunkelheit und erfüllte den Raum innerhalb der Mauern, bis ganz Arborlon hell wie der Tag erleuchtet war. Wren versuchte zu sehen, was geschah, aber die Intensität des Lichts wuchs so sehr, daß es sie blendete und sie zwang, sich abzuwenden. Das weiße Feuer floß zu den Befestigungen des Keels und begann sich zu verdichten. Wren konnte mehr spüren, daß es geschah, als daß sie es sah, denn sie hielt ihre Augen gegen den Glanz geschlossen. Außerhalb des Keels begannen die Dämonen zu schreien. Ein Windstoß kam aus dem Nichts und wuchs zu einem Heulen an. Wren fiel auf die Knie. Sie spürte, daß Garth seine starken Arme um ihre Schultern legte und hörte Gavilans Stimme, der ihr etwas zurief. Bilder formten sich in ihrem Geist. Sie wurden durch Ellenrohs Beschwörung hervorgerufen. Es waren wilde und außergewöhnliche Visionen einer Welt im Chaos. Die Magie bewegte sich an ihr vorbei wie ein Vorbeistreichen flüsternder und singender Finger.

Alles endete in einem Schrei. Es war ein Geräusch, das von keiner menschlichen Stimme herrühren konnte. Und dann eilte das Licht davon. Es schnellte zurück in die Dunkelheit, zog sich zurück, als sei es in einen Wasserstrahl hinabgezogen worden. Wrens Augen hoben sich ruckartig. Sie folgten der Bewegung und versuchten, etwas zu erkennen. Sie war gerade schnell genug, um einen letzten Rest des Lichts zu erhaschen, wie es in der strahlenden Kugel des Loden verschwand. Sie blinzelte, und es war fort.

Auch die Stadt Arborlon war fort – die Menschen, die Gebäude, die Straßen und Wege, die Gärten und Rasen, die Bäume. Alles, was zwischen den Mauern des Keels gewesen war, war verschwunden. Es war nichts übriggeblieben als ein flacher Krater in der Erde – als habe eine Riesenhand Arborlon einfach aufgehoben und es verschwinden lassen.

Ellenroh Elessedil stand allein am Rande dessen, was einst der Graben gewesen und jetzt der Rand eines Kraters war, lehnte sich schwer auf den Ruhkstab, und ihre Energie verließ sie. Über ihr stand der Loden wie ein vielfarbiges Feuer. Die Königin rührte sich und versuchte sich zu bewegen, aber es mißlang, und sie stolperte und fiel auf die Knie. Triss eilte zu ihr, hob sie hoch, als sei sie ein müdes Kind, und eilte wieder zurück. Im selben Augenblick erkannte Wren, daß die Magie, die den Keel geschützt hatte, auch versiegt war, genau wie ihre Großmutter es vorhergesagt hatte. Der Glanz war völlig verschwunden. Der Himmel über ihnen war in einen Dunst aus Vog gehüllt, und der Sonnenaufgang zeigte sich als ein trübes Hellerwerden des Himmels im Osten, das kaum die Schwärze der Nacht durchdrang. Wren atmete ein und bemerkte, daß der Schwefelgestank zurückgekehrt war. Alles, was zum Schutze Arborlons dagewesen war, war verschwunden.

Die Stille des Augenblicks machte einem Durcheinander von Dämonengeheul und Schreien Platz, als die Wesen erkannten, was geschehen war. Das Geräusch von Körpern erhob sich, die auf die Mauern zukrochen, und von Klauen, die von allen Seiten näher kamen.

Triss hatte sie erreicht. Er hielt die Königin und den Ruhkstab krampfhaft mit seinen Armen.

»Hinein, schnell!« rief die Eule und eilte voraus.

Sie wollten nichts lieber, als ihm zu folgen, und so verschwand der Rest der kleinen Gesellschaft, die mit der sicheren Übergabe Arborlons und seiner Elfen betraut war, durch die geöffnete Tür hinunter in die Dunkelheit.

14

In einer Welt aus Licht und Schatten, in der Wahrheiten die schillernde Unbeständigkeit eines Daseins hatten, das der Gegenständlichkeit enthoben und in die Transparenz überführt ist, in die Nichtexistenz und den Dunst, sah Walker Boh das Unmögliche von Angesicht zu Angesicht.

»Ich habe lange Zeit gewartet, Walker, und gehofft, daß du kommen würdest«, flüsterte der Geist, der vor ihm stand.

Cogline! Doch der war jetzt schon seit Wochen tot, getötet von den Schattenwesen am Hearthstone, vernichtet von Rimmer Dall – zusammen mit Rumor. Walker hatte gesehen, wie es passiert war. Fast unheilbar krank von dem Gift des Asphinx, hatte er hilflos in seinem Schlafraum gekauert, als der alte Mann und die Moorkatze ihren letzten Kampf ausfochten. Er hatte alles angesehen: den letzten Ansturm der aus der dunklen Magie entstandenen Monster, das Feuer der Magie des alten Mannes, das zur Vergeltung aufloderte, und die Explosion, die in ihrer Reichweite jedermann verschlungen hatte. Cogline und Rumor waren zusammen mit Dutzenden ihrer Angreifer in der Feuersbrunst verschwunden. Niemand hatte überlebt, außer Rimmer Dall und einer Handvoll anderer, dic hinausgeschleudert worden waren.

Und dennoch waren Cogline und die Katze hier. Als Schatten aus dem Totenreich waren sie irgendwie nach Paranor hineingekommen.

Allerdings hielt Walker Boh sie für genauso real wie sich selbst, eine Reflektion seiner selbst in dieser Welt des Zwielichts, in die der Schwarze Elfenstein ihn gesandt hatte. Sie waren geistergleich und doch lebendig, obwohl sie es nicht hätten sein sollen. Es sei denn, er wäre auch tot und statt dessen alles eine Spiegelung von ihnen. Die Widersprüche überwältigten ihn. Sein Atem wurde knapp, und er konnte nicht sprechen. Wer lebte und wer nicht?

»Walker.« Der alte Mann nannte ihn bei seinem Namen, und dieser Klang brachte ihn von der Klippe zurück, auf der er schwebte.

Cogline näherte sich langsam und vorsichtig. Er schien die Angst und die Verwirrung zu erkennen, die seine Anwesenheit in seinem Schüler ausgelöst hatte. Er sprach leise mit Rumor, und die Moorkatze setzte sich gehorsam und heftete ihre glänzenden Augen hell und interessiert auf Walker. Coglines Körper war unter dem Wust abgetragener Kleider genauso zerbrechlich und steif wie eh und je, und das graue, diesige Licht fiel in schmalen Streifen durch ihn hindurch. Walker wich zurück, als der alte Mann die Hand ausstreckte, um ihn an der Schulter zu berühren. Skelettartige Finger krochen abwärts, um seinen Arm zu ergreifen.

Der Griff war warm und fest.

»Ich lebe, Walker. Und Rumor auch. Wir leben beide«, flüsterte er. »Die Magie hat uns gerettet.«

Walker Boh war einen Augenblick lang still. Er starrte verständnislos in die Augen des anderen und suchte nach etwas, was den Worten des anderen eine Bedeutung geben könnte. Er lebte? Wie konnte das sein? Schließlich nickte er, denn er mußte irgendwie reagieren, um sich von der Angst und der Verwirrung zu lösen, und fragte zögernd: »Wie bist du hierher gekommen?«

»Komm und setz dich zu mir«, erwiderte der andere.

Er führte Walker zu einer Steinbank an der Wand. Sie schimmerten beide so seltsam wie ein undeutliches Relief vor den Schatten, eingehüllt in Nebel und Dunkelheit. Innerhalb des Keeps wurden die Geräusche gedämpft, als werde ein unwillkommener Gast gezwungen, leise aufzutreten, um nicht die Aufmerksamkeit auf sich zu ziehen. Walker sah sich um. Noch immer ungläubig, suchte er das Labyrinth der Wege, das vor und hinter ihnen verschwand. Er erhaschte kurze Blicke auf Steinmauern und Brüstungen und Türme, die sich rund um ihn herum erhoben. Sie waren genauso bar allen Lebens wie Gräber in der Erde. Er setzte sich neben den alten Mann und spürte, wie sich Rumor dabei an ihm rieb.

»Was ist mit uns geschehen?« fragte er. Und ein gewisses Maß seiner Festigkeit kehrte zurück, seine Entschlossenheit, die Wahrheit herauszufinden, drängte die Unsicherheit zurück. »Sieh uns an. Wir sind wie Geister.«

»Wir befinden uns in einer Welt der Halbexistenz, Walker«, erwiderte Cogline sanft. »Wir befinden uns irgendwo zwischen der Welt der Sterblichen und der Welt der Toten. Paranor liegt jetzt hier. Es wurde durch die Magie des Schwarzen Elfensteins aus der Nichtexistenz zurückgebracht. Du hast es gefunden, nicht wahr? Du hast es wiederbeschafft, wo auch immer es verborgen war, und du hast es hierher gebracht. Du hast es benutzt, als du wußtest, daß du es tun mußtest, und hast uns zurückgebracht.«

»Warte, antworte noch nicht.« Er unterbrach Walker, als der versuchte zu sprechen. »Ich eile mir selbst voraus. Du mußt erst einmal wissen, was mit mir geschehen ist. Dann werden wir von dir sprechen. Rumor und ich haben ein eigenes Abenteuer erlebt, das uns hierher geführt hat. Folgendes ist geschehen, Walker: Vor einigen Wochen, als ich mit dem Schatten Allanons sprach, wurde ich gewarnt, daß meine Zeit in der Welt der Sterblichen fast vorüber sei und daß der Tod zu mir kommen würde, wenn ich das nächste Mal das Gesicht Rimmer Dalls erblicken würde. Wenn dies geschähe, sollte ich die Geschichte der Druiden bei mir behalten und sie nicht aus der Hand geben. Mehr wurde mir nicht gesagt. Als der Erste Sucher und seine Schattenwesen am Hearthstone auftauchten, erinnerte ich mich an Allanons Worte. Es gelang mir, sie lange genug zurückzuhalten, um das Buch aus seinem Versteck zu holen. Ich stand mit dem Buch an meine Brust gepreßt auf der Veranda der Hütte, und Rumor drängte sich gegen mich, als mich die Schattenwesen erreichten, um mich zu zerreißen.

Du dachtest, es wäre meine Magie gewesen, die mich einhüllte. Doch so war es nicht. Als sich die Schattenwesen um mich zusammenzogen, kam eine in der Druidengeschichte enthaltene Magie zu meiner Verteidigung hervor. Sie ließ ein weißes Feuer frei, das alles um sich herum verschlang und alles zerstörte, was nicht Teil von mir war, außer Rumor, der mich beschützen wollte. Sie fügte uns keinen Schaden zu, sondern fing uns statt dessen auf und trug uns in Windeseile davon. Wir wurden bewußtlos und verfielen in einen Schlaf, der tiefer war als alles, was ich je kennengelernt habe. Als wir wieder erwachten, waren wir hier, innerhalb von Paranor, innerhalb des Keeps des Druiden.«

Er rückte näher heran. »Ich weiß nicht sicher, was geschehen ist, als die Magie ausgelöst wurde, Walker, aber ich kann es vermuten. Die Druiden würden ihr Werk niemals ungeschützt lassen. Nichts von dem, was sie erschaffen haben, würden sie jemals jenen überlassen, denen das Recht und die richtige Absicht fehlen. So war es, da bin ich sicher. Ich weiß es aus ihren Geschichten. Die Magie, die sie beschützte, funktionierte so, daß jede Bedrohung ihre Rückkehr zum Gewölbe innerhalb des Keeps nach sich zog, der sie all die Jahre beschützt hatte. Das war es, was mit der Geschichte geschehen war, die ich festhielt. Ich habe in die Gewölbe geschaut und die Geschichte wieder unter den anderen gefunden, sicher zurückgekehrt. Allanon muß gewußt haben, daß dies geschehen würde – und muß gewußt haben, daß jeder, der die Geschichte besaß, auch fortgetragen werden würde – zurück nach Paranor, zurück in das Heiligtum der Druiden.«

»Aber nicht«, beendete er seine Überlegungen, »zurück in die Welt der Sterblichen.«

»Weil der Keep vor dreihundert Jahren woanders hin gesandt worden war«, murmelte Walker, der jetzt zu verstehen begann.

»Ja, Walker, weil der Keep von Allanon aus den Vier Ländern fortgesandt worden war und fortbleiben würde, bis die Druiden ihn wieder zurückbrächten. Also wurde ihm das Buch zurückgegeben, und Rumor und ich wurden mit ihm gesandt.« Er hielt inne. »Es scheint, daß die Druiden mit mir noch nicht fertig sind.«

»Du bist hier also gefangen?« fragte Walker leise.

Das Lächeln des anderen war starr. »Das befürchte ich. Ich verfügte nicht über die Magie, uns zu befreien. Wir sind jetzt Teil von Paranor, genau wie die Geschichten es sind, lebendig und wohlauf, aber Geister in einem Geisterschloß, gefangen in irgendeiner Übergangszeit und an einem Übergangsort, bis eine stärkere Magie als die meine uns befreit. Und darum habe ich auf dich gewartet.« Die knochigen Finger legten sich fester um Walkers Arm. »Erzähle es mir jetzt. Hast du den Schwarzen Elfenstein mitgebracht? Kannst du ihn mir zeigen?«

Walker Boh erinnerte sich plötzlich daran, daß er den Stein noch immer besaß, den Talisman, der so fest in seiner Hand verschlossen lag, daß sich seine Ränder in die Haut seiner Handfläche eingegraben hatten. Er streckte zögernd seine Hand aus, und seine Finger öffneten sich langsam nacheinander. Er war vorsichtig, denn er hatte Angst, daß die Magie ihn überwältigen könnte. Der Schwarze Elfenstein schimmerte dunkel in der Höhlung seiner Handfläche, aber die Magie lag im Schlummer, und das Nichtlicht war darin versiegelt.

Cogline spähte lange Zeit schweigend auf den Stein hinab, ohne mehr zu versuchen, und sein schmales, faltiges Gesicht spiegelte Verwunderung und Unschlüssigkeit wider. Dann schaute er wieder auf und sagte: »Wie hast du ihn gefunden, Walker? Was ist geschehen, nachdem Rumor und ich fortgetragen worden waren?«

Walker erzählte ihm dann von der Ankunft von Quickening, der Tochter des Königs vom Silberfluß, und wie sie seinen Arm geheilt hatte. Er erzählte alles, was auf der Reise nach Norden, nach Eldwist, geschehen war, von der Anstrengung Quickenings und ihrer Begleiter, in dem Land aus Stein zu überleben. Er erzählte von der Suche Uhl Belks, von den Treffen mit dem Kratzer und dem Malmschlund und zuletzt von der Zerstörung der Stadt und jener, die sie hatten erhalten wollen.

»Ich kam allein hierher«, schloß er, und sein Blick schweifte in weite Ferne, als die Erinnerungen an das, was ihm widerfahren war, wieder auftauchten. »Ich wußte, was von mir erwartet wurde. Ich habe akzeptiert, daß die Verpflichtung, die Allanon Brin Ohmsford auferlegt hatte, für mich gedacht gewesen war.« Er schaute zur Seite. »Du hast mir immer gesagt, daß ich zuerst akzeptieren müßte, um verstehen zu können, und ich vermute, ich habe getan, was du mir geraten hast. Und was Allanon mir aufgetragen hat. Ich habe den Schwarzen Elfenstein benutzt und den Keep der Druiden zurückgebracht. Aber sieh mich an, Cogline. Ich erscheine wie du, als Geist. Wenn die Magie erreicht hat, was beabsichtigt war, warum dann...«

»Denk nach, Walker«, unterbrach der andere ihn schnell. Mit einem gequälten Blick in seinen uralten Augen fragte er: »Welche Aufgabe hat Allanon dir gestellt? Wiederhole sie für mich.«

Walker atmete tief ein. Sein bleiches Gesicht wirkte besorgt. »Paranor und die Druiden zurückzubringen.«

»Ja, Paranor und die Druiden – beide. Du erkennst, was das bedeutet, nicht wahr? Du verstehst es doch?«

Walkers Brauen zogen sich vor Enttäuschung und Widerwillen zusammen. »Ja, alter Mann.« Er atmete hastig. »Ich muß ein Druide werden, wenn Paranor wiederhergestellt werden soll. Ich habe das akzeptiert, obwohl es so sein sollte, wie ich es wünsche, und nicht, wie ein Schatten es haben will, der seit dreihundert Jahren tot ist.« Seine Worte sprudelten jetzt ärgerlich und hastig hervor. »Ich werde nicht sein, wie sie waren, jene alten Männer, die…«

»Walker!« Coglines Verärgerung war genauso heftig wie die seine, und Walker wurde sofort ruhig. »Höre mir zu. Verkünde nicht, was du tun wirst und wie du sein wirst, bis du verstehst, was von dir verlangt wird. Dies ist nicht einfach eine Sache des Akzeptierens und Ausführens einer Aufgabe. Das war es niemals. Das Akzeptieren dessen, wer du bist und was du tun mußt, ist nur der erste vieler Schritte, die deine Reise erfordert. Ja, du hast den Schwarzen Elfenstein wiederbeschafft und seine Magie beschworen. Ja, du hast Einlaß in das verschwundene Paranor erlangt. Aber das ist nur der Anfang von dem, was notwendig ist.«

Walker sah ihn an. »Was meinst du? Was gibt es noch?«

»Vieles, fürchte ich«, flüsterte der andere. Ein trauriges Lächeln stahl sich über die faltigen Züge, die aussahen wie zerknittertes Holz, das sich mit den Jahren spaltet. »Du bist doch ganz ähnlich nach Paranor gekommen wie Rumor und ich. Die Magie hat dich hierher gebracht. Aber die Magie verschafft dir zu ihren eigenen Bedingungen Einlaß. Wir sind durch ihre Einwilligung hier, lebendig unter den von ihr bestimmten Bedingungen. Du hast bereits bemerkt, wie du erscheinst – fast als ein Geist, der Substanz und Leben hat. Aber du hast nicht genug von beidem, um wie andere Sterbliche zu sein. Das sollte dir etwas sagen, Walker. Sieh dich um. Paranor scheint genauso zu sein – hier und doch nicht hier, undeutlich in seiner Form, noch nicht vollständig erstanden.«

Die dünnen Lippen preßten sich zusammen. »Verstehst du? Wir sind keine von uns – Rumor, du und ich, Paranor. Wir sind noch nicht in die Welt der Menschen zurückgekehrt. Wir sind noch immer in einem Dasein irgendwo zwischen Sein und Nichtsein gefangen, und wir warten. Wir warten darauf, Walker, daß uns die Magie völlig wiederherstellt. Weil sie das noch nicht getan hat, obwohl du den Schwarzen Elfenstein gebraucht hast. Und in den Keep eingetreten bist. Sie hat es noch nicht getan, weil sie noch nicht beherrscht wird.«

Er streckte die Hand aus, schloß Walkers Finger wieder sanft über dem Schwarzen Elfenstein und setzte sich dann langsam zurück. Vor den Schatten erinnerte er an ein zerbrechliches Reisigbündel.

»Um Paranor wieder für die Welt der Menschen zurückzugewinnen, müssen die Druiden wiederkommen. Genauer gesagt, ein Druide, Walker. Du. Aber es reicht nicht, zu akzeptieren, was das bedeutet. Das ist noch nicht genug dafür, daß du ein Druide wirst. Du mußt mehr sein, wenn die Magie die deine werden soll, wenn sie dir gehören soll. Du mußt werden, was dir aufgetragen wurde. Du mußt dich verwandeln.«

»Mich verwandeln?« Walker war entsetzt. »Es scheint so, als hätte ich das bereits getan! Welche weitere Verwandlung ist nötig? Muß ich völlig verschwinden? Nein, antworte mir nicht. Laß mich das alles einen Moment selbst entwirren. Ich trage das Vermächtnis Allanons, ich bin im Besitz des Schwarzen Elfensteins, und doch muß ich noch mehr tun, wenn etwas davon eine Bedeutung haben soll. Mich verwandeln, sagst du? Wie?«

Cogline schüttelte den Kopf. »Das weiß ich nicht. Ich weiß, daß du, wenn du es nicht tust, kein Druide werden wirst und Paranor nicht für die Welt der Menschen zurückgewonnen werden wird.«

»Bin ich etwa hier gefangen, wenn es mir mißlingt?« fragte Walker aufgebracht.

»Nein. Du kannst gehen, wann immer du willst. Der Schwarze Elfenstein wird dafür sorgen.«

Ein unsicherer Moment ärgerlichen Schweigens entstand, während sich die beiden Männer gegenüberstanden. Sie waren undeutliche Schatten, die auf einer Steinbank unter den Schatten der Schloßmauern saßen. »Und du?« fragte Walker schließlich. »Und Rumor? Könnt ihr mit mir fortgehen?«

Cogline lächelte schwach. »Wir haben unser Leben teuer bezahlt, Walker. Wir sind an die Magie der Druidengeschichten gebunden. Wir sind unwiderruflich gebunden und müssen bei ihnen bleiben. Wenn sie nicht wieder für die Welt der Menschen gewonnen werden, können auch wir nicht wieder zurückgebracht werden.«

»Schatten.« Walker stieß das Wort aus wie einen Fluch. Er fühlte, wie sich das Gewicht von Paranors Steinen um ihn herum legte. »Also kann ich meine eigene Freiheit erlangen, aber nicht deine. Ich kann gehen, aber du mußt bleiben.« Sein Lächeln war hart. »Das würde ich natürlich niemals tun. Nicht, nachdem du dein eigenes Leben aufgegeben hast, damit ich meines behalten konnte. Das wußtest du, nicht wahr? Du wußtest es von Anfang an. Und Allanon wußte es sicher auch. Ich bin also auf jeden Fall gefangen, nicht wahr? Ich spekuliere darüber, wer ich sein und was ich tun werde, und wie ich mein eigenes Schicksal unter Kontrolle bringen kann, aber meine Worte sind bedeutungslos.«

»Walker, du bist nicht an uns gebunden«, warf Cogline schnell ein. »Rumor und ich haben darum gekämpft, dich zu retten, weil wir es wollten.«

»Du hast gekämpft, weil es nötig war, wenn ich Allanons Aufgabe ausführen sollte, Cogline. Es gibt keinen Ausweg, solange ich lebe. Wenn ich mich weigere, sie jetzt auszuführen, oder wenn es mir mißlingt, dann wird alles, was vorher war, umsonst gewesen sein!« Er kämpfte um seine Selbstkontrolle, als seine Stimme zu einem Schreien zu werden drohte. »Sieh nur, was man mir antut!«

Cogline wartete einen Moment und sagte dann leise: »Ist es wirklich so schlimm, Walker? Bist du so sehr mißbraucht worden?«

Es entstand eine Pause. Walker sah ihn an. »Weil ich nichts dazu zu sagen habe, was aus mir werden soll? Weil es mir bestimmt ist, etwas zu tun, was ich verachte? Weil ich in einer Weise handeln muß, in der ich sonst niemals handeln würde? Alter Mann, du erstaunst mich.«

»Aber nicht genug, um dich zu einer Antwort zu reizen?«

Walker schüttelte angewidert den Kopf. »Antworten sind sinnlos. Jede Antwort, die ich jetzt gebe, würde später nur auf mich zurückfallen. Ich habe das Gefühl, als würde ich in dieser Angelegenheit von meinen eigenen Gedanken betrogen. Es ist besser, mit dem umzugehen, was da ist, als mit dem, was sein wird, nicht wahr?« Er seufzte. Die Kälte des Gesteins drang in ihn, doch er spürte das jetzt zum ersten Mal. »Ich bin hier genauso gefangen wie du«, flüsterte er.

Cogline lehnte sich gegen die Schloßmauer zurück, und es sah einen Moment so aus, als werde er in sie hinein verschwinden. »Dann fliehe, Walker«, sagte er ruhig. »Nicht indem du vor deinem Schicksal davonläufst, sondern indem du es willkommen heißt. Du hast von Anfang an darauf bestanden, daß du dir nicht erlauben würdest, von den Druiden benutzt zu werden. Glaubst du, ich dächte anders darüber? Wir sind beide Opfer von Umständen, die vor dreihundert Jahren in Gang gesetzt wurden. Für uns beide würde nichts von dem gelten, wenn wir die Wahl hätten. Aber wir haben keine Wahl. Und es hat keinen Sinn, auf das zu schimpfen, was uns angetan wurde. Also, Walker, tu etwas, um die Dinge zu deinem Vorteil zu verändern. Tu das, was dir vorherbestimmt ist, werde, was du werden mußt, und dann handele so, wie du es für richtig hältst.«

Walker lächelte ironisch. »Also möchtest du, daß ich mich verwandele. Wie soll ich das tun, Cogline? Das mußt du mir noch sagen.«

»Fang mit den Druidengeschichten an. Alle Geheimnisse der Magie sollen darin enthalten sein.« Die Hand des alten Mannes umklammerte impulsiv seinen Arm. »Gehe hinauf in den Keep, nimm die Geschichten aus ihrem Gewölbe, eine nach der anderen, und sieh selbst, was sie dich lehren können. Die Antworten, die du brauchst, müssen darin liegen. Zumindest ist das etwas, mit dem du beginnen kannst.«

»Ja«, stimmte Walker zu, wobei er innerlich über die Möglichkeit nachgrübelte, daß Cogline recht haben könnte, daß er das, was er suchte, nicht erringen könnte, wenn er sein Schicksal verleugnete, sondern nur dadurch, daß er es zu seinem eigenen Nutzen umwandelte. »Ja, das ist ein Anfang.«

Darauf erhob er sich und Cogline mit ihm. Walker stand dem alten Mann einen Moment lang schweigend gegenüber, dann streckte er seinen gesunden Arm aus und umarmte ihn sanft. »Es tut mir leid, was dir angetan wurde«, flüsterte er. »Ich meinte wirklich, was ich damals am Hearthstone gesagt habe, bevor Rimmer Dall auftauchte – daß es mein Fehler war, dir die Schuld daran zu geben, was geschehen ist, und daß ich dankbar bin für alles, was du getan hast, um mir zu helfen. Wir werden einen Weg finden, um uns zu befreien, Cogline. Das verspreche ich dir.«

Dann trat er zurück, und das Lächeln, mit dem Cogline ihm antwortete, war wie ein blitzender Sonnenstrahl, der durch die Dunkelheit bricht.

Also ging Walker Boh in den Keep hinauf. Er vertraute sich der Führung Coglines und Rumors an, und sie waren jetzt drei Geister auf der Jagd in einer Übergangswelt. Das Schloß der Druiden war dunkel und düster und schimmerte wie ein Bild, das sich auf der Oberfläche eines Teiches spiegelt, wo es den Schatten preisgegeben ist. Das Gestein der Mauern und Böden und Türme war kalt und leblos, und die Gänge, die sich wie Tunnel unter der Erde wanden, waren düster und feucht. Hier und dort lagen Knochen in den Gängen verstreut, die Teppiche und Wandbehänge schmückten. Es waren die Überreste jener Gnome, die gestorben waren, als Allanon die Magie beschworen hatte, die den Keep vor dreihundert Jahren aus den Vier Ländern fortgesandt hatte. Berge von Staub sprachen vom Ende der dort gefangenen Mord Wraiths, und alles, was von ihnen übriggeblieben war, war ein Flüstern der Erinnerung, das die Mauern eingeschlossen hielten.

Durchgänge kamen und gingen, Treppen, die gerade verliefen oder sich wanden, ein Labyrinth von Gängen, die sich tief ins Gestein gruben. Die Stille war allgegenwärtig. Sie war dicht und tief wie Spätherbstblätter im Wald, verwurzelt in den Schloßmauern und unerbittlich. Sie forderten sie nicht heraus, sondern gingen schweigend durch diesen Vorhang und besannen sich statt dessen auf das, was vor ihnen lag, und auf den Weg, dem sie hin zu jenem Weg folgten, der wartete. Türen und leere Räume kamen und zogen vorbei, starr und wenig einladend im Schmuck der Dunkelheit. Fenster öffneten sich ins Grau, in einen seltsamen Dunst, der alles Jenseitige umschattete, so daß der Keep eine Insel zu sein schien. Walker suchte nach Spuren des Waldlandes, das den leeren Hügel, auf dem Paranor gestanden hatte, umschlossen hatte, aber die Bäume waren verschwunden. Oder er war verschwunden, verbesserte er sich – aus den Vier Ländern ins Nichts gekommen. Die Farbe war aus den Teppichen und Wandbehängen und Gemälden, aus dem Gestein selbst und sogar aus dem Himmel gewichen. Es gab nur jene Dunkelheit, eine Art von Grau, das jeglicher Aufhellung trotzte und leer und tot war.

Und doch war da noch etwas. Da war die Magie, die Paranor eingeschlossen hielt. Sie war überall spürbar, einmal unsichtbar und plötzlich enthüllt, eine Art wirbelnden, grünlichen Nebels. Sie schwebte in den Schatten und am Rande ihres Gesichtskreises entlang, böse und entschlossen, das Zischen ihres Daseins der geflüsterte Wunsch zu töten. Sie konnte sie nicht berühren, weil sie durch eine andere Art Magie beschützt und mit dem Keep eins waren. Aber sie konnte sie beobachten. Sie konnte necken und spotten und drohen. Sie wartete mit dem Versprechen dessen, was geschehen würde, wenn ihr Schutz wegfiele.

Es war seltsam, daß ihre Anwesenheit so offensichtlich war, Walker Boh spürte das sofort. Es war, als sei die Magie ein Lebewesen, ein Wachhund, der den Keep nach Beute durchstreifte, nach Eindringlingen suchte und sie jagte, um sie zu vernichten. Ihre Gegenwart erinnerte ihn an den Kratzer in Eldwist, einen Kriecher, der den Besitz seines Herrn sauberhielt und alles Leben daraus verbannte. Die Natur des Kratzers war Magie, fremd, aber sie vermittelte das gleiche Gefühl. Sie war ein Feind, das spürte Walker, .dem man irgendwann gegenübertreten müßte.

Hinter den Bücherregalen in der Druidenbibliothek, wo das Gewölbe verborgen war, fanden sie die Geschichten. Reihen massiver, ledergebundener Bücher standen dort in den Mauern des Keeps. Die Magie, die sie einst vor sterblichen Augen verborgen hatten, war mit dem Auszug des Keep aus der Welt der Menschen verblaßt. Walker betrachtete die Bücher eine Zeitlang, dachte nach, suchte sich dann wahllos eines aus, setzte sich und begann zu lesen. Cogline und Rumor leisteten ihm schweigend und unaufdringlich Gesellschaft. Die Zeit verging, aber das Licht veränderte sich nie. In Paranor gab es keinen Tag und keine Nacht. Es gab keine Vergangenheit und keine Zukunft. Es gab nur das Hier und Jetzt.

Walker wußte nicht, wie lange er gelesen hatte. Er wurde nicht müde und hatte auch nicht das Bedürfnis zu schlafen. Er aß nicht und trank nicht, dann er war weder hungrig noch durstig. Cogline erklärte ihm irgendwann, daß in der Welt, in die Paranor gesandt worden war, sterbliche Bedürfnisse keine Bedeutung hatten. Sie waren so sehr Geister, wie sie zwei Menschen und eine Moorkatze waren. Walker fragte nichts. Es war nicht notwendig.

Er las stundenlang oder tagelang oder sogar wochenlang, er wußte es nicht. Er las zuerst, ohne zu verstehen, und sah nur die Wörter vor seinen Augen vorbeifließen. Es war eine Erzählung, die so entfernt und einer anderen Welt zugehörig war wie das Leben, daß er vor den Träumen von Allanon gekannt hatte. Er las von den Druiden und ihren Studien, von der Welt, die sie nach der Verheerung durch die Großen Kriege zu errichten versucht hatten, von dem Ersten Konzil in Paranor und dem Zusammentreffen der Rassen nach dem Untergang. Was sollte es für ihn bedeuten? fragte er sich. Welchen Unterschied machte irgend etwas davon jetzt?

Er beendete ein Buch und begann ein neues, und wieder ein weiteres. Er arbeitete sich so beständig durch die Bände hindurch, immer auf der Suche nach etwas, das ihm sagen würde, was er wissen mußte. Es gab Aufzählungen von Zaubersprüchen und Beschwörungsformeln. Er erfuhr von Zauberkräften, die in geringem Maße wirksam waren, von Heilungen durch Berührung und Gedankenkraft, von der Hilfe für Lebewesen und von der Arbeit, die nötig war, um das Land wieder zu einer Einheit zu machen. Er las das alles, und es sagte ihm nichts. Wie sollte er sich von dem, was er war, denn so umgestalten, wie von ihm erwartet wurde, fragte er sich immer wieder. Wo stand, was er tun sollte? Die Seiten wurden umgeblättert, die Wörter liefen weiter an ihm vorbei, und Antworten blieben verborgen.

Er beendete seine Lektüre nicht in einer Sitzung, obwohl er von den Beschränkungen seiner sterblichen Bedürfnisse frei war und nicht schlief oder aß oder trank. Er ging von Zeit zu Zeit hinaus, um auf und ab zu wandern, um an andere Dinge zu denken und seinen Geist von allem freizumachen, was die Geschichten erzählten. Manchmal war Cogline der Schatten, der ihn begleitete, und manchmal war es Rumor. Sie hätten wieder am Hearthstone sein und seine Wege entlanggehen können. Es war, als würden sie sich gegenseitig Gesellschaft leisten, während sie erneut in der Abgeschiedenheit des Tales lebten. Aber Hearthstone war vorbei, zerstört von den Schattenwesen, und Paranor war dunkel und leblos, und ihre Wünsche mochten noch so stark sein, sie konnten dennoch nicht wiederbringen, was zuvor verloren worden war. Es gab keinen Rückweg in die Vergangenheit, dachte Walker mehr als einmal bei sich. Alles, was einmal gewesen war, war jetzt verloren.

Nach einiger Zeit begann er zu verzweifeln. Er hatte die Druidengeschichten fast zu Ende gelesen und noch immer nichts entdeckt. Er hatte alles darüber erfahren, wer und was die Druiden waren, über ihre Lehren und ihren Glauben und darüber, wie sie gelebt hatten und was sie erreichen wollten. Doch nichts von allem sagte ihm etwas darüber, wie sie ihr Können erworben hatten. Es gab keinen Hinweis auf die Herkunft von Allanon, darauf, wie er gelernt hatte, ein Druide zu sein, wer ihn unterrichtet hatte oder worum seine Lehren gekreist waren. Die Bücher verwiesen nirgendwo auf die Beschwörungsformel, die den Keep eingeschlossen hatte, oder darauf, was nötig sein würde, um den Zauber umzukehren.

»Ich kann es nicht finden, Cogline«, gestand Walker Boh schließlich ein. Er war hoffnungslos enttäuscht, als der letzte der Bände aufgeschlagen auf seinem Schoß lag. »Ich habe alles gelesen, und nichts davon hat geholfen. Ist es möglich, daß einige Bände fehlen? Was kann man denn sonst noch versuchen?«

Aber Cogline schüttelte den Kopf. Wenn die Antworten je in geschriebener Form existiert hatten, würden sie hier zu finden sein. Es gab keine weiteren Bücher und keine anderen Quellen des Wissens. Alles war in den Geschichten enthalten. Alle Studien der Druiden begannen und endeten dort.

Walker ging dann eine Weile allein hinaus und schritt erregt die Gänge ab. Er fühlte sich verraten und betrogen und sah in sich ein Opfer von Druidenlaunen und Druidenselbstgefälligkeit. Er dachte verbittert an all das, was ihm aufgrund dessen angetan worden war, wer er war, an all das, was zu ertragen er gezwungen gewesen war. Sein Heim war zerstört worden. Er hatte einen Arm verloren und war nur knapp mit dem Leben davongekommen. Er war angelogen und wiederholt hereingelegt worden. Er war gezwungen worden, sich verantwortlich zu fühlen für das Schicksal einer ganzen Welt. Selbstmitleid durchströmte ihn, doch dann kniff er tadelnd den Mund zusammen. Genug, schalt er sich selbst. Er lebte, nicht wahr? Andere hatten nicht soviel Glück gehabt. Er wurde noch immer von Quickenings Gesicht verfolgt. Er konnte nicht vergessen, wie sie ausgesehen hatte, als er sie fallengelassen hatte. *Vergiß mich nicht*, hatte sie Morgan Leah angefleht, aber sie hatte dabei auch zu ihm gesprochen. *Vergiß mich nicht* – als könnte jemand, der sie gekannt hatte, sie jemals vergessen.

Gedankenverloren wandte er sich einem Gang zu, der ins Zentrum des Keep und zum Eingang der schwarzen Quelle führte, die die Magie erweckt hatte, die Paranor einschloß. Sein Geist war noch immer bei Quickening, und er rief sich einmal mehr die Vision ihres Schicksals in Erinnerung, die der Grimpond ihm gezeigt hatte. Bitterkeit wallte in ihm auf. Die Vision war natürlich richtig gewesen. Die Visionen des Grimpond waren immer richtig. Zuerst der Verlust seines Armes, dann der Verlust von Quickening, dann...

Er blieb plötzlich stehen, zur Unbeweglichkeit erschreckt wie eine Statue, die leer in den Raum in der Mitte eines höhlenartigen Durchgangs starrte. *Er hatte es vergessen. Es gab noch eine dritte Vision.* Er atmete tief durch und stellte sie sich im Geiste vor. Er stand in einer leeren, leblosen Schloßfestung, in Erwartung eines Todes, dem er nicht entkommen konnte, unaufhörlich verfolgt...

Er hielt inne, schaute sich um und atmete scharf aus. *Dieses Schloß?* Er schloß die Augen und versuchte, sich zu erinnern. Ja, es war vielleicht Paranor.

Er spürte, daß sich sein Puls beschleunigte. In der Vision hatte er das Bedürfnis verspürt zu laufen, aber jetzt konnte er es nicht. Er stand wie festgefroren, als sich der Tod näherte. Eine dunkel gekleidete Gestalt stand hinter ihm, hielt ihn fest und verhinderte seine Flucht.

Allanon.

Er spürte, wie ihn die Stille erdrückte, und fragte sich, was aus seiner dritten Vision geworden war. Wann sollte sie eintreffen? Sollte es hier geschehen?

Und plötzlich wußte er es. Die Gewißheit dieses Wissens erschreckte ihn, aber er zweifelte nicht daran. Die Vision würde Wahrheit werden, genau wie die anderen Wahrheit geworden waren, und sie würde hier Wahrheit werden. Paranor war das

Schloß, und der Tod, der sich an ihn heranschlich, war die dunkle Magie, die herbeigerufen worden war, um den Keep einzuschließen. Allanon stand tatsächlich hinter ihm und hielt ihn fest – nicht physisch, aber auf noch stärkere Weise.

Aber da war noch mehr, irgend etwas, das er noch nicht erkannt hatte. Es war ihm nicht vorherbestimmt, jetzt zu sterben. Das war offensichtlich die Meinung der Vision des Grimpond, wie der Grimpond wollte, was Walker denken sollte. Die Visionen waren immer irreführend. Die Bilder waren verschlüsselt und ließen mehr als eine Deutung zu. Man mußte damit spielen wie mit den Teilen eines Puzzles, um herauszufinden, wie sie zusammenpaßten.

Walkers Augen durchstreiften die dunklen Schatten, die rund um ihn herum lauerten. Was, wenn er eine Möglichkeit finden könnte, die Verschlagenheit des Grimpond zu seinem eigenen Nutzen umzukehren, fragte er sich plötzlich. Was, wenn er dieses Mal die Vorhersage des rachsüchtigen Geistes vor ihrem Wahrwerden enträtseln könnte? Vielleicht würde ihm ja das Enträtseln der Vision den Schlüssel zum Verständnis seines Schicksals innerhalb des Druidenkeep in die Hand geben. Doch das wagte er kaum zu hoffen.

Ein Feuer begann sich in ihm auszubreiten – eine brennende Entschlossenheit. Er hatte die Antworten, die er brauchte, noch nicht, aber er hatte etwas genauso Gutes. Er hatte eine Möglichkeit, herauszubekommen, wie sie lauteten.

Er dachte zurück an seinen Eintritt nach Paranor, an sein Treffen mit Cogline und Rumor. Die fehlenden Teile waren da. Irgendwo. Er verfolgte noch einmal alles zurück, was er in den Druidengeschichten gelesen hatte, sah Wörter auf den Seiten noch einmal, fühlte das Gewicht der Bücher erneut und die Struktur ihrer Einbände. Etwas war dort, etwas, das ihm entgangen war. Er schloß die Augen und versuchte, es sich vorzustellen. Er verfolgte noch einmal alles, was geschehen war, erzählte es sich selbst im Geiste, die ganze Abfolge der Geschehnisse. Er suchte es, während er allein in diesem Raum stand, eingehüllt in

Schatten und Stille, und spürte, daß die Konturen seiner Verwirrung zu verschwinden begannen. Er hörte Geräusche, die neu und willkommen waren und ihm etwas zuzuflüstern begannen. Er ging tiefer in sich und streckte sich nach den dunkleren Stellen aus, an denen Geheimnisse verborgen lagen. Seine Magie erhob sich, um ihn willkommen zu heißen. Er konnte alles erkennen, wenn er hart und lange genug danach suchte, sagte er sich. Er tauchte in den ruhigsten, stillsten Teil seines Selbst und ließ alles andere von sich abfallen.

Was hatte er übersehen?

Wer auch immer den Grund und das Recht haben wird, sollte es zu seinem angemessenen Ende führen.

Seine Augen öffneten sich schlagartig. Seine Hand strich langsam und tastend an seinem Körper aufwärts. Seine Finger fanden, was sie gesucht hatten, sorgfältig verborgen in seiner Kleidung, und sie schlossen sich fest darum.

Der Schwarze Elfenstein.

Er umfaßte den Talisman schützend, während sein Geist überschwemmt wurde von neuen Möglichkeiten. Dann eilte er davon.

Wolfgang E. Hohlbein – Enwor

Wolfgang E. Hohlbein
Der wandernde Wald
23827

Wolfgang E. Hohlbein
Die brennende Stadt
23838

Wolfgang E. Hohlbein
Die verbotenen Inseln
23912

Wolfgang E. Hohlbein

Der steinerne Wolf
23840

Das schwarze Schiff
23850

Die Rückkehr der Götter
23908

Das schweigende Netz
23909

Der flüsternde Turm
23910

Das vergessene Heer
23911

GOLDMANN

Abenteuerspiele

Joe Dever/Jan Page
Der Hexenkönig
23960

Joe Dever/Jan Page
Flucht aus dem Dunkel
23950

Steve Jackson/Ian Livingstone
Der Hexenmeister vom
flammenden Berg 24200

Joe Dever/Gary Chalk
Das Schloß des Todes
23956

GOLDMANN